ホーキング博士のスペース・アドベンチャーⅡ-2

宇宙の生命

GEORGE AND THE BLUE MOON

青い星の秘密《ひみつ》

作 ルーシー&スティーヴン

ホーキング

訳 さくまゆみこ

岩崎書店

ホーキング博士のスペース・アドベンチャー II-2

宇《う》宙《ちゅう》の生命 青い星の秘《ひ》密《みつ》

［作］ルーシー＆スティーヴン・ホーキング
［訳］さくまゆみこ

岩崎書店

自分が世界にとってどう見えているかは、わかりません。
でも、私自身《わたしじしん》は自分が、海岸で遊んでいて、時折ふつうよりなめらかな小石や
きれいな貝殻《かいがら》を見つけて喜ぶ子どもみたいなものだと思っています。
真理の大海原については、まだ何も見いだせていないというのに。

—— アイザック・ニュートン

献辞《けんじ》

このシリーズを担当《たんとう》するノンフィクション編集者《へんしゅうしゃ》のスー・クック、
そしてスチュアート・ランキン博士に特別な感謝《かんしゃ》をささげます。

GEORGE AND THE BLUE MOON

First Published as George and the Blue Moon
by Doubleday
Doubleday is part of the Penguin Random House group of companies.

Japanese translation rights arranged with
Random House Children's Publishers UK
through Janan UNI agency, Inc., Tokyo

おもな登場人物

ジョージ……科学好きの男の子。中学生になっても宇宙《うちゅう》が大好き。ふたごの妹、ヘラとジューノがいる。

アニー……ジョージの友だちの女の子。ジョージとは別の中学校に通う。おしゃべりが好き。

エリック……アニーのお父さん。天才《てんさい》科学者。ジョージと仲よし。

コスモス……エリックのスーパーコンピュータ。宇宙につながる戸口を作ることができる。

エボット……エリックが注文したアンドロイド。エリックにそっくり。

これまでのあらすじ

ジョージは、天才科学者エリックと知り合います。エリックのスーパーコンピュータ・コスモスの力をかりて、ジョージとアニーは、彗星《すいせい》に乗ったり、太陽系《たいようけい》の惑星《わくせい》をめぐる宇宙《うちゅう》旅行を体験しました。そして、地球《ちきゅう》や月、ブラックホールについても知っていきます。

これまでに、かつてエリックの研究仲間だったリーパー先生と宇宙で対決したり、コスモスに届《とど》いた謎《なぞ》のメッセージに呼《よ》び出されて、火星や、太陽系の外にも飛びだしました。宇宙の始まりのしくみを調べるために、大型ハドロン衝突《しょうとつ》型加速器《がたかそくき》（ＬＨＣ）をめぐるおそろしい事件《じけん》に巻《ま》きこまれ、エリックの恩師《おんし》ズズービンとも対決しました。

さらに、世界じゅうをサイバーテロで襲《おそ》い、宇宙から地球を支配《しはい》しようとたくらむ人物、人工知能《ちのう》を備えたアリオト・メラクによる量子《りょうし》コンピュータとロボットを利用した作戦にも果敢《かかん》に挑《いど》み、平和をとり戻《もど》しました。

科学が大好きなジョージは、宇宙について、これからの未来について、ますます興味《きょうみ》をつのらせていきます。

科学コラム　もくじ

エウロパ　42

ネットいじめ　56−57

火星の生命体——ほんとうにいるの?　90

火星の環《かん》境《きょう》　91

自動運転車　100

無重力環境とは?　137

世界が異《こと》なると重さもちがってくるのはなぜ?　148

無重力飛行　194−195

スペース・ダイビングとスカイ・ダイビング　228−230

科学エッセイ「最新の科《か》学《がく》理《り》論《ろん》!」　もくじ

地球の海　ロス・E・M・リッカビー教《きょう》授《じゅ》(英国・オックスフォード大学地球科学学部)　8−15

地球の火山、太陽系《たいようけい》の火山、さらに遠くの火山
タムシン・A・メイザー教授（英国・オックスフォード大学地球科学学部） 45–50

火星に向かうロケットを作る
アリスン・トマス（米国・航空宇宙《うちゅう》工学技術者《ぎじゅつしゃ》　NASA） 115–118

化学元素《かがくげんそ》とはどのようなもので、どこからやってきたのでしょうか？
トビー・ブレンチ博士《はかせ》（英国・化学研究者） 122–125

火星での生活
ケリー・ゲラーディ（米国・火星探査《たんさ》宇宙飛行士） 152–157

火星での実験
ケイティ・キング（英国・ケンブリッジ大学　自然科学修士《しゅうし》） 172–179

現実《げんじつ》って何？
ジェームズ・B・グラットフェルダー（スイス・複雑系理論《ふくざつけいりろん》博士） 214–219

医学で人工冬眠《じんこうとうみん》は可能《かのう》なのか？
デイヴィッド・ウォームフラッシュ（米国・医学博士） 237–240

そこにだれかいますか？
スティーヴン・ホーキング教授（英国・ケンブリッジ大学） 264–265

量子《りょうし》トランスポーテーションとは何か？

スチュアート・ランキン博士（英国・大学情報局《じょうほうきょく》　ケンブリッジ大学） 281–285

概観効果《がいかんこうか》
リチャード・ギャリオット・ド・ケイユ博士（米国・国際《こくさい》宇宙ステーション宇宙飛行士） 302–310

装丁　坂川栄治＋鳴田小夜子（坂川事務所）
装画・挿画　牧野千穂

1

おだやかな青い海の中で、ピンク色の房《ふさ》をつけたようなサンゴがゆらゆら揺《ゆ》れ、銀色の小魚の大きな群《む》れがその間を抜《ぬ》けていく。小魚たちは一つのかたまりになって、V《ヴイ》字形に方向を変えると、こんどは急上昇《きゅうじょうしょう》してジョージの頭上にある青緑色の水域《すいいき》に向かう。海面に映《うつ》る日の光とジョージの間には、一ぴきの大きな魚が浮《う》かんでいる。その大きな魚が、堂々とした軍艦《ぐんかん》みたいにゆっくりと視界《しかい》を横切る。

海の底の、サンゴ礁《しょう》の下の砂《すな》にも小さな生き物がいて、つかまりたくないのかハサミをふりまわしている。そのまわりをゴカイがくねくね動きながら海底に曲線的な模様《もよう》を描《えが》いていく。

別の魚の群れがジョージの鼻先を通りすぎる。すぐ近くなので、手をのばせば届《とど》きそうだ。こっちの群れの魚はあざやかな色で、赤や青や黄色やオレンジ色の縞模様《しまもよう》があり、カーニバルの小さな

地球の海

私《わたし》たちが暮《く》らす地球というこの惑星《わくせい》は、ほぼ四分の三が海でおおわれているという点《てん》で、太陽系《たいようけい》の中でも例外的な存在《そんざい》です。しかしなぜ地球には海があるのでしょうか。意外なことに、地球の海は宇宙《うちゅう》からやってきました。地球が形成されつつあった時代は、地球は熱すぎて気体が液化《えきか》することはありませんでした。高い山の頂《ちょう》上《じょう》が一年じゅう雪でおおわれているのを見たことがあるでしょう。これは、高度が高くなるにつれて大気が冷えるので、「雪線《せっせん》」以上になるといつも雪が残るからです。これと同じように、初期の太陽が猛烈《もうれつ》に熱かったとしても、そこから離《はな》れるにつれてどんどん温度は低くなり、「雪線」にまでいたります。

太陽系の中でも、氷の粒《つぶ》ができるほど低温になったのは、火星と木星の間の小惑《しょうわく》星帯《せいたい》のあたりでした。地球にはもともと水が存在しなかったので、海のもとは外側からもたらされたことになります。多くの研究者は、小惑星帯から水分を多く含《ふく》む隕石《いんせき》や水星が初期の地球にたくさん落ちてきたことによって、海のもとができたと考えています。

地球外から来た水分子は、それ以降《いこう》新たに生成されることもなく壊《こわ》されることもありませんでした。その後三八億《おく》年（液体の水が存在した最初の証拠《しょうこ》は、グリーンランド南西部にある当時の堆積物《たいせきぶつ》から見つかりました）の間、海は地球の表面にとどまり続け、二つのサイクルをくり返しています。

第一のサイクルでは、熱帯地域《ちいき》で太陽の熱が海の一部を蒸発《じょうはつ》させて（沸騰《ふっとう》しているやかんや蒸気機関から湯気が上がるのと同じです）雲に変えます。雲は冷えると雨となり、雨は大地に落ちてきて小川や川を流れ、やがて海に戻《もど》っていきます。

第二のサイクルでは、少量の水が海底地殻《ちかく》にある深海の海溝《かいこう》を通って地球の内部まで浸透《しんとう》していきます。この水が火山や熱水噴出孔《ねっすいふんしゅつこう》を通じて急速に地表に戻ります。

ということは、家の蛇口《じゃぐち》から出てくる水の分子は、地球の歴史のあらゆる瞬間《しゅんかん》に立ち会っているということになります。自己増殖《じこぞうしょく》する生命が誕生《たんじょう》する以前から、多《た》細胞生物《さいぼうせいぶつ》が発生するまでについても見届《みとど》けていたのです。ある時点では、恐竜《きょうりゅう》の体の中にも入っていたかもしれません。あなたがお茶を入れている水は、のどの渇《かわ》いたティラノサウルスが飲んだ水かもしれないのです。

水はどうして特別なものとみなされているのでしょう？　海はどうして生命の鍵《かぎ》となるのでしょう？　それは、水が物を溶《と》かす力をもっているからです。コップの水に塩を入れたり、紅茶《こうちゃ》に砂糖《さとう》を入れたりすると、塩や砂糖の結晶《けっしょう》が溶けて消えてしまいます。水の分子がわずかに帯電しているため、つまり極性《きょくせい》を持っているために、元素《げんそ》を引きつけて溶かすからです。

水は、二酸化炭素《にさんかたんそ》などを加えて炭酸《たんさん》にすると、わずかに酸性になり、物質《ぶっしつ》をさらによく溶かすようになります。ソーダ水（泡《あわ》は二酸化炭素です）を一口飲んで、酸味を感じるかどうか試《ため》してみましょう。わたしの息子《むすこ》二人は、ソーダ水を飲むといつも鼻にしわを寄《よ》せます。さて、海が蒸発《じょうはつ》して雲になり、雨として降《ふ》って川に流れこむというサイクルをくり返している間に、水は大気中の二酸化炭素と反応《はんのう》して、少し酸性になります。炭酸をふくむ雨水は陸地《りくち》の元素を溶かし（これを風化作用と言います）、川に運び、最終的にはそうした元素は海にまで流れこみます。赤茶色の川を見たことがありますか？　そうした川の水には岩石から溶け出した鉄分《てつぶん》がたくさんふくまれています。

海には、陸地から溶けだした（あるいは、ブラックスモーカーのような熱水噴出《ふんしゅつ》孔《こう》から出てきた熱水が深海底と反応して出てきた）あらゆる元素がたまっています。しかしサイクルを続けて雲に戻《もど》っていくのは水の分子だけで、他の元素は海に残ります。元素の中には、海で濃縮《のうしゅく》して鉱物《こうぶつ》に戻り沈殿物《ちんでんぶつ》となるものもあります。特に石灰岩《せっかいがん》（炭酸カルシウム）やチャート（シリカ）などは、鉱物として沈殿し、海中での元素の濃度《のうど》が高くなりすぎるのを抑《おさ》えています。

しかし他のほとんどの元素とは異《こと》なり、塩を構成《こうせい》する元素であるナトリウムと塩素は、例外的な状況《じょうきょう》でたまにしか沈殿しません。たとえば、地中海全域《ぜんいき》は六〇〇万年ほど前に干上《ひあ》がって海というより水たまりとなったため、塩の巨大《きょだい》な堆積物《たいせきぶつ》を残したことがあります。ナトリウムと塩素が自然には沈殿していかないため、海はいつも塩辛《しおから》いのです。

地球に生命が発生して今も留《とど》まり続けることができているのは、水による陸地の風化作用があるからです。風化は、地球の温度の自動調整器《じどうちょうせいき》（サーモスタット）の役割《やくわり》も果たしています。風化の速度は地球の温度によって変わります。何らかの理由で地球の温度が上昇《じょうしょう》すると（たとえば地球の歴史の中では太陽の光度が増加《ぞうか》したことがありました。また大気中の二酸化炭素の濃度が増加すると、温暖化《おんだんか》が起こります）、陸上の岩石はより早く溶け出します。すると元素（特に炭素）の海洋への流入もふえ、沈殿物《ちんでんぶつ》もふえます。二酸化炭素《にさんかたんそ》は石灰岩《せっかいがん》として固定されて地球を元の環境《かんきょう》に戻《もど》すので、過熱《かねつ》が避《さ》けられるのです。反対に風化作用は地球の完全凍結《かんぜんとうけつ》もふせいでいるのですが、その仕組みもわかりますか？

風化作用のおかげで、地球が生命の出現《しゅつげん》に適《てき》した温度を保《たも》つことができたとはいえ、地球のどこで生命が誕生《たんじょう》したのかは、まだわかっていませんし、これからも、わからないかもしれません（今後あなたたちが取り組む課題になるでしょう）。偉《い》大《だい》な博物学者のダーウィンが示唆《しさ》したように、生命は「温かい小さな池」で誕生したのでしょうか。それとも海の底で誕生したのでしょうか。どちらにしても、わかっているのは、生命の起源《きげん》と進化は水をよりどころにしていたということです。地《ち》殻《かく》にある岩石の中では元素《げんそ》はしっかり固定されていますが、海の中では、岩石から溶《と》け出した元素（や有機《ゆうき》分子）が自由に拡散《かくさん》も化学反応《かがくはんのう》もできる状態《じょうたい》になっています。これこそが生命を生み出す鍵《かぎ》となりました。

深い海は、初めて誕生した生命体に安全な隠《かく》れ場所を提供《ていきょう》してくれたかもしれません。初期の地球の表面は、今よりずっと苛酷《かこく》な環境《かんきょう》だったでしょう。海の中では、有害な放射線《ほうしゃせん》は除去《じょきょ》され、海が緩衝材《かんしょうざい》となって極端《きょくたん》な温度の変化からも守られます。また、海の中で発達していった生命体は、隕石《いんせき》の衝突《しょうとつ》や猛烈《もうれつ》な火山の噴出物《ふんしゅつぶつ》からも守られていました。

恐《おそ》らく二七億《おく》年前に生命体が誕生して以来、最初の二〇億年間は、ほぼ確実《かくじつ》に海の中で生命活動を展開《てんかい》していただろうと科学者たちは考えています。しかし自然に起こった変化がある方向に増幅《ぞうふく》されていった結果、生命はより複雑《ふくざつ》になっていきました。すなわち、微生物《びせいぶつ》がふえてくると、副産物として多くの化学物質（特に大気中の酸素）が生み出されました（ただし最初のころは、それらの多くは有害でした）。そのため生体内での化学反応をよりうまく制御《せいぎょ》するために、単純《たんじゅん》な細胞《さいぼう》が区分化されていき（そういった種類の細胞を真核《しんかく》細胞といいます）、最終的に「分化」するにいたりました。

多細胞生物の出現時期は生物が発明したもののうち最も劇的《げきてき》なもの、すなわち骨《こっ》格《かく》の発達時期と一致《いっち》します。五億四千万年前のカンブリア紀に複雑な構造《こうぞう》をもつ生物が爆発的《ばくはつてき》に増加した（これを「カンブリア爆発」と呼んでいる）のですが、岩に刻《きざ》まれた生物の痕跡《こんせき》を見ると、それまではあいまいでかすかな痕跡だったのに、さまざまな種類の力強くて複雑な化石が見られるようになっています。これは明らかに複雑な生命体の痕跡といえます（ダーウィンはこの「爆発」を最初の生命の誕生だと勘《かん》ちがいしていました）。

すでに説明したように地球の鉱物《こうぶつ》が海に溶《と》けこんでいたため、生物が殻《から》などの硬《かた》い部分を作るのは比較的容易《ひかくてきようい》でした。どう猛《もう》なティラノサウルスから身を守るために、角のある恐竜《きょうりゅう》が複雑《ふくざつ》な飾《かざ》りを発達させたように、こうした最初の「生体鉱物」によって、生物は外力や毒や捕食者《ほしょくしゃ》から身を守ることができるようになったのです。

殻や骨《ほね》といった骨格《こっかく》の発達により、動物は陸に上がった時に必要な「がんじょうさ」を手に入れました。

地球の歴史において、風化作用による温度調節は酸《さん》（二酸化炭素《にさんかたんそ》）の量《りょう》とアルカリ（海に溶けているイオン）の量のバランスを一定に維持《いじ》してきました。陸地は、海にとっては消化不良《しょうかふりょう》の薬（制酸薬《せいさんやく》）のような役割《やくわり》を果たしていると考えてもいいかもしれません。おかげで海はできてからこの方、常《つね》に弱アルカリ性《せい》を保《たも》ってきたので、骨格を作るのには最適《さいてき》な環境《かんきょう》だったのです。

しかし、地球に現在《げんざい》暮《く》らしている私《わたし》たちや未来の世代は、大きな問題に直面しています。

人口が急増《きゅうぞう》し、ますます化石燃料《かせきねんりょう》を消費《しょうひ》するようになった私たちは、二酸化炭素すなわち酸をかつてない速度で海に放出しています。百万年くらいたてば陸地の溶《よう》解《かい》が加速して、海中で急増した二酸化炭素を中和し始めるでしょう。しかし風化作用というのは、そもそもゆっくりと進行するものです。したがって、そのうちに海はアルカリがやや弱くなり飽和《ほうわ》しなくなります。よく「海洋の酸性化《さんせいか》」と呼ばれている現象《げんしょう》です。実際《じっさい》は酸性になるというよりアルカリ性が弱くなると言ったほうが正確《せいかく》ですが、それではニュース記事の見出しにはなりにくいですね。

影響《えいきょう》を受けやすいサンゴなどの生物は、骨格の形成がますます困難《こんなん》になるでしょう。このことは海洋の生態系《せいたいけい》に対してとてつもない影響をおよぼす可能性《かのうせい》があります。もちろん生物がすばやくその変化に適応《てきおう》すれば話は別なのですが。

地球温暖化《ちきゅうおんだんか》や酸性化の問題に関しては、自然にまかせるのではなく「地球工学」で二酸化炭素を除去《じょきょ》したほうがいいという科学者もいます。陸地の風化を操作《そうさ》してアルカリ元素《げんそ》をもっと海に放出するという対策《たいさく》などが検討《けんとう》されています。

しかし、この地球に対して、さらに新たな世界規模《きぼ》の実験を私たちはほんとうに行うべきなのでしょうか？

あなたはどう思いますか。

ロス

行列が通っていくみたいだ。遠くのほうでは、巨大《きょだい》なウミガメがふりかえって、まばたきもせず太古からの黒い目でこっちを見ている。おどろいたことに、そのウミガメが口を開き、呼《よ》んでいる。名前まで知っているらしい。

「ジョージ」ウミガメが言った。「ジョージ！」

ウミガメが手をのばして、ジョージの肩《かた》をゆする。

手？　ウミガメに手？　ジョージが海の中で考えていると……。

「ジョージ！」

目の前に立っていたのは親友のアニーだった。アニーはさっきまでジョージが装着《そうちゃく》していた３Ｄバーチャル・リアリティ装置《そうち》（ＶＲ《ヴィアール》）のヘッドセットを手に持っている。

ジョージは目をぱちぱちさせて、フォックスブリッジの夏の午後の日ざしに目をならした。もうここはオーストラリア沖《おき》のうす暗いサンゴ礁《しょう》の海ではない。ジョージの頭の中は混乱《こんらん》していた。グレート・バリア・リーフの海は消えて、今ジョージは、海の底ではなく庭の奥《おく》にあるツリーハウスにいるのだった。しゃべるウミガメも消えて、今いるのはとなりに住む親友のアニーだ。アニーには、しゃべりたいことがたくさんありそうだ。

「ＶＲのヘッドセット、返してもらいにきたの。貸《か》したげるんじゃなかった！　だって、ジョージったらずっと海底に行ったきりなんだもん！　それよりねえ、これを見てよ」

アニーはタブレットをジョージに向かってふると、電源《でんげん》を入れた。ジョージはタブレットの画面を見おろしたが、まだ目の前には魚の形をした青い雲が浮《う》かんでいるような気がして、なかなか画面に集中できない。サンゴ礁の驚異《きょうい》と比《くら》べると、おもしろくもなんともなさそうだ。

「これって、なんかの書式だろ。通学定期買うときみたいな。せっかくVRを楽しんでたのにな」

ジョージは文句《もんく》を言った。

「ちがうわよ、バカね。ちゃんと見てよ」と、アニー。

ジョージはもう一度見た。

「わあ！」

空から二つの太陽が照らしたみたいに、こんどははっきりわかった。

「ねっ。読んでみてよ！」

「宇宙飛行士募集《うちゅうひこうしぼしゅう》」ジョージが声に出して読んだ。「宇宙飛行士募集だって！　すげえ！」

そう言って先を続ける。

「あなたには、地球の外の、人類《じんるい》がまだ到達《とうたつ》していないところまで行く素質《そしつ》がありますか？　赤い惑星《わくせい》に人類が生活できる場を築《きず》いてみませんか？　宇宙に進出し、新たな惑星を住める空間に変えて、人類の未来を救う気はありませんか？　あなたは、有人宇宙飛行の新時代を切りひらく技術《ぎじゅつ》を持っていますか？」

ジョージはすらすらと読んでいく。

「応募《おうぼ》したい方は……えーと、だけどさ」ジョージは首をかしげた。「宇宙飛行士《うちゅうひこうし》なら、応募できるのはおとななんじゃないの？」

「ちがうのよ！　ジュニア宇宙飛行士を募集《ぼしゅう》してるの！　ほら、ここに、一一歳《さい》から一五歳って書いてあるでしょ！」アニーは得意顔で答えた。

「ちょっと変だと思わない？　火星に子どもたちを送るなんてさ？」ジョージがたずねた。

「そんなことないよ。火星へのミッションを準備《じゅんび》するには何年もかかるでしょ。だから、出発するころには、あたしたちはもう子どもじゃないのよ。早いうちから訓練《くんれん》したいんじゃないかな。そしたらベストの飛行士を選ぶまでに時間がかけられるでしょ……二通分記入しといて」

アニーがそう言って、タブレットを渡《わた》した。

「二通？」ジョージがきく。

「一通はあんたで、もう一通はあたしの分」

「なんでぼくが……？」

「これって、一度打ちこんだら変えられなくなってるの」

と、アニーが説明する。自分が難読症《なんどくしょう》だということが、もうわかっているのだ。

「それにオートコレクト機能《きのう》がなくて、書いたら自動的にそのまま送られちゃうの。だから、ジョージが記入したほうがいいのよ」

「火星でもスペリングが大事なのかな？　宇宙旅行に出るなら、もっとずっと大事なことがあるはずだよ」

「そうだけど、もしあたしが火星じゃなくて加星とか書いちゃったら、絶対《ぜったい》選んでもらえないもん」

「記入するところがいっぱいあるぞ」ジョージが下にスクロールしながら言った。

「そりゃそうよ。だれでもいいから火星に行かせるってわけにはいかないでしょ。火星を人類の新しいすみかとして考えてるんだから」アニーは声を張《は》りあげた。「それで、最初の項目《こうもく》は?」

「えーと……二〇二五年に行われる火星へのミッションのために試験的《しけんてき》に行われるジュニア宇宙飛行士に、自分がふさわしいと思う理由を、自分の言葉で書いてくださいだって」

「楽勝だね! IQ《アイキュー》がとても高いし、問題解決能力《もんだいかいけつのうりょく》にすぐれているからです。宇宙旅行についても豊富《ほうふ》な経験《けいけん》があり……」

「そんなこと書いていいのかな?」ジョージが口をはさんだ。

ジョージとアニーがこれまでに宇宙旅行をしたことがあるのは確《たし》かでも、その冒険《ぼうけん》については知られてはまずいはずだ。

「それにしても、訓練《くんれん》はいつ始まるんだろう? えーと、もうすぐだよ。まにあうのかな? もう選抜《せんばつ》は終わってるんじゃないかな?」

「落ちついて! いくつか空きがあるって書いてあるの。最初の募集のとき、なんであたし気づかなかったんだろう。訓練は学校が休みになるとすぐに開始よ」

「それって、もうすぐだよ」ジョージが言った。

そのとき、ピンという音がして、画面にメッセージがあらわれた。

「読んじゃだめ！」アニーがさけんだ。

タブレットの上に指を止めたままおどろいて目をあげると、アニーはまっ青な顔をしている。

「えっ……アニーへのメッセージなんか読もうと思ってないよ」と、ジョージ。

「読まないで、宇宙飛行士《うちゅうひこうし》の書式に戻《もど》ってよ」

でも、またピンという音がしたと思ったら、立てつづけにいくつもメッセージが入ってきた。それも同じアドレスからだ。

「いいから、火星のほうをやろうよ」

アニーは挑戦的《ちょうせんてき》に言うと、長くなった前髪《まえがみ》を目からはらいのけた。山ほど来ているメッセージのほうは無視《むし》したいらしい。

「この惑星《わくせい》のことは忘《わす》れよう。ひどい人たちといっしょにこんなところにいたくないもん」

「ひどい人たちって？　アニー、何かあるんだね？」ジョージがゆっくりときいた。

「何もないって！　どうしていつも何かがあるって思うの？　なんにもないよ。あたしが地球を出て宇宙でスーパーヒーローになるってこと以外はね。そしたら、ウジ虫みたいな人たちを見おろしてやれるでしょ」

ジョージは、だまって画面をスワイプするとメッセージを見た。

——あんたは　バカだし腹黒《はらぐろ》い。みんなにきらわれてる。

「げっ！」ジョージはたじろいだ。「ひどいな！　ぼくが返信してやるよ……」

アニーがタブレットを奪《うば》いとる間もなく、ジョージはキーをたたいた。

――だれ？

――わかってるでしょ。怖《こわ》いんだね。あんたは弱いしバカだし、きらわれてるから。

――卑劣《ひれつ》なことはよしな。

ジョージが怒《おこ》ってメッセージを返すと、すぐに返信があった。

――卑劣！　なにそれ。地球でいちばん卑劣なのは、あんたよ。

「やめなさいよ！　言い返したら、もっとやられるんだから」アニーは怒っている。

「親には話してみた？」ジョージはきいた。

「むだよ！　あたしが悪いって思われるだけだもん」

「どうして？　わかんないな」

ジョージは、悪口の洪水《こうずい》を見てひどく嫌《いや》な気分になり、火傷《やけど》しかけたみたいに、画面を遠ざけた。

「あたしにもわかんない。みんな友だちだと思ってたのに」

アニーは、はじめのうちは、言いにくそうだったが、そのうちに言葉が出てきた。

「女の子たちのグループが、突然《とつぜん》ひそひそ話をするようになったの。あたしが教室に入っていくと、その子たちが声をひそめるから、あたしはどうしてってきいたんだけど、その子たちったら笑《わら》って、あたしのことなんか話してないし、そんなふうに思うなんてうぬぼれが強いからだって言うの。でも、あたしが教室を出ると、ひそひそ話もやむの」

「先生には話した？」

「先生は、調べてみますって言うだけ。いじめのリーダーがわかればやりようがあるって言われたけど、それはわかんないの。いちばんいいのは、とりあわないことよね。無視《むし》すれば、いじめもしなくなるでしょ。相手にしてると、いつまでもいじめは続くのよ。気にするほうが悪いってことよね」

「それっておかしいよ。無視しただけじゃ、いじめは止まらないよ」

「そのうちに、あたしはとり残されるようになったの。お昼休みや放課後に、みんながどこかへ行くとするでしょ。でも、あたしだけ知らされてないの。それに、あたしが教室でだれかのとなりにすわろうとすると、その子は立ちあがって、どこかへ行っちゃって、みんながあたしを笑《わら》うの」

「けど、どうして？　わかんないな」

ジョージはとまどっていた。アニーはこれまで会った人のなかで、いちばんかっこいいのに。そう思わない人がいるなんて、信じられない。

「あたしにもわかんないよ」

「それって変だし、異常《いじょう》なことだよ」と、ジョージ。

「それに、学校では、あたしについてのデマもいっぱい飛んでるよ。ほんとのあたしはバカで、成《せい》績《せき》がトップなのは、宿題をみんなパパにやってもらってるからなんだって」

アニーはしょんぼりしている。

「そんなはずないだろ。みんな、ねたんでるんだよ。悪口送ってくるのがだれか、わかってる？」

ジョージはきいた。

「あの子たちのうちのだれかだと思うけど、だれなのかはわからない」

アニーはそう言うと、両手でかかえたひざに顔をうずめた。ジョージには、ふるえる肩《かた》とブロンドの髪《かみ》しか見えない。アニーが続けた。

「今はもう友だちがひとりかふたりしかいないの。でも、その子たちも、あたしとはあんまりつきあおうとしないんだ」

「だから、このごろ何もやる気が起こらなくなってたんだね」

ジョージが公園にスケートしに行こうとか、映画《えいが》を見にいこうと誘《さそ》っても、アニーはいつも見えすいた言い訳《わけ》をして、行こうとしないのだった。

「その子たちと会いたくなかったんだね」

「そう。よけいひどいことになるんだもん」アニーがくぐもった声で言った。

そのうち、アニーの声がすすり上げるような声に変わった。

「だから、どこにも行きたくないし、なんにもしたくないの」

それから、アニーはごくりとのどを鳴らすと、声を張《は》りあげた。

「だけど、宇宙《うちゅう》は別だよ。まだ宇宙には行きたいと思ってるんだ」

「もうわかった。行こう」

ジョージは強い口調でそう言うと、タブレットを引ったくって小脇《こわき》にはさみ、いそいではしごを下りた。アニーがあわててあとを追いながらさけぶ。

「どこ行くの?」

ジョージは、自分の家の庭とアニーの家の庭の間にある塀《へい》の穴《あな》をくぐると、ぼうぼうの草をかき分けて、アニーの家の裏口《うらぐち》まで行き、声をかけた。

「エリック!」

アニーのパパのエリックは、電話で話していた。いらだっているような声が聞こえる。

「わかってるよ、リカ。わたしだってむだに科学者をやってきたわけじゃないんだ。実験《じっけん》のことだって、ちゃんとわかってるよ。ただ、きみの提案《ていあん》では思ったような結果が得られないと考えているんだよ」

電話の相手が、かん高い怒《おこ》ったような声でキイキイさけんでいるのが、アニーとジョージにも聞こえてきた。

「きみが考えた宇宙《うちゅう》飛行計画をちょっとだけ変更《へんこう》させてもらえれば……リカ……? リカ? 聞いてるのか?」

エリックが受話器をおいた。そして、アニーとジョージを見ると、言った。

「信じられるかい? リカが、話の途中《とちゅう》で電話を切ったんだぞ。前は仲よくやってたのにな。どうしてこんなに変わったのか、さっぱりわからないよ」

エリックはめがねを外すと、ワイシャツでレンズをふきはじめた。でも、レンズがますますくもるだけだ。

「副所長が、もう少し親切な人だとよかったんだけどな。リカがわたしを危険《きけん》なバカのようにあしらうもんだから、みっともないうえに、何もかもがやっかいになってくるんだ」

エリックは、めがねをかけ直し、アニーとジョージがふたりともふきげんな顔をしているのに気づいた。

「でも、そんなことは今はどうでもいいみたいだな。どうした？」

ジョージが答える。

「エリック！　アニーにひどいメッセージがいっぱいきてるんです。でも、アニーは自分のせいだと言われるんじゃないかと思って、言いだせないでいるんです」

ジョージのとなりにいるアニーは、タブレットをとり返そうとしたが、ジョージは両手でつかんで頭上に掲《かか》げてしまった。

「なんでもないのよ、パパ。ジョージったら、大げさなんだから。冗談《じょうだん》なのよ。ふざけてやってるだけなの。それに、あたしにも悪いところがあるの。だいじょうぶ。たいしたことないから」

「それはわたしが判断《はんだん》しよう。タブレットを見せてくれ」

エリックはタブレット画面に出ているメッセージを見た。するとにわかに顔がくもり、それが怒《いか》りの表情に変わった。

「やめてよ！　かってに読まないで」

アニーはかんかんだった。そのうち泣きだしたが、エリックは受信トレイの中も見て、信じられないというように目を丸くした。

「冗談《じょうだん》なんかじゃないぞ。おかしくもなんともない。それに、おまえは悪くない。ママには話したかい？」エリックは憤慨《ふんがい》している。

アニーは、だまって首を横にふった。

「どうしたらいいですか？」ジョージがきいた。

「いい考えがある。ついてきなさい」エリックが言った。

ふたりはエリックのあとから書斎《しょさい》に入っていった。そこには、世界一のスーパーコンピュータのコスモスがおいてあって、机《つくえ》の上でかすかな音を立てている。

「起きて起きて！」エリックは、このハイテク助手に声をかけた。

「ハイ教授《きょうじゅ》！」コスモスが誠実《せいじつ》に答えると、画面が明るくなった。

「コスモス、古き友よ」机にもたれかかるようにしてエリックが言った。「『人類《じんるい》のための科学調査《かがくちょうさ》団《だん》』のいちばん若《わか》いメンバーのアニー・ベリスに、きみの助けが必要なんだ」

「喜ンデヤリマスヨ。今日ハドンナオ手伝イヲスレバイイデスカ？」

コスモスが明るくかがやいた。このスーパーコンピュータは、エリックの娘《むすめ》がお気に入りなのだ。

「アニーに悪意のあるメッセージが届《とど》いている。ネットを通してこのタブレットに届くんだ」エリックが深刻《しんこく》な顔で言った。

「コノ件《けん》ハ、科学調査団ノホカノめんばーガ知ラセテキタノデショウカ？」コスモスがたずねた。

「そうだとも。二番目に若《わか》いメンバーであるジョージ・グリンビーが知らせてくれたんだ」

「ソノ場合ハ、『人類ノタメノ科学調査団』ニ関係スル事柄《ことがら》ニツイテノすーぱーこんぴゅーたノ使用ノタメノ国際《こくさい》同意書ノ第二部第三節《せつ》ノ項目《こうもく》b、二〇一五年修正文書《しゅうせいぶんしょ》kニヨルト……」

コスモスが言葉を切ると、電気回路がカタカタと音を立てた。

エリックも、ジョージとアニーも待った。エリックがいつも不平をもらしているので、ジョージたちも、スーパーコンピュータの利用に関する新たな文書ができたことを知っている。その文書のせいで、今は規則《きそく》や法則や法規《ほうき》がどっさり増《ふ》えてしまったのだ。前なら、エリックはコスモスをもっと自由に、創造的《そうぞうてき》に使えていたはずなのに。

「ワタシハ、アナタガタノタメニ働クコトガデキマス」コスモスはうれしそうに言った。「情報《じょうほう》ヲだうんろーどデキルヨウニ、たぶれっとヲ接続《せつぞく》シテクダサイ」

ジョージがとびだすと、タブレットをスーパーコンピュータにつないだ。

「コスモスは何をしようとしてるの？」アニーが父親のエリックに小声できいた。

「わからんな。でも、きっとすばらしい名案が出てくるんだろうな」

エリックがゆかいそうにそう言って、いそいでつけくわえる。

「科学調査団《かがくちょうさだん》の中の科学者に中傷《ちゅうしょう》が行われたときの対応《たいおう》についての国際協約《こくさいきょうやく》に基《もと》づいてな。つまり、その……」

「そうそう。Y節《せつ》、付帯条項《ふたいじょうこう》X、項目《こうもく》Zに書いてあるとおりにね」と、アニー。

「そんなところだな。アニーは大きくなったら法律家《ほうりつか》になれるぞ」

「いいえ、パパ。あたしは科学者になるの。前から言ってるでしょ」

エリックが首を横にふりながら言った。

「わかった、わかった。言ってみただけだよ。将来《しょうらい》は科学者より法律家のほうが仕事にありつけるんじゃないかと思ったんだが……」

「やめてよ。パパがぼうやのとき、おばあちゃんとおじいちゃんは、『宇宙学者《うちゅうがくしゃ》にはなるなよ。仕事にありつけなくなるからな』って言わなかったでしょ」

「じつは、そう言ってたんだ。だけど、わたしが耳をかさなかったんだよ」エリックは、やさしい声で言った。

「だったら、今になってようやくわかったってわけだね」アニーが言いかえす。

ジョージはアニーがエリックとやり合うほど元気をとりもどしたのを見て、うれしくなった。

「わたしは自分の親に、きみみたいに言いかえしたりはしなかったよ」と、エリックが小言を言った。

「おじいちゃんたちは、パパよりもっと尊敬《そんけい》できる人だったんじゃない？」アニーが無邪気《むじゃき》なふりをして言った。

エリックはわざと怒《おこ》った顔をしたが、エリックがアニーに腹《はら》を立てていないことは、ジョージにもわかっていた。ふたりは、いつもこんなふうに言いあっている。たいていは、親しいからこそのやりとりだ。

コスモスがメッセージを送っているのに最初に気づいたのは、すぐそばにいるジョージだった。タブレット経由《けいゆ》で悪口を送ってきたアドレス宛《あ》てにメッセージを送っているのだ。でも、それはただのメッセージではなく、長ったらしい文章だった。

「コスモス、何をしてるの？」不思議に思ったジョージはたずねた。

スーパーコンピュータは、ごきげんな声で答えた。

「ワタシハ、160項目アル『自然哲学《てつがく》ノ数学的諸原理《しょげんり》』全文ヲ送ッテイルノデスヨ。あいざっく・にゅーとんノ偉大《いだい》ナ著作《ちょさく》ヲネ。ソレガ送信デキタラ、次ハちゃーるず・だーうぃんノ『種《しゅ》ノ起《き》源《げん》』ヲ送リ、ソノ後ハあいんしゅたいんノ著作集ヲ送信シマス。スベテヲ送リ終エルノニハ、一五〇時間クライカカルデショウ。ソウスレバ、モウコノ通信者カラハ何モ言ッテコナクナルデショウ。興味《きょうみ》深イ読ミ物ヲ大量ニ送ッテアゲタノデスカラネ」

「コスモスは天才だな！」エリックが声を上げた。「協約にある『脅《おど》しではなく教育を通して対応する』というのを実行したんだね」

「ソノトオリデス。トコロデ、めっせーじガドコカラ来テイタカ、教エテホシイデスカ？」

「ええ！　だれが送ってたかわかるの？　ああ、コスモス、すてきなコスモス、もっと前にあなたの助けをお願いすればよかった」

コスモスはそれには答えず、画面上に地図をしめした。大きな赤い矢印《やじるし》が、近所の場所を指ししめしている。

「コノ場所ガワカリマスカ？」コスモスがたずねた。

アニーはまた、まっ青になった。

「ベリンダの家よ！　あの子は友だちだと思ってたのに。いじめグループには入ってないと思ってたのに。ベリンダは、いじめっ子たちはひどすぎるとか、考えが足りないとか言ってたんだよ」アニーが、小さなしょんぼりした声で言った。

エリックが娘《むすめ》のアニーに腕《うで》をまわした。

「がっかりだよな。人間ってのはわからないもんだ……」エリックの顔がぱっと明るくなった。「そうだコスモス！　今やってることを続けながら、宇宙《うちゅう》への扉《とびら》を開くこともできるかい？」

コスモスがフンと鼻を鳴らした。

「モチロンデスヨ、教授《きょうじゅ》。コノ仕事ニハ、ワタシノ能力《のうりょく》ノ0．000000000001ぱーせんとシカ使ッテマセンカラネ」

「よし。協定《きょうてい》の中の、苦難《くなん》にあっている科学者に関する『娯楽《ごらく》と福祉《ふくし》』の項目《こうもく》にのっとって、頼《たの》みがあるんだ」

エリックは、そう言ってジョージとアニーにウィンクした。科学調査団《かがくちょうさだん》の一人前のメンバーとして扱《あつか》って、元気づけようとしてくれているのだ。実際《じっさい》、ふたりともだんだん気分が上向きになってきた。ジョージもアニーも、世界の未来を変えるかもしれない重要な実験や構想《こうそう》を持っているおとなの科学者のふりをするのは大好きだ。ふたりは、期待しすぎないようにしながら顔を見合わせた。

「ベリス博士《はかせ》」ジョージがアニーにつぶやく。

「まあ、グリンビー教授ではありませんか」アニーもうやうやしく調子を合わせる。「あなたのお仕事ぶりを見せていただけて光栄です」

「ふざけてないで、ふたりとも宇宙服を着なさい。コスモス、宇宙への扉をあけて。行く場所はすぐに知らせる。科学調査団の仲間で、現地《げんち》調査に出かけるんだ」エリックが言った。

2

「現地調査《げんちちょうさ》だって！　やったー！」アニーがうれしそうな声をあげた。「パパは、このところ宇宙《うちゅう》への扉《とびら》を全然使わせてくれなかったよね。この先もうずっとだめなのかと思ってた」

コスモスがスーパーコンピュータ独自《どくじ》の方法で宇宙に開く扉は、最近ではジョージとアニーには閉《と》ざされたままだった。アニーがまだ小さかったころは、エリックがしばしば宇宙への散歩に連れ出してくれていた。ちょうどほかのお父さんが、子どもたちを公園に連れだすように。でも、スーパーコンピュータについての新たな規則《きそく》ができてからは、コスモスを使うのは専門的《せんもんてき》な調査に限《かぎ》ると言ってエリックがゆずらず、地球が雨の日にすてきな遠足に出かけるようなことはできなくなってしまったのだ。エリックはある日、今は毛嫌《けぎら》いしている副所長のリカ・デュールについて長々と文句《もんく》を言ったとき、例としてその規則について説明したのだが、アニーとジョージはほとんど聞い

ていなかった。リカは、これまでは自然にうまくいっていたあらゆることについても、新たに特別な規則を書き記しておくべきだと主張《しゅちょう》したらしい。ただ、その結果、アニーとジョージがスーパーコンピュータのコスモスとそのすばらしい扉を使って宇宙旅行をすることはもうできなくなったと言われたことは、ふたりともよくおぼえている。

でも、どうやらエリックも、もう規則や決まりにうんざりして、地球上でつらい体験をしたアニーをなぐさめるために宇宙に出ていきたいと考えているらしい。

けれど、コスモスは、すんなりと賛成《さんせい》しなかった。コンピュータというものは、スーパーコンピュータではあっても、上から目線で相手を見ることはできないはずだが、コスモスが今とっている態度《たいど》は、それと同じようなものだった。コスモスは言った。

「教授《きょうじゅ》、アナタノ要請《ようせい》ヲ承認《しょうにん》スルカドウカニツイテハ、考慮《こうりょ》ノ余地《よち》ガアリマス」

ジョージはがっかりした。今にも宇宙に出ていけそうな矢先、コスモスにブレーキをかけられてしまった！　なんてことだ！　ジョージは、アニーやエリックといっしょに宇宙を探検《たんけん》できると思って、わくわくしていたのに。コスモスが開いてくれる扉を通って、信じられないような宇宙の風景をバックにふわふわと歩きまわる――そんな体験を早くしたくてうずうずしているのに。でも、こうなってくると、無理かも知れない。ジョージは肩《かた》を落とした。

しかし、今着ている服の上に宇宙服を着ている最中のエリックは、コスモスにたずねた。

「なぜだ？」

「協定《きょうてい》ノ条項《じょうこう》ニ照《て》ラシ合ワセタ場合、基準《きじゅん》ニ合致《がっち》シマセン。宇宙《うちゅう》ニ出テイク現地調査《げんちちょうさ》ガ、人ビトヲ単《たん》ニ元気ヅケルタメトイウノハ、基準《きじゅん》ニ書イテアリマセン」

「『人びと』じゃないでしょ。あたしとジョージよ」アニーが文句《もんく》を言った。

「残念ナガラ、ソノ場合ハサラニキビシクナリマス」コスモスが言った。

エリックが手を止めた。どうやったらこの問題を解決《かいけつ》できるか考えているようだ。アニーとジョージは、すばらしい解決策《さく》を思いついてくれることを期待して、エリックをじっと見つめた。ほんの一分か二分でもいいから宇宙にとびだしていきたいのに。でもエリックはため息をつくと、宇宙服をぬぎはじめた。いい考えがうかばなかったのだろう。

「コスモスの言うとおりだ」エリックはしょんぼりした声で言った。「もしわたしがスーパーコンピュータを使って子どもたちを宇宙に連れだしたのがわかったら……」

アニーがさえぎった。

「子どもじゃないよ。科学調査団のふたりのメンバーよ。もう何年も前にメンバーになってるのよ。子どもたちが科学にどんな興味《きょうみ》をもっているかを知りたいからって、パパがメンバーに入れてくれたんじゃない。将来《しょうらい》はもっといい世界が築《きず》けるようにって」

「……ブーイングが出るだろうな」エリックが続きを話しおえた。

「ブーイングって、だれから？」ジョージがきいた。「だれとも面倒《めんどう》なことになんかならないと思いますけど。そんなこと起こるはずないでしょう？」

でも、ジョージも自信があったわけではない。これまでに体験した宇宙旅行の中には、うまくいかないものもあった。そんなとき、いろいろな人に責《せ》められたことも思いだした。エリックが渋《しぶ》い顔をしながら言った。

「メンバーの中には気にしない人もいるだろう。でも、リカに」と、その名前をエリックは嫌《いや》なものを吐《は》きだすように言った。「知れたら、わたしはコスモドローム2から片道《かたみち》キップで宇宙に飛ばされてしまうよ」

コスモドローム2というのは、エリックが最近所長に就任《しゅうにん》した新しい職場《しょくば》の名前だ。そこは多くの国や企業《きぎょう》がかかわる国際的《こくさいてき》な施設《しせつ》で、様々な有人・無人の宇宙飛行計画をとりまとめようとしている。アニーとジョージは、この施設に連れていってほしいとさんざん頼《たの》んだが、そのたびにエリックには断《ことわ》られた。コスモドローム2は、閉鎖的《へいさてき》な施設だからというのだ。お客が入れるのは、特別な例外のときだけだそうだ。アニーとジョージは、特別な例外をいろいろと考えてはみたが、どれも認《みと》めてはもらえなかった。

エリックは、おどろくほどきっちりと宇宙服をたたんで戸棚《とだな》にしまいながら言った。

「この仕事についたときは、うれしかったものだ。世界各地の宇宙探査《うちゅうたんさ》プロジェクトを推進《すいしん》する役に立てると思ってたんだ。ところが、わたしを補佐《ほさ》する人物とさえうまく折り合えないんだからな」

アニーは、自分の父親を同情《どうじょう》するように見た。

「パパもいじめられてるの?」

「そうとも言えるな。職場《しょくば》ではいじめを受けているよ。ただし巧妙《こうみょう》で卑劣《ひれつ》なやり方だから、時には、こっちのほうがおかしいんじゃないかとか、そんな気がしてるだけなんじゃないかと思わされたりするんだよ。職場ではわたしが何をやっても、なぜかうまくいかないんだ。でも、それがどうしてなのかはわからない。わかっているのは、リカが休暇《きゅうか》から帰ってきて以来、こうなってしまったってことなんだ。それ以前のリカは、やさしくて、頼《たよ》りになって、ふつうのいい人だったんだが、今は変わってしまった。奇妙《きみょう》なことだよ」

「パパも、こそこそ陰口《かげぐち》を言われたりしてるの？」アニーが、まじめな顔できいた。

「そうだな！」エリックは、そう言えばそうだと思ったらしい。「そのとおり！　ろうかを歩いているときなんかにな。しかも、コスモドローム２には、ろうかがたくさんあるんだよ。連中はこそこそ話しているんだが、わたしが前を通るときは口をつぐみ、通りすぎるとまた始めるんだ！」

「ひどいね。パパのうわさ話もしたりするの？」アニーが言った。

「やれやれ、そのとおりだよ。しかもまったくのでたらめなんだ！　重要なお客が外国からきているときに、なんでわたしが宇宙《うちゅう》エレベータをわざと故障《こしょう》させたりするんだい？　そんなことするわけないだろう！」

ジョージはびっくりした。宇宙エレベータが故障したことなんて、ちっとも知らなかった。どこかで聞いたことがあれば、忘《わす》れるはずはない。そういうことは、うっかり忘れたりしないから。というより、宇宙エレベータについては、何も聞いたおぼえがない。そんなに重要なわくわくすることを知らないでいたなんて！

「かわいそうなパパ。どんな気持ちか、わかるよ。抱《だ》きしめてあげる」アニーが言った。

エリックとアニーがだまって抱きあっている間、ジョージは何かいい手はないかと考えていた。そして、思いついた。

「そうだ！　いい考えがある！　前に同じようにしたことがあるでしょう。コスモスの扉《とびら》を開いたけど、通りぬけることはしなかった。向こうをのぞいただけだったんです！　それでも、見えるのは本物だから、動画サイトで見るよりずっとわくわくしましたよ。それくらいならできますよね？　宇宙旅行じゃなくて、何かを見せるだけだったら、コスモスにもできるんじゃないかな？」

「なるほど！　それなら、可能《かのう》な範囲《はんい》の中に入ってるんじゃないかな」エリックの目がかがやいた。

「ってことは、オーケーってことよね？」と、アニー。

「コスモス？　宇宙を見せてくれることはできるかい？　わたしたちをその場所に下ろさなくてもいいんだ」

コスモスは、カタカタいいながら規則《きそく》をチェックしていた。そして、さっきだめ押《お》しをしたことは本意ではなかったらしく、こんどは大声を張《は》り上げた。

「ダイジョウブソウデス！　何ガ見タイデスカ？」

ジョージとアニーは額《ひたい》を寄《よ》せた。

「アニーは何が見たい？」ジョージがきいた。

「ほんとは、扉《とびら》の向こうまで行きたいな。向こう側へ行かないと、嫌《いや》なものからすっかり離《はな》れることができないもん」アニーが言った。

「でも、宇宙《うちゅう》のすぐ近くまで行けるんだよ。立体的に本物が見えるんだし、感じたり、さわったりすることもできるかも。そう考えてみたらどう？」ジョージが、説得しようとした。

「たぶんね」アニーが言った。まだ納得《なっとく》してはいないらしい。

「ぼくは、太陽系《たいようけい》のどこかがいいな。いつか行けるようなところが。そして、扉の向こうに踏《ふ》みだして、ほかの天体の地面を踏むことを想像《そうぞう》してみるんだ。そしたら、実際《じっさい》に行ってみるのとそうちがわないよ」

「うーん、いいかも」アニーが少し元気になった。

「木星の衛星《えいせい》はどうかな？　超《ちょう》つめたくて、不思議なんだよ。おもしろいものが見えるかも」ジョージが提案《ていあん》した。

「いいね。あ、そうだ！」アニーはとつぜん高い声を出してぴょんぴょんとびはねた。「ＶＲ《ヴィアール》の装《そう》置《ち》が届《とど》いたとき、あたし、海の生物についてちょっと調べてみたの。そしたら、木星の衛星エウロパの氷の下には、地球外生命体が泳いでいるかもしれないんだって！　それを見にいこうよ」

「わかった。すごいものが見えるかも」

ジョージは、ＶＲのヘッドセットをつけて、グレート・バリア・リーフ周辺の海の中を見たときのことを思い出した。宇宙の氷の下にも、同じような海が広がっているのだろうか？

「そうだよ！　宇宙のイルカを見にいこう！　ねえ、パパ、いいでしょ？」

「水族館に行くより安上がりだな。だけど、じっさいにイルカが見えるとは思うなよ。宇宙にイルカやミンククジラみたいなものがいるかどうかは、まだわからないんだからな」エリックが陽気な声で言った。

「だったら、見てこようよ」アニーが言った。

「許可《きょか》ガオリマシタ。せきゅりてぃヲちぇっくシマス……」

セキュリティチェックは、コスモスが戸口を作る際《さい》に新たにくわえられた手順だ。コスモスがアリオト・メラクという名前の悪漢《あっかん》にハッキングされた事件《じけん》があったので、エリックがこの手順をつけくわえたのだ。あのときは、この友好的なスーパーコンピュータでさえ、アリオト・メラクによって危険《きけん》な敵《てき》に変えられてしまった。

「せきゅりてぃちぇっく終了《しゅうりょう》！　扉ヲツクル準備《じゅんび》ニ入リマス」コスモスが歌うように言った。

「コスモス、放射線《ほうしゃせん》からわたしたちを守るシールドもお願いするよ。木星に近づくんだからな」エリックが言った。

小さなコンピュータが発したおなじみの二本の光線が、空中に扉の形を描《えが》いていく。

「了解《りょうかい》」コスモスが答える。

コスモスは今や動作モードに入っていて、人間的というより機械的になっている。

アニーのタブレットに目をやったジョージは、偉大《いだい》なる科学書からとられた文章がまだ送信され続けていることに気づいた。画面には絶《た》え間なく文字が浮《う》かびあがっている。

「きみのお友だちってやつは、今ごろ気が変になってるかもな」

「そうだといいけど。ついこの間もあの子は、まわりでひどいことが起こってても、自分は親友だし味方だからね、って言ってたんだよ。でも、あの子がいちばんひどいいじめをしてたんじゃないの。あたしにあんなのを送って、いじめっこたちにとり入ろうとしてたのかも。もうあたしの友だちじゃないって言えないから、親友のふりなんかしちゃってさ……」

「ほら、コスモスの扉《とびら》が開くよ」ジョージが、ぞくぞくしながら指さした。

コスモスが光線を使って描《えが》いたドアのような形は、今ははっきりとして、少しずつ開こうとしていた。エリックもふくめ三人がぽかんと見つめていると、扉が大きくあいて、その向こうに木星の衛星《えいせい》の、くぼみやひびのある氷の表面が見えてきた。息をのむようにすばらしい光景だ。

戸口の向こうに広がる凍《こお》った風景を見つめて、押《お》しころしたような声でアニーが言った。

「わあ！　エウロパでスケートすることもできるのかな?」

地平線までずっと広がっているながめは、静かでおだやかだった。木星の周囲の軌道《きどう》をまわっているこの衛星は、住む者がなく、氷に閉《と》ざされている。そのエウロパの向こうには、巨大《きょだい》な縞模様《しまもよう》のボールのような壮大《そうだい》なガスの惑星《わくせい》が浮かんでいるのが三人の目にも見える。エウロパは暗い。この衛星は、かがやく太陽から見ると、地球よりずっと遠くにあるからだ。それでも、氷が不思議な畝《うね》やうねりを作っていることは見てとれる。吐息《といき》のような「プーフ」という音がした。固い表面か

ら気体をふくんだ液体《えきたい》が噴出《ふんしゅつ》して、うすい大気へと放たれる。何十億《おく》もの小さな星が散らばってい
る黒い宇宙《うちゅう》を背にして、噴水がレースのような模様をつくり、凍って、やわらかな薄片《はくへん》となってま
たおりてくる。
「わあ、まるでエンケラドスに行ったときみたい！」アニーが陽気な声で言った。エリックが娘《むすめ》を
いぶかしげに見たが、アニーは気づいていない。
ジョージはアニーの言葉にかぶせるように、大きな咳《せき》ばらいをした。前にふたりが無許可《むきょか》で宇宙
旅行をして、土星の衛星であるエンケラドスに行ったことが、今エリックにばれるとまずい。
でもジョージがせっかくゴホゴホやっているのに、アニーはジョージの背中《せなか》をたたいただけで言
葉を続ける。
「でも、今回は、足元で爆発《ばくはつ》しようとする火山に立ってるんじゃなくて、安全な家の中にいるんだ
もんね……」
アニーがハッと気づいて口をつぐんだときは、もう遅《おそ》かった。
ジョージは咳をやめると、赤くなった顔でアニーをにらんだ。アニーったら、なんてまぬけなん
だ！　アニーはひょいと肩《かた》をすくめた。エリックがきいた。
「いつエンケラドスに行ったんだ？　コスモスのログに不明な宇宙旅行《うちゅうりょこう》が記録されていたけど、そ
れがもしおまえたちだとすると……」
「想像《そうぞう》の中でエンケラドスに行ったのよ」アニーは、背中で指を交差させながらウソをついた。

エウロパ

木星の「青い」衛星《えいせい》エウロパには、ほんとうに生命体がいるのだろうか。今のところまだ答えはわからない。1989年に打ち上げられた木星探査機《たんさき》のガリレオは、4番目に大きな衛星であるエウロパについても多くの新情報《しんじょうほう》を地球に送ってきた。そのおかげで、エウロパの表面の分厚《ぶあつ》い氷の下には海が広がっていて、そこには何らかの生命体がいるのではないかと考えられるようになった。しかし、私《わたし》たちがエウロパに上陸して数キロメートルもの厚《あつ》さの氷を掘《ほ》ったら、そこを泳いでいるイルカが見つかるかどうかは、わからない。たとえ生命体が見つかるとしても、微生物《びせいぶつ》のようなものである可能性《かのうせい》のほうがずっと高い。それでも科学者は同じように心をおどらせるだろう。

けれども今後10年の間には、もう少しはっきりした答えが見つかるかもしれない。2022年にはJUICE《ジュース》（木星氷衛星探査機）と呼《よ》ばれる新たな探査機が打ち上げられて、この神秘的《しんぴてき》な衛星を間近で観測《かんそく》することになっている。JUICEはESA《イーエスエー》（欧州宇宙《おうしゅううちゅう》機関）が計画している無人の宇宙船で、8年後の2030年には木星に到達《とうたつ》し、約3年かけて木星と、カリスト、ガニメデ、エウロパの3つの大きな衛星を観測《かんそく》する。うまくいけばJUICEと、同時期に実施《じっし》されるNASA《ナサ》のミッション「エウロパ・クリッパー」の両方が、エウロパについて多くの情報《じょうほう》をもたらしてくれるだろう。

今わかっていることは、なんだろう？

- エウロパは、太陽系最大《たいようけいさいだい》の惑星《わくせい》である木星のまわりを公転する氷の衛星だ。
- 木星には全部で67個《こ》の衛星がある。そのうちエウロパを含《ふく》む最大の4個の衛星は、1610年にガリレオ・ガリレイによって発見されたことから「ガリレオ衛星」と呼ばれている。ガリレオは、これらの衛星が木星の周りを公転しているのを発見した時、すべての天体が地球の周りをまわっているわけではないことに気づいた。これにより、太陽系や宇宙の中で自分たちがどういう位置にいるかという認識《にんしき》がまったく変わることになった。
- エウロパは地球の月と比《くら》べるとわずかに小さいが、表面は月よりもずっと平坦《へいたん》だ。エウロパには山やクレーターがないらしく、太陽系の中でも最もでこぼこの少ない天体かもしれない。
- エウロパの表層《ひょうそう》は氷でできている。科学者たちは、その下に100キロメートルもの深さの海があると推測《すいそく》している。地球上で最も深い海はマリアナ海溝《かいこう》だが、深さは11キロメートル弱しかない。比べると、エウロパの海がとても深いことがわかる。
- エウロパの表面にははっきりとした褐色《かっしょく》の線でできた模様《もよう》がある。この模様はエウロパがまだ若《わか》い時代に比較的《ひかくてき》温度の高い氷が噴出《ふんしゅつ》してそのまま固まったものかもしれない。

アニーとジョージは、じつは、生命を築《きず》きあげる素材《そざい》を集めるために、ひそかにビリヤードの玉みたいな奇妙《きみょう》で小さい衛星《えいせい》エンケラドスに行ったことがある。それは、みじめで危険《きけん》な冒険《ぼうけん》で、ふたりとも早くそこから逃《に》げだそうと必死だった。とくに氷の火山が、足元を走る断層線《だんそうせん》に沿《そ》って噴《ふん》火《か》しそうになったときはあせった。

「ねえパパ、パパはいつも『頭の中で宇宙を旅行してる』って言ってるでしょ。あたしたちも、それと同じようにしたの。ほんとにすばらしい体験《たいけん》だった。パパの言ったとおりにしてれば、まちがいないもんね」

エリックは疑《うたが》いの目で娘《むすめ》を見た。ジョージは扉《とびら》の向こうに見えるエウロパをじっと見つめていた。もしエリックと視線《しせん》を合わせたら、自分が後ろめたい目つきをしてることがばれてしまう。だから、この衛星の表面をながめわたしていたのだ。エンケラドスから話をそらすためには、何かを見つけて、それについてエリックに質問《しつもん》したほうがいい。ジョージがエウロパの重力か、軌道《きどう》か、生命体が存在する可能性について的を射《い》た質問をしようと考えていた矢先、ほんとうに変なものが目に入った。

「あれ、何?」ジョージは指さした。

「どれ?」エリックが戸口の外をのぞきながらきいた。「何を見たんだい?」

「ほら、あそこです。氷に穴《あな》があいてます」と、ジョージ。

「氷には、穴くらいいっぱいあいてるんじゃないの。きっと間欠泉《かんけつせん》が噴《ふ》きだす穴じゃないかな」

ジョージが急に声を張《は》りあげた理由が、アニーにはわからなかった。

「それとはちがうよ」とジョージは言った。

アニーはジョージが指さしている先を見て、声をあげた。

「ひゃあ！」

ジョージが見つけたのは、でこぼこした緑がかった白い氷にあいた穴《あな》だが、ほかの穴とはちがう。それは、まるで丸いクッキー型でくりぬいたようにまん丸だった。

「自然界で、こんなことが起こるものなの？」アニーがエリックにたずねた。

その穴を見つめているエリックが青ざめているのに、ジョージは気づいた。エリックは首を横にふりながら言った。

「まさか。こんなのはありえない。何かがぶつかったせいでもない。どうも、機械があけた穴みたいだな」

「機械？　ロボットみたいな？」アニーがたずねた。

太陽系《たいようけい》の探査《たんさ》については、もうくわしくなっているジョージもきいた。

「でも、エウロパへの宇宙飛行計画《うちゅうひこうけいかく》はなかったですよね？　エウロパではロボット探査も行われていない。宇宙探査ロケットが、そばを飛行しただけです。だったら、機械が穴をあけるなんてありえないのに」

「コスモス、エウロパの今見ている場所の位置をすぐに教えてくれ」エリックが言った。

地球の火山、太《たい》陽《よう》系《けい》の火山、さらに遠くの火山

噴火中《ふんかちゅう》の火山を見に行ったらどんな感じがするか想像《そうぞう》してみてください。実際《じっさい》に見に行った経験《けいけん》のある人もいるかもしれませんね。地球の内側からどろどろの溶岩《ようがん》が上《じょう》昇《しょう》してくると、小さな地震《じしん》が起こって地面がぐらぐら揺《ゆ》れます。火山性《かざんせい》ガスが噴《ふ》き出ようとして地鳴りのような音を立てています。いよいよ轟音《ごうおん》とともに噴火すると、見ているあなたの体も耳もふるえます。酸性《さんせい》の煙《けむり》が目や鼻をつき、あなたの肌《はだ》や汗《あせ》も硫黄《いおう》のにおい（腐《くさ》った卵《たまご》と擦《す》ったマッチがまじったようなにおい）がするようになります。前方に高温の真っ赤な岩が空中を飛んでいるのが見えますが、冷えて落ちてくるころには黒くなっています。そうした岩の中には、がれきの山の上に積みかさなっていくものもあれば、くねる溶岩の流れにまじって煙を立てながらがらがらと下っていくものもあります。私《わたし》が二〇〇六年にシ

チリア島のエトナ火山を訪《おとず》れたときは、そんな感じでした。実際《じっさい》には小規模《しょうきぼ》な噴火《ふんか》だったのですが（そうでなければ近くまで行くのは危険《きけん》だったでしょう）、火山学者でも息《いき》をのむほどの体験でした。

どの惑星《わくせい》であれ、熱源《ねつげん》と溶《と》ける物質《ぶっしつ》の両方がないと火山はできません。地球《ちきゅう》の場合、熱源は地球内部の熱（主に地球が生まれたときの熱の残りと、今も進行中の岩の中の放射性崩壊熱《ほうしゃせいほうかいねつ》）です。そして「溶ける物質」は、岩石からなるマントルです。マントルというのは、私《わたし》たちが暮《く》らしている薄《うす》い地殻《ちかく》の下にある岩石の層《そう》です。マントルは基本的《きほんてき》には固体なのですが、熱せられると、どろどろの液体《えきたい》のようにゆっくりと流れることができます。マントルは、深いところにあればあるほど高温になり、約数百度（オーブンと同じかちょっと高いくらい）から、溶けている外核《がいかく》に近くなると４０００℃（ちなみに太陽の表面は約５５００℃）以上にも達《たっ》します。またより深くになればなるほど受ける圧力《あつりょく》も増《ま》します。水泳プールに飛びこんだときも、下に潜《もぐ》ると大きな水圧《すいあつ》を感じますが、それと同じことです。

つまりマントルはすでに非常《ひじょう》に高温なのですが、それでもやはり固体です。地球上

で自然がこれを溶かす方法は二つあります。アイスランドのように構造《こうぞう》プレートに裂《さ》け目《め》がある場所や、ハワイの地下のように熱いマントルのかたまりが深いところから溶岩のようにゆっくりと押《お》し上げられている場所では、マントルへの圧力が減少《げんしょう》します。したがってマントルの融点《ゆうてん》が下がります。気圧が低い山の上ではヤカンが低い温度で沸騰《ふっとう》するのを見たことがある人もいるでしょう。また日本やインドネシアの地下では、マントルに他の物質が加わって溶けやすくなっています。冬に氷を溶かすために車道や歩道に塩をまくのと同じようなものです。これは、二つの構造プレートが押し合っている「沈《しず》みこみ帯」と呼《よ》ばれる場所で起こります。別のプレートの下に沈みこみマントルに達したプレートが、上にあるマントルの岩石に水やその他の物質を放出するのです。

マントルが溶けると、マグマと呼《よ》ばれる液体の岩石となります。このマグマはまわりの他の岩石に比《くら》べて低密度《ていみつど》であるため、地表に向かって上昇《じょうしょう》し始めます。この上昇は、地殻が薄い海の底だと特に、短時間で起こります。大陸《たいりく》など地殻が厚《あつ》くなっている場所ではもう少し時間がかかります。移動《いどう》に時間がかかればかかるほど、マグマは冷えて変形していき、どんどん粘《ねば》りけが強くなっていきます。

しかしマグマが、ドーナツの中のジャムがしみ出してくるようにではなく、爆発《ばくはつ》するように地面から噴出《ふんしゅつ》してくるのはなぜでしょうか。マグマの中には、蒸気《じょうき》や二酸化《にさんか》炭素《たんそ》のようなガスが溶《と》けこんでいます。マグマが上昇《じょうしょう》して周囲の圧力《あつりょく》が下がると、そうしたガスは溶けたままではいられなくなり、気泡《きほう》を作ります。気泡はさらに上昇するとどんどんふくらんでいき、最終的に地表に到達《とうたつ》して爆発《ばくはつ》することがあります。だれかが振《ふ》っておいたコーラのびんを急いであけると、中身が噴出するのと同じ原理です。粘《ねば》りけの高いマグマは、気泡をたくさん抱《かか》えることができるので、爆発もはげしくなります。マグマの粘りけも、噴火《ふんか》の際《さい》の爆発の大きさに関係しているのです。

地球《ちきゅう》上のほとんどの火山活動はこのようにして説明できます。しかし太陽系《たいようけい》の中で火山があるのは地球だけではありません。雲のない夜に満月を見てみて下さい。月に大きな黒いもようがあるのが見えますね（昔の天文学者はこれを海だと考えていたので、海を表すラテン語からマレと呼《よ》ばれています）。これは溶岩層《ようがんそう》が凝固《ぎょうこ》したものです。

火星には、巨大《きょだい》な火山がいくつもあります。そのうち最大と考えられているのはオリンポス山で、高さは20キロメートル以上あり、面積《めんせき》はアメリカのアリゾナ州《しゅう》くらいあります。

月や火星は地球よりも小さい天体なので、より短い時間で冷えたため、そこにある火山は今や死火山となっています。金星は地球と同程度《どうていど》の大きさですが、金星探査《きんせいたんさ》機《き》ヴィーナス・エクスプレスから送られてきた情報《じょうほう》を見ると、活動中の火山から溶岩が流れ出している可能性《かのうせい》があるようです。

太陽系のもっと外に行くと、巨大なガス惑星《わくせい》がもつ衛星《えいせい》では、もっと特異《とくい》な火山活動が見られます。木星のまわりに60個《こ》以上確認《かくにん》されている衛星の中には、火山を持つものがいくつかあることがわかっています。木星の巨大な衛星のうち最も内側にあるイオは、太陽系の中で火山活動がいちばん活発な天体として知られています。イオは、スカッシュのボールのように、木星からの膨大《ぼうだい》な潮汐力《ちょうせきりょく》によってのびたりちぢんだりするので、内部に熱がたまり、これが火山の熱源《ねつげん》となっています。イオの火山は非常に活発で、ガスとダストを数百キロもの高さに吹《ふ》き上げています。木星の、氷でおおわれた衛星エウロパもまた、たいへん興味《きょうみ》深い天体です。エウロパの表面は非常《ひじょう》に新しく、ほとんどクレーターがありません。これは氷の火山活動によって、エウロパの表面がいつも水のマグマでおおわれてきたことを示《しめ》しています。

二〇〇五年には土星探査機カッシーニが、エ

ンケラドスという衛星《えいせい》から蒸気《じょうき》と氷が吹《ふ》き上がっているのを発見しました。さらに太陽から遠く離《はな》れると、宇宙探査機《うちゅうたんさき》ボイジャー二号が、海王星の衛星の一つであるトリトンから黒い噴煙《ふんえん》が上がっているのを観測《かんそく》しました。おそらくこの噴煙は窒素《ちっそ》の氷でできていて、遠く離《はな》れた太陽の熱を爆発《ばくはつ》の熱源《ねつげん》にしていると考えられています。

最近発見された太陽系外《たいようけいがい》の岩石惑星《がんせきわくせい》では、まったく新しいタイプの火山活動が見られるかもしれません。それについては、私《わたし》たちや将来《しょうらい》の科学者たち（あなたもその一人かもしれませんね）がこれから発見していかなくてはなりません。これらの惑星から地球に届《とど》く光は、その惑星の大気についての手がかりをもたらしてくれます。火山は特有《とくゆう》のガスを放出《ほうしゅつ》するため、火山活動は太陽系外で私たちが確認《かくにん》できる最初の地質学的《ちしつがくてき》なプロセスになるかもしれません。

地球の火山についてもまだまだわからない部分がたくさんある、と思うと、私は身がすくむような思いがします。しかし、宇宙全体でみれば、もっともっとたくさんの火山の謎《なぞ》が解明《かいめい》されるのを待っているのです。

タムシン

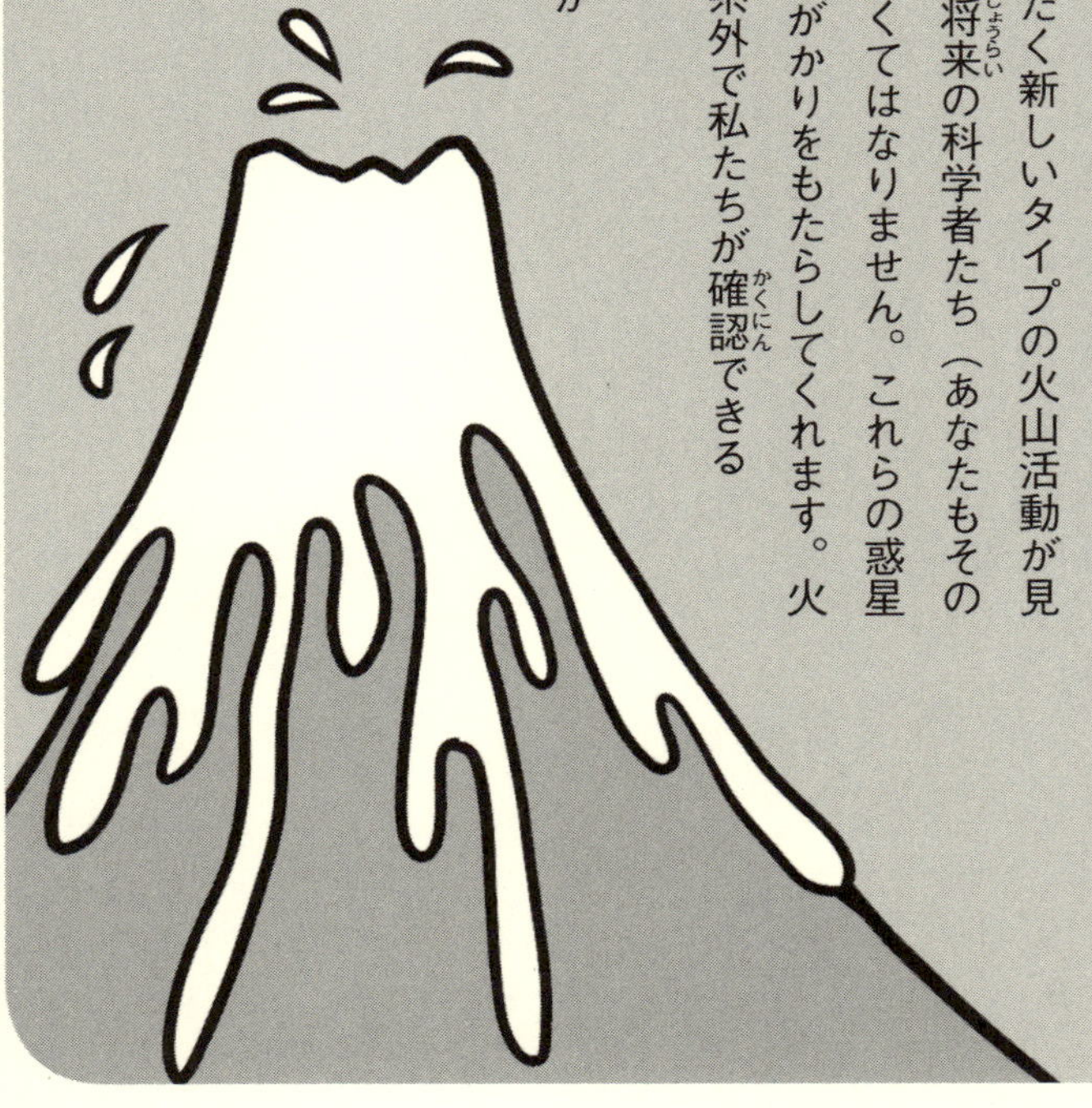

コスモスは、指示どおりに、画面にいくつかの数字を映《うつ》しだした。エリックはそれを見ると、つぶやいた。

「なるほどな」

そして、まったく訳《わけ》がわからないという顔で、また氷の穴《あな》を見た。

「どうしたの、パパ？」アニーがたずねた。

「位置はぴったりだ。でも、まだ数年先のはずなんだが……」

エリックが言っていることは、アニーとジョージにはちんぷんかんぷんだった。

「何が『はず』なんですか？」ジョージがきいた。

「アルテミスだよ」とエリックが答えた。「アルテミス計画と、位置が同じなんだ……でも、アルテミスはまだ実行段階《だんかい》にない。わからないな。不可能《ふかのう》だよ」

「アルテミス計画って？」アニーがたずねた。

でもエリックはすでにコスモスのキーボードをたたいて扉《とびら》を閉《と》じた。

「行かないと。行って……」

エリックがそう言いながら玄関《げんかん》までいそぐ。

「どこに行くの？　パパ、どこに行くのよ？」アニーがきいた。

でも、エリックの姿《すがた》はもう消えていた。

3

「アルテミス計画って？」エリックが玄関《げんかん》ドアを閉《し》める音が聞こえると、ジョージがくり返した。

エリックの足音が遠ざかると同時に、別の音が聞こえてきた。こんどは、固定電話が鳴る音だ。アニーのママが受話器をとる。

「うーん、アルテミスが何かはたぶんわかるけど、念のためコスモスにきいてみよう」アニーが言った。

「あるてみす――ぎりしあノ狩猟《しゅりょう》ノ女神。マタ、人気ノアルSF《エスエフ》小説ノ名前。コノ小説ハ、氷ノ表面下ノ空気ノ泡《あわ》ノ中ニ生命ガ存在《そんざい》シテイルカドウカヲえうろぱマデ探査《たんさ》シニ行クトイウ内容《ないよう》」スーパーコンピュータが親切に答えてくれる。

「そんなことってあるのかな？」ジョージは、興味《きょうみ》を持ってきいた。わくわくして、靴《くつ》の中で指がもぞもぞ動く。

「理論上《りろんじょう》ハ」と、コスモスが答えた。

ジョージがうめき声をあげる。ワームホールとかタイムトラベルとかの、科学でいちばんおもしろいものはみんな、「理論上」で存在している。でも、「実際《じっさい》にできるのか」とたずねると、科学者たちはたいていノーというのだ。アニーがさらにきいた。

「それで、実際にはどうなの？　まじめな話、エウロパの海には何かが泳いでるの？　海と氷の表面の間に空気の泡《あわ》があるとすると、そこに生命体がいる可能性《かのうせい》はあるわよね」

「どんな生命体？」ジョージがきく。

「生命の始まりのときに、地球の海を泳いでたみたいなものよ」アニーが訳知《わけし》り顔で言った。「この前の学期で、生命を築《きず》きあげるものについてあたしが研究してたでしょ。まだ発達する前の核《かく》になるようなものよ。そうでしょ、コスモス？」

「ソノトオリデス。ソノ小説デハ、あるてみすトイウノハ、人類《じんるい》ヲ宇宙《うちゅう》ニ連レダスト同時ニ、太陽《たいよう》系《けい》ニ生命ガ存在スルカドウカ調査ヲスルトイウ計画デシタ」とコスモス。

「だったら、人類がエウロパに行って、そこにすでに生命体が存在しているかを調査し、もしいれば、自然環境《かんきょう》の中で観察しようとするわけね？」と、アニーが言った。

「でも、人間はエウロパじゃ生きられないよ。ばかげてるよ。今見たじゃないか。氷ばっかりで、何もなかったもん」ジョージが言う。

「人間は、そこに永久《えいきゅう》にいなくてもいいのかもよ。氷の下の地下水を泳いでいるエイリアンが存在《そんざい》するかどうかがわかればいいんだもん」アニーが考えながら言った。

「探検家《たんけんか》たちはエイリアンを連れて帰るの？　その小説の中では？」ジョージがきいた。

「さあね。だけど、きっと連れて帰りたいよね。連れてきて検査《けんさ》したら、生命の始まりについての大きな手がかりが得られるもんね」と、アニー。

「それって危険《きけん》なことだよね？」ジョージが疑《うたが》わしげに言った。

「えいりあんニトッテハ、モチロン危険デス。シカシ、ワタシタチガソコカラ学ベル可能性《かのうせい》ハトテモ大キイノデス。生命ノ秘密《ひみつ》ガ明ラカニナルカモシレマセン」コスモスが言った。

「わーお！　……それがSF《エスエフ》の世界のものだけじゃなかったとしたら？　じっさいにアルテミス計画のようなことが実行されてるとしたら？」ジョージがたずねた。

「だったら、パパが知ってるはずよ。だって、宇宙探査《うちゅうたんさ》をとりまとめるのがパパの仕事だもん。だから、パパが知らないうちに『アルテミス』だのなんだのがエウロパで行われてるわけないよ」

アニーの母親のスーザンが戸口からのぞいた。電話を持っている。

「お友だちのベリンダのお母さんからよ。どうしてベリンダにどっさり文章が送られてくるのかってきいてるの」

ジョージとアニーは意味ありげな視線《しせん》をかわした。アニーがうんざりした顔をしたが、そこにはいたずらっぽい表情《ひょうじょう》もまじっているので、もうそんなに落ちこんでいないのがわかる。ジョージがアニーに代わって言った。

「スーザン、アニーはベリンダからネットいじめを受けてたんです。ベリンダは、嫌《いや》がらせメッセージをどっさり送ってきてたんですよ」

「メッセージ見る？」アニーがかん高い声できいた。

「見せてちょうだい」スーザンが言った。

「だから、エリックがコスモスに指示《しじ》して、いじめをやめさせようとしてるんです」

ジョージがそう言うと、スーザンの眉《まゆ》がぴくっと上がった。

「やめさせるですって！　どうやって？」ベリンダのお母さんに声が聞こえないように送話器をおさえながらスーザンがきいた。

「コスモスが、アイザック・ニュートンの書いたものを送ってるのよ」アニーが目をきらきらさせながら説明した。

アニーの母親はにっこりすると、スーパーコンピュータに話しかけた。

「コスモス、こんなことを言う日が来るとは思ってなかったけど、よくやったわ」

スーザンとコスモスは、これまではおたがいに相手を信用していなかったし、いっしょの家にいたくないと思っていたのだ。コスモスは、重要な操作《そうさ》を行っているとちゅうでスーザンがプラグを抜《ぬ》くのではないかと心配していた。これまでにもスーザンは、そういう脅《おど》しをかけたことが何度もあったからだ。じゃなかったら、コンピュータ廃棄施設《はいきしせつ》に送ってしまうかもしれないと、不安に思

インターネットを使うときは、ほかにも以下《いか》のような点に注意して自分を守ろう。

- 自分がこまるような写真を、インターネットで他人と共有しないように。
  とくに、よく知らない人と共有してはいけない。
- 直接《ちょくせつ》会ったら言わないようなことは、インターネット上でも言わないように。
- インターネット上での発言やふるまいを規制《きせい》する法律《ほうりつ》がある。
  メッセージや投稿《とうこう》に本名を出していなくても、警察《けいさつ》は調べてつきとめることができる。
- ウソの投稿《とうこう》や、意地悪なメッセージには返信しなくていい。
  けんかやののしり合いは、いじめっ子たちを喜ばせてしまう。
- 証拠《しょうこ》を保存《ほぞん》しよう。ネットいじめを規制する強力な法律もある。
  警察《けいさつ》が証拠となる投稿やメッセージを見せてほしいと言うこともある。

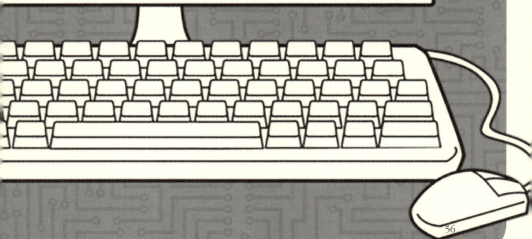

ネットいじめ

インターネットは、すばらしい道具だ。インターネットを使えば、情《じょう》報《ほう》を得たり、友だちと連絡《れんらく》をとったり、写真を共有したり、買い物をしたり、ゲームで遊んだりすることができる。

しかし、インターネットにはマイナス面もある。インターネット生活の有害で恐《おそ》ろしい側面の一つに、「ネットいじめ」がある。インターネットや携帯《けいたい》電話を通して行われるいじめのことだ。

ネットいじめは英国でもとても広がっていて、慈善《じぜん》団体BullyingUKによれば、ほとんどの若《わか》い人たちはどこかの時点でネットいじめに出会うという。若い人たちがインターネットを使う国ではどこでも、同じようないじめ防止《ぼうし》団体が活動している。

ネットいじめにあう子どもたちは、ラインやチャットなどで意地悪なメッセージを受けたり、ツイッターやフェイスブックなどに事実とは違《ちが》うひどいコメントを書きこまれたり、敵意《てきい》に満ちたサイトを作られたりする。

残念なことだが、いじめをする人たちは、あくどいメッセージやウソのコメントを広めることができるので、インターネットが大好きなのだ。

BullyingUKは、いじめをする人たちは被害者《ひかいしゃ》と親友だったことがあり、被害者《ひかいしゃ》の情報をたくさんにぎっている場合が多いと言っている。

しかし、ネットを通して知り合った「新しい友だち」が、見かけの人物像《じんぶつぞう》とは違《ちが》うこともある。子どものふりをして、だまそうとするおとなもいる。そのような場合、個《こ》人的《じんてき》な写真やビデオをたくさん送るように何度も言ってきたりする。こうした「新しい友だち」は、あなたが要求どおりにしないと、親に悪事を言いつけると書いてくるかもしれない。

これはオンライン・グルーミング（児童ポルノや性的搾取《せいてきさくしゅ》を目的とする誘《さそ》いこみ）と呼《よ》ばれるもので、インターネットを通じてあなたに不適切《ふてきせつ》な行動をとらせたり、個人情報を暴露《ばくろ》させたりする。

あなた自身や知人がネットいじめやグルーミングを受けていると思ったら、信頼《しんらい》できるおとなにすぐに相談してほしい。ネットいじめをする人に何を言われようと、あなたに落ち度があるとは思わなくていい。

ってもいた。スーザンはスーザンで、家のどまん中でコンピュータが大きな顔をしているのがいやだったし、同じ屋根の下にこれほど強力なテクノロジーの道具があることに不安をおぼえていた。

「アリガトウゴザイマス、べりす夫人。オ役ニ立テテウレシイデス」コスモスが、礼儀《れいぎ》正しく言った。

アニーの母親は部屋を出ていったが、アニーとジョージには、スーザンが電話でこう話しているのが聞こえてきた。

「ベリンダが、うちの娘《むすめ》にいっぱい送ってきたメッセージをご覧《らん》になってみてはいかが。そうなさったうえで、ベリンダが、うちの娘に対してもだれに対しても、もう二度とこんなことはしないときちんとあやまるなら、コンピュータに命じて送信をやめさせましょう」

電話の向こうから、キイキイ声の返事が聞こえてきた。

「そう、よかったわ。お嬢《じょう》さんには、ちゃんとペンとインクで書くように言ってくださいね。これ以上お嬢さんが娘に電子媒体《でんしばいたい》で連絡《れんらく》してほしくはないですからね。そうしたら、うちのコンピュータに発信をやめさせますから。でも、そのうちまた同じことが起こったら、相手がアニーだろうとほかの人であろうと、さらなる措置《そち》をとりますよ」

スーザンが電話を切った。そしてドアから顔をのぞかせ、子どもたちに親指を立てて合図した。

「コスモス、もうやめていいわよ。助けてくれてありがとう」

スーザンはそう言うと、またバイオリンの練習に戻《もど》っていった。

コスモスが操作《そうさ》をやめたので、大量の文章の送信はストップした。

「わあ、かっこよかったね」と、ジョージ。

「うん。ママとパパに話してよかった。ジョージの言ったとおりだったね」アニーがため息をついた。「あたしだって、話したかったんだけど……できなかったんだ。なんだかきまり悪くてさ。だって、もう中学生になってるのに、学校のことも自分でうまくやれないのかって思って。親が学校に乗りこんで大さわぎする心配もあったし。でも、やっぱり言ってよかったよ、ほんとに。うまくことが運んだし」

「うん。もしだれにも話してなかったら、今でもいじめが続いてたかも」と、ジョージ。

「そうだよね。ありがとう」と、アニー。

「ワタシノ中ニハ、世界ノ図書館ノスベテノ内容《ないよう》ガ入ッテイマスカラ、指示《しじ》ヲクレレバ、イツデモマタ始メマスヨ」と、コスモスがつけくわえた。

「そんなことにならないといいけど。今のところは、人間とコンピュータの連係《れんけい》プレーで解決《かいけつ》したみたい。ほかの意地悪な子たちについては、長い休みになるから、しばらく会わなくていいし。それに新学期になるころには、あたしは宇宙飛行士《うちゅうひこうし》になって、火星に行く訓練《くんれん》を受けてるから、どうでもよくなってるな」

「人生は一度きりだから楽しくやらないとな。これでもう、アルテミス計画の謎《なぞ》を調べる作戦にとりかかれるってことかな?」アニーが元気になったのがうれしくて、ジョージが言った。

「イエーイ！　コスモス、エウロパの画像《がぞう》を見せて。氷の穴《あな》をまた見たいの」アニーがたのんだ。

「モチロンデス」

コスモスはそう言ったものの、画像が画面にちょっとだけ映《うつ》ったかと思うと、すぐに緑と黒のピクセル化した固まりに分解《ぶんかい》されてしまった。

「モウ一度読ミコミマス……」

しかし、結果は同じだった。

「でーたガ壊《こわ》レテシマイマシタ。コノ画像ニハあくせすデキマセン」

「ああ、だったら、さっきみたいに、もう一度宇宙《うちゅう》への扉《とびら》を開いてエウロパを見せてくれないかな？」アニーがきいた。

「否定《ひてい》シマス。科学調査団《かがくちょうさだん》ノじゅにあめんばーカラノ扉ヲ開クこまんどハ、受ケツケラレマセン」

「全く、役に立たないんだから！　だったら、パパが戻《もど》って指示《しじ》するしかないのね？」アニーがふきげんな声で言った。

「ソノトオリデス」

「電話でもいい？　あたしがパパに電話して、パパがスピーカーホンで指示するのは？」

「理論上《りろんじょう》ハ可能《かのう》デス。タダシえうろぱトノでーたすとりーむハ、スベテ遮断《しゃだん》サレテイマス。アノ衛《えい》星《せい》ニツイテハ、ドノ情報《じょうほう》ニツイテモあくせすスルコトガデキマセン」

「太陽系《たいようけい》のほかの惑星《わくせい》や衛星は見ることができるの？」と、ジョージがたずねた。

「水星、おーけー！　金星、おーけー！　火星、小惑星帯《しょうわくせいたい》、木星、土星、凍《こお》ッタ気体ノ惑星タチ、準惑星《じゅんわくせい》、おーるとノ雲、スベテ正常《せいじょう》デス。太陽系ハ、アノ衛星以外ハ、スベテ問題アリマセン。アレダケガ、消エテイマス」コスモスが言った。

「エウロパが、行方不明ってこと？」アニーが信じられないという表情できいた。

「今ハ、ソノヨウデス。えうろぱハ、今ハアルベキ場所ニナイヨウデス」と、コスモス。

「そんなのありえないよ。エウロパくらいの大きさの衛星が、ただ消えるわけないもん」と、ジョージが言った。

「ソウデスネ。アリエマセンガ、ソウナッテイマス」と、コスモス。

「かわいそうな宇宙のイルカたち。エウロパは、エイリアンたちに乗っとられたのかな？　なんでエイリアンがほしがるのかな？」と、アニー。

「きっとぼくたちと同じだよ。生命がどう始まったのかを調べたいんだ。自分たちで新たな生命体をつくりたいのかも」

「フランケンイルカなんて、ぞっとするね」

「フランケンジョーズよりいいよ。そんなのが出てきたら、ほんとに怖《こわ》いだろうな」と、ジョージ。

「げっ！」

「もしかすると、あれは、イヌイットが釣《つ》りするときに氷にあける穴《あな》みたいなもんかも。『アルテミス計画』では、大西洋じゃなくてエウロパの海に、漁船みたいなもんで魚をとりにいってるのかも」ジョージが考えながら言った。

アニーは、携帯《けいたい》電話をさっととりだすと、タッチパネルで「パパ」を押《お》した。エリックがすぐに電話に出たが、あせっているような声だ。

「アニーかい？　コスモスを閉《と》じるんだ。今すぐに！」

「どうして？　あたしたち、今……」

「アニー、いいから閉じて」エリックの声が急に小さくなった。「すぐにコスモスを閉じるんだ。今夜は、わたしが帰るまでは、これ以上情報《じょうほう》を探《さが》したりしちゃだめだぞ」

電話が切れた。でも、すぐにまたかかってきて、エリックがさっきと同じ深刻《しんこく》な声で言った。

「いいか。エウロパを見にいってはだめだぞ」

「もちろん、見にいってないよ。ほんとよ」

それを聞くと、エリックはまた電話を切った。

ジョージは、冒険《ぼうけん》が近づいたときのピリピリした空気を感じていた。

アニーは、オーディション番組「Xファクター《エックス》」の審査員《しんさいん》が落選《らくせん》を告げるときみたいな声で、コスモスに言った。

「たいへん残念ですが、ここまでです」

アニーが終了《しゅうりょう》ボタンを押すと、コスモスの画面がしだいに消えていった。

「さあ、どうする？　きみのパパがいいって言うまでは、エウロパもアルテミス計画もネットで調べることができないね」

「うーん。絶対《ぜったい》そこには謎《なぞ》があるよね」

アニーはそれから考えこむような顔になり、続けた。

「そうだ」アニーの表情が明るくなる。「『宇宙飛行士募集《うちゅうひこうしぼしゅう》』の申《もう》し込《こ》みの方を片《かた》づけちゃおう。コスモスを使って宇宙に行けないなら、ほかの方法を考えないと。大きなチャンスだし」

「わかった。でも、アルテミス計画をさぐるのには役に立たないけどね。エウロパは、火星からはまだずっと離《はな》れてるから。ロケットで行くにしても、あと数十億《おく》年は無理だな」

「でもさ、もし訓練《くんれん》プロジェクトに選抜《せんばつ》されたら、コスモドローム2の中に入れるんじゃないかな」

と、アニーが言った。

「宇宙飛行士の募集は、コスモドローム2でやってるの？」

ジョージはおどろいて鼻にしわを寄《よ》せた。エリックの職場《しょくば》は秘密《ひみつ》になっていて、地図にも出ていない。グーグルアースで見ても、フォックスブリッジ近郊《きんこう》の、最近コスモドローム2が建設《けんせつ》されたとアニーが言う場所には、古い工場しか見えない。

「そうよ。それに『アルテミス計画』の本部も、コスモドローム2にあるんだと思うな。だからさっきパパは大あわてで出てったんじゃないかな。エウロパで何があったのか調べにいったのよ、きっと」

「どうしてコスモドローム2っていう名前なの？　コスモドローム1はどうなったの？」ジョージ

がきいた。

「最初のは、カリフォルニアのモハーヴェ砂漠《さばく》に建てたんだって。でも、そこは暑すぎるからって移転《いてん》したの」

「ひええっ！　そんなんで、火星に人類《じんるい》が住むところなんて、つくれるのかな？」

「だめだよね。だから、だめなおとなが賢《かしこ》い子どもたちに手伝ってもらおうとしてるんじゃないの。そうに決まってるよ。生まれつきデジタルになれてる子どもたちに教えてほしいと思ってるんだよ」

アニーはそう言うと、タブレットをコスモスから切りはなし、以前は友人だったベリンダに向けてコスモスが短時間に送りつけた何千もの文章を見て笑《わら》った。三〇秒《びょう》ほど前には、短いメッセージが一つ入っていた。「ごめんね」と。

「地球人ときたら、何もかも複雑《ふくざつ》にしちゃうんだからね」アニーがため息をついた。

ジョージはタブレットを受けとると、「宇宙飛行士募集《うちゅうひこうしぼしゅう》」のページを開きながら言った。

「火星で暮《く》らすほうがずっとかんたんだよね。きみとぼくとロボット探検家《たんけんか》で、火星の砂漠《さばく》を見わたせばいいんだもんね」

アニーがため息をついてから言った。

「やれやれ、だね。ほら、早く書いてよ。あんたとあたしが、赤い惑星《わくせい》に踏《ふ》みだす最初の人間としていかにふさわしいかを書きこんで」

4

翌日《よくじつ》ジョージは学校から帰ってくると、まっすぐ家を通りぬけて庭に出ていった。といっても、とちゅうでお母さんがつくったケールとレンズ豆とニンジンが入ったマフィンを一つつまんだし、妹のジューノとヘラがキッチンの床《ゆか》に散《ち》らかしたレゴをとびこさなくてはならなかったけど。マフィンをくわえたまま、ジョージはツリーハウスへとのぼった。そこには思ったとおりアニーが待っていた。

「マフィンあげるよ」ジョージは、くわえていたマフィンを差しだした。

「えっと、いらない。あんたのツバがついてるじゃない」アニーは、ふきげんでちょっとイライラしてるみたいだ。

ジョージは少しがっかりした。ゆうべは、アニーはすっかり陽気になっていたのに。もっと元気を出してもらわないと。

「けっこううまいよ。母さんの料理は好きだって、アニーはいつも言ってるじゃないか」

「ジョージのお母さんって、最先端《さいせんたん》行ってるよね。お父さんもお母さんも今風だもんね」アニーが感心したように言った。

たしかに時代は、ジョージの両親のテレンスやデイジーの生き方に追いついてきていた。かつてはエコな生き方や自家製《じかせい》の服や野菜畑やテレンスのひげ面や庭のハチの巣《す》などは、物笑《ものわら》いの種だったのに。でも、アニーとジョージが知り合ってからこのかた、世界が急速に変化して、テレンスとデイジーの暮《く》らし方が流行の先端になったのだ。ふたりがかかわっている食料協同組合の、「デイリー・ブレッド」は、高級雑誌《ざっし》に載《の》り、テレンスは「暮らし方」についての講演《こうえん》をたのまれ、デイジーは野生の材料を使った料理本を出版《しゅっぱん》するまでになっていた。

「そうだね。こうなるとは思ってなかったけど」と、ジョージ。

ジョージがまだ小さくて、ほかの子と同じがいいと思っていたころ、両親にはいつも気まずい思いをさせられてきた。でも、この年になって、両親の生き方を世間があたたかく見るようになってくると、ジョージも両親をほこらしく思うようになっていた。といっても、子ども時代のジョージはまるで鉄器時代のようなキャンプ生活をしていたのだが、それについて両親を許《ゆる》せるかどうかはまだわからない。しまいには、ジョージの猛烈《もうれつ》おばあちゃんであるメイベルが、文字どおり泥《どろ》だらけの暮らしを止《や》めさせたので、キャンプ生活も終わりを告げたのだった。でもジョージは、自分が

「仲間外れ」だと感じていたことはおぼえている。チームのメンバーを選ぶ際《さい》はいつも最後まで残されていたし、ジョージが話しかけようとしても相手はいつもそっぽを向いた。そういうときのなんともいたたまれない気持ちは、今でもよくおぼえている。だからジョージは、アニーに学校でのいじめは忘《わす》れて、まったく別のものに興味《きょうみ》をもってほしいと思っていた。何か宇宙《うちゅう》に関することなら、いちばんいい。そこに謎《なぞ》がふくまれていれば、なおさらだ。

「エウロパはどうなの？　まだ行方不明？　それともきみのパパがもう見つけた？」マフィンの残りを口の中につっこみながらジョージはたずねた。マフィンのかけらがぼろぼろ落ちる。

「さあね。パパは、何もするなって言っただけだからね」

「アルテミス計画が海で何かやってるかどうかもわからないんだね？」がっかりしてジョージはきいた。

エリックがこの件《けん》について首を突《つ》っこむなと言ったにしろ、アニーがだまってしたがっているなんて、信じられない。宇宙探偵《たんてい》ができるチャンスなのに、何もしようとしないなんて。やっぱりまだアニーの心の傷《きず》は癒《い》えていないのだろうか。

「わかんないよ」と、アニーがため息をついた。「へんてこりんな『パパ鳥』は、内密《ないみつ》の宇宙ミッションについて告《つ》げて以来、姿《すがた》をあらわしてないんだもん」

「ええっ、エリックは家に帰ってきてないの？」ジョージがきいた。

「ママも、パパが家がどこかをおぼえてたらびっくりだって言ってるくらいなの」アニーは浮《う》かない声で言った。

「げっ！」

「ママはね、前はまちがってコスモスと結婚《けっこん》したんじゃないかと思ってたけど、今はエボットと結婚しちゃったような気がするって言ってる」

エボットというのは、エリックが特注したアンドロイドで、エリックそっくりに作られているので、暗がりで見ると見分けがつかない。

「変なの。コンピュータやロボットと結婚する人なんていないのに。きみのママは何が言いたいの？」

「しばらくの間うちで暮《く》らしてみれば、わかるよ。たいていのおとなは、ほんとに変なんだから」

アニーは浮《う》かない顔で、ポニーテールの先をくるくるまわしながら言った。

「で、エボットはどこ？」エリックのそっくりさんをしばらく見てないと思いながら、ジョージがきいた。

「うーん、わかんない」と、アニー。

ジョージはだまされなかった。

「そんなわけないよ。どこにいるんだよ？」

「えーと、二日前にキャンディーを買いに行ってもらったんだけど、帰ってきてないの」アニーが気まずそうな顔をした。

「エボットに買い物なんかできるの？」ジョージがたずねた。

「マイクロチップが入ってるからね。それが、非接触型《ひせっしょくがた》の支払《しはら》いカードみたいな役目をしてくれるんだ」アニーは、ジョージがツリーハウスの床《ゆか》にこぼしたマフィンのかけらを指ですくって口に入れながら話した。

「でも、どこにいるかわからないの？」

ジョージには、エボットがキャンディーを買いこんだ場所からどうやって連絡《れんらく》できるのかもよくわからなかった。

「無線が通じなくなってるの」

ジョージは、アニーが元気をとりもどせそうな別の話題を必死《ひっし》で探《さが》した。

「そうだ、『宇宙飛行士募集《うちゅうひこうしぼしゅう》』の件《けん》だけど、返事は来た？」

「あっ、メールのチェックしてなかった！　なんでだろう。ほんとにメール見てなかったよ」アニーが夢《ゆめ》からさめたように言った。

ジョージは、ツリーハウスの床においてあったタブレットをアニーに渡《わた》した。アニーはメールをチェックしていき、返信を見つけると、たちまち元気になった。

「やった！　うまくいくかもだよ、ジョージ。一次審査《じしんさ》は通って、候補《こうほ》に残ってる！　ここ数日のうちに、最終的な決定が出るって。あたしたち、きっと受かると思うな」

「すげえ！　で、訓練《くんれん》はいつからだって？」

「来週よ。空席は二つだけど、もうゲットしたみたいなもんよ。やったー！　宇宙飛行士《うちゅうひこうし》になれるんだ！　火星に行けるんだ！　わーい！」

アニーはクッションから立ちあがると、ツリーハウスの中でとびはねた。

そのとき、アニーの家の前の通りでキキーッというブレーキの音が聞こえたかと思うと、ドアをバタンと閉《し》める音と、あわてたような足音も聞こえてきた。

「あ、パパが自動運転の車で帰ってきた。報告《ほうこく》しにいこう！」

ふたりは、はしごを降《お》りて、最後の何段《なんだん》かはとびおりると、アニーの家へといそいだ。ふたりが裏口《うらぐち》までたどりつくと、ちょうどエリックがキッチンに入ってきた。

キッチンにいるエリックを見て、アニーとジョージはぴたっと足をとめた。エリックが、しおれた鉢植《はちう》えや額《がく》に入った写真など、ほこりだらけの物が入った段ボール箱《ばこ》を抱《かか》えていたからだ。エリックがキッチンテーブルにその段ボール箱をドスンとおくと、かわいそうな鉢植えにわずかに残っていた葉っぱまで落ちてしまった。エリックの口は、これまで見たことがないほどひんまがっている。いつもは青白いほほが赤く染《そ》まり、ぶあついめがねレンズの向こうで目がぎらぎら光っている。

「これが記念の贈《おく》り物だと」エリックが苦々しげな声で言った。

段《だん》ボール箱の中からマグをとりだすと、エリックはアニーのほうへ突《つ》きだした。

マグには、「世界の偉大《いだい》な科学者！」という文字が書いてある。アニーはマグをまわしながら、そこに記されている名前を次々に読んでいった。

「ニールス・ボーア、チャールズ・ダーウィン、アルバート・アインシュタイン、ボール・ディラック……あれっ、パパの名前はないんだね」

「そうなんだ。最後までバカにしてるんだよ、まったく」

アニーは、キッチンテーブルにマグをそっと置いた。

「お茶いれましょうか？」ジョージはきいた。

「ああ、そうだな」エリックが憤慨《ふんがい》したように言った。「もうお茶を飲むくらいしかすることがないんだからな。そうさ、ジョージ、たのむよ」

アニーのママのスーザンが、エリックの後ろの戸口にあらわれた。

「どうしたの？　どうして家に？」いぶかしそうにスーザンがきいた。

「ここに住んでるからじゃないか」くるっとふりかえって、かんしゃくを起こしたようにエリックが言う。

「うへっ、ジョージは消えたほうがいいかも」と、アニー。

ジョージが忍《しの》び足で裏口に向かい、家に戻《もど》ろうとしたとき、エリックが不自然に陽気な声で言った。

「ジョージ！　わたしのせいで帰らなくてもいいんだぞ！」

「ぼくは、その、ほんとに家に帰らないと。その……また、来ます」ジョージはぼそぼそ言いわけをして、ドアのほうに近づいた。

「行くなよ。帰っちまったら、きみを追いはらったといって妻《つま》と娘《むすめ》に責《せ》められる」

メガネの向こうのエリックの目は、やけに大きくらんらんと光っている。

ジョージは板ばさみになった。家に戻《もど》りたいのはやまやまだが、エリックを不機嫌《ふきげん》にさせて、アニーとスーザンに迷惑《めいわく》をかけたくもない。ジョージは足を交互《こうご》に踏《ふ》みかえながら、どうしようかと迷《まよ》った。スーザンがため息をついて口をはさむ。

「エリック、勤務中《きんむちゅう》のはずでしょう？　どうして家にいるの？」

「なぜなら……わたしは……」

「何なのよ？」しばらくしてから、アニーがたずねた。

「働かないことになったんだ。働かない。仕事がない。もうないんだよ」エリックが言葉を吐《は》き出した。

「クビになったんですか？」スーザンが心配そうにきいた。

「もっと悪い。わたしは……引退《いんたい》させられた」

「引退？　パパが年寄りなのは知ってるけど、そこまでの年じゃないでしょ」と、アニーが言った。

ふるえる指で、だれもさわろうとしないマグを指さしてエリックは言った。

「そのマグはな、わたしの引退祝《いわ》いなんだ。世界一高価《こうか》な宇宙開発施設《うちゅうかいはつしせつ》の、コスモドローム２からの退職《たいしょく》記念プレゼントだ。それなのに、わたしの名前さえ入っていない」

「帰っていいよ」アニーが口の動きだけでジョージに伝えた。

ジョージはまた動きだした。スーザンがようやく理解《りかい》して、びっくりした声できいた。

「退職ですって？　これからは、家にいるっていうこと？」

「そういうことになるな」今考えついたようにエリックが言った。「なぜきく？」

「それが……」スーザンはためらっていたが、やがて言った。「たった今電話があったの」

エリックの言葉におどろいて、自分が言っていることも信じられないというふうだ。

「オーケストラのコンサート・ツアーがあるんです」

スーザンは、アニーが何かを白状《はくじょう》するときと同じように、髪《かみ》の毛を指でくるくるまわした。

「世界をまわるんですって。でも、ソリストがひとり足りないそうなの。で、わたしにお誘《さそ》いがかかったわけ。でも、それはできないって伝えたのよ。夏休み中にアニーの面倒《めんどう》を見る人がいなくなるのはまずいでしょ」

「面倒なんか見てもらわなくてもいいよ。あたしはもう子どもじゃないんだから」と、アニーが言った。

「あら、あなたはまだ子どもよ。保護者《ほごしゃ》なしにしてはおけないわ。デイジーとテレンスにたのむこともできるけど、ふたごちゃんがいるから忙《いそが》しくて気のどくですものね」

「言わせてもらうが、わたしはおとなの勘定《かんじょう》の中に入ってないのかな？」とエリックが言った。

「あなたはいつも仕事で忙しいから」と、スーザンが抑《おさ》えた声で言った。

「きみが留守《るす》の間は、娘《むすめ》の面倒くらいわたしが見るさ。当然のことじゃないか」エリックが偉《えら》そうに言った。

「でも、わかんないな。なぜ引退《いんたい》させられたんですか？」これまでだまっていたジョージが、とつぜん裏口《うらぐち》のそばから声を張《は》りあげた。

「なぜかって？　わたしはこれまでの人生でずっと『なぜ？』と問いつづけてきた。でも、とつぜんもう『なぜ』に興味《きょうみ》がなくなったんだ。この辺で失礼して、ちょっと庭いじりでもしてこよう……」

エリックは、背筋《せすじ》をのばし、だれとも目を合わせないようにして裏庭《うらにわ》に出ていった。そこは庭というよりジャングルになっていたのだけれど。

「びっくりだね。ほんとにびっくりだよ。ひどいよね」エリックが見えなくなると、アニーが言った。

「ほんとに」とスーザンも言った。「たいへんだわ」

スーザンはぼうっとしているみたいだ。キッチンの椅子《いす》に腰《こし》をおろすと、言葉を続ける。

「どうしたらいいんでしょう」

「あたし、どうしたらいいかわかるよ。ママは、コンサートツアーにでかければいいのよ。いつもオーケストラといっしょにツアーに出たいと思ってたでしょ。それがいちばんの夢《ゆめ》だって言ってたじゃないの」アニーがきっぱりと言った。

「ばかなこと言わないでよ。本気にしないで。それはただの夢なのよ」

「そうじゃないって。パパだって行くようにって言ってたでしょ。留守《るす》の間、あたしがちゃんとパパの面倒《めんどう》みとくから」

「逆《ぎゃく》のはずよね」スーザンがちょっぴり笑《わら》って言った。

「電話かけて、ママが行くって言わないと」アニーがせかす。

「でも、ツアーは明日からなのよ」

「だから？　ほら、早く荷物《にもつ》をつくって、ママ！」

アニーが偉《えら》そうにふるまうのは元気が出てきた証拠《しょうこ》だと、ジョージは思った。これでようやく、アニーらしくなってきた。

スーザンはいそいで部屋を出ると、階段《かいだん》をのぼって自分の部屋まで行った。続いて戸棚《とだな》をあける音も聞こえてきた。

「行こう」ジョージがアニーを誘《さそ》った。

ふたりはツリーハウスに向かい、はしごをだまってのぼった。上まで行くと、アニーはクッションに身を投げだした。

「どうなるのかな？　きみのパパは、科学者じゃなくなったら、何をするんだろう？」

その問いに答えるように、アニーの家の裏庭からけたたましい音が聞こえてきた。ふたりは、ツリーハウスのながめのいい所から見おろした。雑草《ざっそう》や木が生い茂《しげ》った庭では、実験用の安全ゴーグルをつけ、ドライアイスなどとても冷たいものか熱いものを手わたすときに使う重たい断熱《だんねつ》手袋《てぶくろ》をはめたエリックが、チェーンソーを使おうとしていた。エリックがチェーンソーをかまえてジャングルのような庭にはびこる下生えにつっかかっていくと、葉っぱや細枝《ほそえだ》や小さな枝までもがあたりに飛びちった。

「庭仕事をしてるみたいね」アニーが、やかましい音に負けないように大声で言ったが、ジョージには聞こえなかった。

——家の中に入ろう！　耳が悪くならないうちに

ジョージがアニーのスマートフォンに文字を打って見せた。

ふたりははしごをおりると、やかましい音を避《さ》けてゆっくり話をしようとジョージの家の中に入った。

でも、それはまちがいだった。裏口《うらぐち》から入って行くと、キッチンにいたテレンスとデイジーが声をはりあげた。

「ジョージ！　信じられないことが起こったんだ」

5

テレンスとデイジーはこれ以上ないほどの笑顔《えがお》を浮《う》かべていた。言葉につまったジョージにかわってアニーがきいた。

「なんなんですか？　デイジーの料理本が売上げの一位になったとか？」

「もっといいことなんだよ」と、テレンスが答えた。

アニーはぽかんとした。ジョージの両親にもっとすごいことが起こるなんて考えられなかったからだ。

「えーと、電気のジェネレーターが動くようになったとか？」ジョージが期待《きたい》してたずねた。

この家に規則的《きそくてき》に電気が供給《きょうきゅう》されることはあり得ないのだが、そうなればすごいと思ったのだ。

テレンスは、古い靴下《くつした》や料理油を燃料《ねんりょう》にしてエネルギー供給を試みていたのだが、今までのところあまりうまくはいっていない。

「それほどすごくはないな」と、テレンスが言った。

アニーはますますわからなくなった。ジョージの両親のことは大好きだが、自分の両親以上に変わってると思うこともある。

「〈完有農場《かんゆうのうじょう》〉に行けることになったのよ！　すごいでしょう？」デイジーが声をはりあげた。

アニーはジョージの表情《ひょうじょう》をうかがった。ジョージはぞっとした顔をしている。

「それって何なの？」アニーは小声できいた。

「完全有機推進《かんぜんゆうきすいしん》農場の略称《りゃくしょう》だよ。すごく悪い知らせだな」ジョージも小声で答えた。「で、場所はどこ？」

ジョージは疑《うたが》うように両親を見た。

「フェロー諸島《しょとう》のちょっと北にある島よ」デイジーが言った。

「フェロー諸島の北に島なんかないよ。あるのは北極だけなんじゃないの」

ジョージはそういうと、ひどくがっかりした顔になった。

「ジョージ」テレンスがたしなめるように言った。「少しはうれしそうな顔をしたらどうなんだ！夏の間じゅう、そこでオーガニック農業の実験《じっけん》ができるんだぞ。携帯電話《けいたいでんわ》もインターネットもないから、大自然《だいしぜん》や母なる大地に思う存分《ぞんぶん》親しむことができる。すばらしいだろ！」

ジョージはかんかんだった。ようやく両親を信頼《しんらい》できると思うようになった矢先、こんなふうに裏切《うらぎ》られるなんて！　でも、もう言いなりにはならないつもりだし、宇宙飛行士《うちゅうひこうし》になるためのキャンプをあきらめるつもりもない。

「ぼくは行かないよ」ジョージはきっぱりと言った。

「もちろん行くさ。家族みんなで行くんだ。家族の絆《きずな》を強めるのにちょうどいい機会だからな。テクノなしのすばらしい大自然の中で妹たちとすごすのもいいもんだよ。新鮮《しんせん》な空気と農場なんて、夏休みをすごすのに最高じゃないか？　すばらしい体験になるぞ」お父さんが言った。

「ぼくには、ちっともすばらしくないよ」

いつもならおとなしいジョージだが、今回は言わせてもらわないと。もう宇宙キャンプに行くってきめてるんだから。

「ジョージ、いったいどうしたの？　きっと喜ぶと思ってたのに」お母さんが心配そうに言った。

「ところがちがうんだよ。行きたくないし、ぼくは行かないよ」

鉄器時代さながらの野営生活《やえいせいかつ》の思い出がよみがえってきた。もうあんな体験はこりごりだ。

アニーが口を出すことにした。

「ジョージとあたしは、この夏は宇宙キャンプに応募《おうぼ》してるんです」

「えっ、聞いてないわよ」と、お母さん。

「たまたまそういうことになって」と、アニーが説明を始めた。「あたしが誘《さそ》ったのがいけなかったかもしれないんですけど。でも一次審査《しんさ》は通って、今は行けそうになってるんです」

「でも、宇宙《うちゅう》キャンプで何をするの？　宇宙でキャンプするなんて？　テントが浮《う》かびあがってなくなっちゃうでしょうに」キツネにつままれたような顔で、お母さんがきいた。

「いいえ、そうじゃないんです。実際《じっさい》に宇宙でキャンプしたり、宇宙飛行したりするのはまだ先のことです。たぶん寮《りょう》で生活することになるんだと思います。そして毎日、おとなになって宇宙飛行をするのに必要ないろんな技術《ぎじゅつ》について特別な訓練《くんれん》を受けるんです」アニーが説明した。

「たとえばどんな？」と、デイジーがたずねた。

「本で読んだだけなんですけど、ロボット工学《こうがく》について勉強したり、探査機《たんさき》や、宇宙船の飛行システムや、ほかの惑星《わくせい》で生きのびる方法について学んだり、運動とか通信もいっぱいやるだろうし、情報通信技術《じょうほうつうしん》なんかもどっさり教えてもらえると思います。ほんとにすてきなキャンプだし、たくさん学べるんです。宇宙好きの優秀《ゆうしゅう》な子どもたちが行く学校みたいなものなんです」

「やれやれ、また宇宙か！　同じくらいの情熱《じょうねつ》を農業にも向けてくれるといいんだがな、ジョージ」宇宙探検《たんけん》に関心のないテレンスは顔をしかめた。

「火星でやる農業には関心があるよ」と、ジョージ。

でも、テレンスはよけいにいらだったみたいだ。

「それに、夏休みのあいだはパパが家にいるんです。今のところ仕事がないので」と、アニー。

「まさか。いつだって忙《いそが》しく働いていらしたのに」と、デイジー。

「ガーデニング休暇《きゅうか》なんです」と、アニー。

「ああ、だからやかましい音がしてるんだな」とテレンス。

「パパが家にいて、あたしとジョージの面倒《めんどう》をみてくれるし、宇宙キャンプにも連れてってくれます。もし選ばれれば、ですけど」

アニーは明るくそう言いながら、だれもが納得《なっとく》できる解決法《かいけつほう》を見つけることができて、ホッとしていた。

「それに、お留守《るす》のあいだ、ここの庭もうちのパパが手入れしましょうか」

テレンスは、自分の丹精《たんせい》した野菜畑をエリックが「手入れ」すると考えただけで、まっ青になった。

「ジョージも手伝うと思います」やばいと思ったアニーは、あわててつけくわえた。

「お母さまと相談してみないと」デイジーが、テレンスと視線《しせん》をかわしながら言った。

「なら、急いでください。コンサートツアーに出る予定なので」と、アニー。

「ジョージ、ほんとにそうしたいの？」デイジーが息子《むすこ》の前髪《まえがみ》をやさしくかきあげながらきいた。

いつもなら、お母さんを押《お》しやるところだが、デイジーの目には息子をわかろうとしている気持ちがあらわれていた。ジョージは思いがけず泣きそうになって、うなずいた。

「もう小さいときとはちがうのよね。自分のやりたいことがあるんですものね」デイジーはやさしい声で言った。

「ぼく、行けない」ジョージがささやいた。

「わかったわ」デイジーが言った。

ジョージが鉄器時代さながらの野営生活《やえいせいかつ》を忘《わす》れてはいないことも、お母さんはわかっているだろう。ジョージは、救われたような気持ちになった。デイジーは息子をぎゅっとだきしめ、ジョージは自分の目からほろりと涙《なみだ》がこぼれるのがわかった。デイジーが耳元でささやいた。

「みんな、あんたを愛《あい》しているのよ」

「あたし、ママに電話しますね」と、アニーが言ってスマートフォンをとりだすと、電話をかけた。

デイジーがジョージから離《はな》れて、アニーからスマートフォンを受けとった。

「もしもしデイジーです。アニーが今話してくれたんだけど……」

デイジーは、ほかの部屋に行って、夏休みの計画についてお母さん同士の話を続けた。一方テレンスは、庭に出ていった。エリックがとなりの庭を完全にめちゃめちゃにする前に打つ手はあるかどうか見にいったのだ。


アニーのお母さんとジョージの両親がそれぞれ旅に出ていったあとは、どちらの家も静かになった。

ジョージの両親が家に鍵《かぎ》をかけて出発する前に、ジョージは自分の荷物《にもつ》をとなりのアニーの家まで運んだ。お客用の寝室《しんしつ》を使わせてもらうことになったのだ。毎朝そこから残りの学期の何日かを学校に通い、午後になると、のんびりすごしながら「宇宙飛行士募集《うちゅうひこうしぼしゅう》」の最終結果を待った。

ジョージの目には、アニーがまだ元の陽気さをとりもどしていないように思えた。何をするにも前のように積極的にはなっていない。科学博物館《かがくはくぶつかん》やスケート場に連れていけとエリックにねだりもしない。今は、夏の日々をツリーハウスにすわって考えこむことが多くなっていた。

科学の道具や知識《ちしき》が豊富《ほうふ》にそろっているエリックの家で暮《く》らすのは、ジョージの長年の夢《ゆめ》だったが、いざそうなってみると、エリックが大問題だった。

まさかこんなことになるとは思ってもいなかったのに。学期が終わる日、ジョージが帰ってくると玄関《げんかん》のすぐ内側に、はしごと、ペンキの刷毛《はけ》と、ペンキ容器《ようき》が放りだしてあった。ろうかの壁《かべ》の半分が黄緑色、あとの半分がキイチゴ色に塗《ぬ》られ、もっとひどいことに中間部分はペンキがまざったらしく茶色になっている。ジョージは用心しながらろうかを進み、キッチンへ行ってみると、あまったるいフルーツのような香《かお》りがした。

エリックがレンジの前に立って、ぐつぐつ煮立《にた》っている大きなおなべをぐいぐいかきまわしている。なべの中身は紫色《むらさきいろ》でねちょねちょしている。窓《まど》の下の流しの中にはラジオがおいてあって、そこからオペラ音楽が大音響《だいおんきょう》で聞こえてくる。後ろからでも、エリックの服や手に派手《はで》な緑色がとびちっているのが見える。とつぜん音楽がぶつっと切れて、エリックがふりむいた。ジョージがろうか側から入って行ったとき、ちょうど裏口《うらぐち》からアニーも入ってきた。メガネにまでペンキをつけたエリックが、ふたりを見てにっこりした。

「パパ、それは何なの?」アニーがなべを指さしながらたずねた。

アニーが科学実験《じっけん》ならいいのにと思っているのが、ジョージにはわかった。

「晩《ばん》ごはんをつくってるんだよ」

エリックが明るい声で言いながら木のスプーンをふりまわしたので、どろっとしたうす紫色《むらさきいろ》のものが、壁《かべ》にもとびちった。

アニーとジョージが近づいてきて、心配そうな顔でなべの中をのぞいた。

「パパがつくったの？　食べられるの？」アニーが、ティースプーンでつつきながらきいた。

ジョージは気分が悪くなってきた。ジョージのお母さんは変わった料理をつくるから、奇妙《きみょう》な食べ物にはなれている。でも、少なくともお母さんのは、材料は変わっているとしても、ちゃんとした料理で、味もなかなかいい。

「サクランボのコンフィなんだ」と、エリック。「五八種類のスパイスと、魚のタンパク質《しつ》と、ケールと、海藻《かいそう》の粉末《ふんまつ》と、ビタミンが入ってる。一日じゅうかかってつくったんだ。きっとうまいぞ。昔《むかし》は化学者で、今はコックをやってる人の料理本にあったレシピだ。つくっているうちに、いろんなアイデアも浮《う》かんできたぞ。夏の間、きみたちにいろいろ食べてもらって、わたしも料理本を書こうかな」

ジョージとアニーはぞっとして目を見合わせた。

「ほかになんかある？　食べ物のことだけど？」アニーがきいた。

「いや。これはかんぺきな食べ物なんだ。必要なものが全部入ってる。このジャムを食べていれば、

『核《かく》の冬』だって生きのびられるんだぞ」エリックは、怒《おこ》った声で言った。

「おえーっ！」アニーは声には出さず口の形でジョージに気持ちを伝えた。

エリックが四六時中家にいるようになって以来、アニーとジョージはとまどっていた。世界有数の科学者という威光《いこう》を身にまとって忙《いそが》しくとびまわっているときは、エリックは機嫌《きげん》が良く、子どもたちにも関心を持っていた。でも、いつも家にいるようになった今は、エリックは気まぐれで、イライラすることも多く、機嫌も悪かった。

ふたりは、コスモドローム２で何があったのかとエリックにたずねた。アルテミス計画の謎《なぞ》や、行方不明になったエウロパのこともきいてみた。しかし、エリックはどの質問《しつもん》にも答えようとしなかった。ふたりがエリックの答えたくない質問をすると、エリックはいつもはぐらかしたり、話題を変えて別の話をしはじめたりするのだ。

アニーが電話をつかんだ。

「ピザの配達《はいたつ》をたのもう。ジョージは野菜のピザね、あたしにはペペロニにする。パパはどうする？　パパ？　パパ？」

「いらないよ。わたしは夕食にこのスーパージャムを食べるよ」エリックはレンジのほうを向いたままで言った。

でも、ジョージがやっぱり家族といっしょにフェロー諸島《しょとう》にいけばよかったのかな、と思いはじめ、アニーがママが今どこにいるにしろコンサート・ツアーに合流したほうがいいのかな、と考えていたとき、二つのことが起こった。

まず、エボットが帰ってきた。ジョージとアニーは、このアンドロイドに再会《さいかい》できてうれしかった。エボットは、ピザ配達員の後についてドアを入ってきた。ちょっとぎくしゃくしているが、あとは何も変わらない。つまりロボットではあっても、エリックの生きうつしと言っていい。

「エボット！」アニーが駆《か》けよってエボットを抱《だ》きしめた。

「コンニチ……」エボットは言いかけたが、とちゅうで音声が止まり、手足をだらんとさせると、ろうかにくずおれた。

「バッテリーが切れちゃった。充電《じゅうでん》しないと」

ジョージはそういうと、ロボットのそばにひざをついたが、自分にもロボットにも緑色のペンキがついてしまった。

アニーはピザを床《ゆか》に置くと、ジョージとふたりでエボットをエリックの書斎《しょさい》に運んだ。エリックの部屋はほとんど空っぽだ。前は、本や写真や望遠鏡《ぼうえんきょう》や、エリックがもらった賞品《しょうひん》や認定証《にんていしょう》などがたくさん置いてあったし、チョークで数式などが書いてある巨大《きょだい》な黒板もあったのだが、今は机《つくえ》と椅子《いす》が一つずつ置いてあるだけだ。コスモドローム2からやってきた特別機動隊《とくべつきどうたい》が、「公的資産《こうてきしさん》」とみなすものはすべて持っていき、その中には、なんとコスモスまでふくまれていたのだ。

エボットは、アニーにおつかいに行かされてその場にいなかったので、持っていかれずにすんだ。運転手なしで走る自動運転車も没収《ぼっしゅう》をまぬがれた。バッテリーがなくなったので、エリックがスーパーの駐車場《ちゅうしゃじょう》に置きざりにしていたからだ。エリックがスーパーに，ペンキやスパイスや、いつもスーザンが買っていると思われる日用品を買いにいったときのことだった。

でも、それ以外のものは、ほとんど持って行かれてしまった。

ジョージとアニーは，エボットを机の上に寝《ね》かせ、ジョージは引き出しの中をかきまわして、もしかしたらエボット用の電源《でんげん》ケーブルが残っていないかと探《さが》した。アニーがようやく見つけて、エボットを充電し始めた。それまでは何の反応《はんのう》も見せていなかったアンドロイドの目にかすかな光がともる。

とつぜんアニーが歓声《かんせい》をあげた。エボットの再起動《さいきどう》を待っている間に、アニーはスマートフォンでメールをチェックしていたのだ。

「どうした?」と、ジョージ。

「あたしたち合格《ごうかく》したのよ！　やったね！　火星へ行く宇宙飛行士《うちゅうひこうし》の訓練《くんれん》プログラムを受けられるの！」

「わーい、やったー！」ジョージが大喜びでとびはねた。これまでで最高の知らせだ。「宇宙飛行士になれるんだ！　宇宙飛行ができるんだ！　ロケットに乗れるんだ！　イエーイ！」

「ママに知らせないと……」アニーがつぶやいた。

アニーはスーザンにショートメールを送ったが、ジョージは両親に知らせる方法がないことに気づいた。その島には、なんのコミュニケーション手段《しゅだん》もないからだ。ペンとインクで手紙を書くしかなさそうだ。それか、伝書《でんしょ》バトを送るしかない。ジョージは予期《よき》していた以上に、家族が恋《こい》しくなっていた。

アニーはメールを送ってからも、すぐに返事が来ないかと画面を見つめていた。でも、返事は来ない。ちょっとの間、ふたりとも家族と喜びを分かちあえなくて、少しさびしくなっていた。でも、すぐに宇宙飛行士《うちゅうひこうし》になれるかもしれないという思いがふくれあがった。赤い惑星《わくせい》の上を歩く最初の人間になれるかもしれないのだ！

「ぼくたち、何をすればいいんだろう？　何を持っていけばいい？　準備《じゅんび》しなくちゃ！　ぼうっとしてないで、用意しないと！」ジョージがわくわくしながら言った。

「用意しなくていいの。ほら、ここに何も持ってこなくていいって書いてあるでしょ」

「よかった。だって、ここには、ビタミン入りのジャムと、動かないロボットしかないもんな。で、訓練《くんれん》はいつ始まるの？」

「明日よ！　わあ！　コスモドローム２に集合だって。それに……ああ」

アニーの顔が曇《くも》った。

「何？」と、ジョージ。

「保護者《ほごしゃ》のおとなが連れてきて署名《しょめい》しないといけないんだって。親の許可《きょか》がないと訓練は受けられないんだ」

「きみのお父さんにしてもらえばいいよ。うちの親は、親代わりになってもらうための書類を渡《わた》してたはずだよ。だから親がいなくてもだいじょうぶだよ」

「そうか！」アニーの顔が明るくなった。

そのとき、ろうかでぐしゃっという音がした。部屋の外を通りかかったエリックが、ピザを踏《ふ》んだのだ。

「パパ！」アニーが呼《よ》んだ。

エリックが書斎《しょさい》のドアから顔をのぞかせた。

「あたしたち、宇宙キャンプに行けることになったの」

「よかったな」と、エリック。

サンダル靴《ぐつ》や靴下《くつした》に、ピザがくっついているが、エリックは気づいていないみたいだ。

「明日、あたしたちを連れていってくれる？　コスモドローム２に集合なの」

「コスモドローム２だって？」エリックは不機嫌《ふきげん》な顔になった。「だめだ。行かないぞ。きみたちも行かない。わたしも、きみたちも、そこへは行かない。わかったな」

エリックはきびすを返すと，ピザのチーズを散《ち》らしながら歩きさった。

「ふん。やんなっちゃうね」とアニー。

でも、落ちこむというよりは、考えこんでいる。落ちこんだのはジョージのほうだ。せっかく宇《う》宙旅行《ちゅうりょこう》に近づいたと思ったら、またチャンスがぐんと遠のいてしまった。

「もし最初の日にあたしたちだけで行っちゃったら、どう？　だまってれば、パパにはわからない

火星の生命体——ほんとうにいるの？

ニュース速報《そくほう》！

2015年9月28日、NASAの科学者は世界に衝撃《しょうげき》をあたえる報告《ほうこく》を行った！ 長いこと極地に氷があるだけの寒い砂漠《さばく》の惑星《わくせい》だと思われていた火星の表面に、液体《えきたい》の水が存在《そんざい》することがわかったのだ！

これは火星の生命体の存在《そんざい》にとって、どんな意味《いみ》があるのだろうか？

NASA《ナサ》の科学者たちによれば、夏の間、火星の峡谷《きょうこく》やクレーターの壁《かべ》に水が流れるが、気温が下がる秋になると干上《ひあ》がってしまうという。この水がどこからやって来るのかは、まだわからない。地下水が上昇《じょうしょう》するのかもしれないし、火星にも雨が降《ふ》るのかもしれない。この発見により、太陽系《たいようけい》で生命体を探《さが》そうとする試みは、一歩前進することになる。

液体《えきたい》の水がある場所では生命体が見つかると科学者は考えている！

火星に暮《く》らす未来

水があれば、火星に人類の居住《きょじゅう》空間を築《きず》くこともずっと容易《ようい》になるかもしれない！ もし火星で水を調達できるなら、将来《しょうらい》の火星ミッションにおける課題の一つは解決《かいけつ》することになる。

火星の生命体に一歩近づいた！

火星の環境《かんきょう》

火星は現在《げんざい》、寒い砂漠《さばく》の惑星《わくせい》として知られ、単純《たんじゅん》な形をした生命の痕跡《こんせき》も、複雑《ふくざつ》な構造《こうぞう》を持つ生命の痕跡も見つかっていない。しかし、火星にはかつて温暖《おんだん》で湿潤《しつじゅん》な世界が広がり、生命が繁栄《はんえい》していたのではないだろうか？　この赤い惑星を調べるために送りこまれた人造《じんぞう》ローバー（探査車《たんさしゃ》）は、火星がかつては今とまったく異《こと》なる場所であったことを示《しめ》す手がかりを見つけた。

しかし、火星をもう一度肥沃《ひよく》で酸素《さんそ》に富《と》む惑星にすることはできるのだろうか？　火星で農作物を育て、大気を呼吸《こきゅう》し、おだやかな火星の夏を楽しめるようになるのだろうか？　火星を“地球化”し、生命に適《てき》した大気や気候《きこう》や地表を作り出すことはできるのだろうか？

“地球化する（テラフォーミング）”とは、惑星全体を大きく変化させ、人間や、動植物が生存《せいぞん》できる環境を作り出すことだ。

火星の場合、大気を濃厚《のうこう》にし、気温を上げなくてはならない。

火星の気温を上げるためには、大気に温室効果《こうか》ガスを加えて、太陽エネルギーをつかまえておく必要がある。地球の温暖化対策《たいさく》とはちょうど逆《ぎゃく》のことが必要になるのだ。地球の場合は、大気に過剰《かじょう》な温室効果ガスが存在《そんざい》するので、暖《あたた》めるのではなく少し冷やさなければならなくなっている！

しかし、火星には私《わたし》たちにとって必要な濃厚な大気を保持《ほじ》するだけの重力があるのだろうか？　かつて火星には磁場《じば》があったが、40億年前には消滅《しょうめつ》してしまった。その結果、大気のほとんどが火星から失われ、地球の気圧《きあつ》のたった1％に相当する分しか残っていない。そして、重力ははるかに小さい。

しかし火星には干上《ひあ》がった水路や湖のように見えるものが存在しているので、過去には気圧（あなたの頭上にある大気の重さ）がもっと高かったと考えられる。現在の火星だと、水は液《えき》体《たい》として存在することができず、蒸発《じょうはつ》してしまう。人類が火星で暮《く》らすためには水が必要だが、あるのは極地の氷だ。火星に移住《いじゅう》するとなれば、この氷を利用することができるだろう。また火山によって地表にもたらされる鉱物《こうぶつ》や金属《きんぞく》も利用できるだろう。

つまり、この赤い惑星には多くの可能性《かのうせい》が存在する。しかし、火星に着陸する最初の宇宙《うちゅう》飛行士《ひこうし》はとても苦労するだろう。テラフォーミング（仮《かり》にそれが可能だとして）のための長期計画をたてる前に、ピンク色の土ぼこりが舞《ま》う岩だらけのこの世界で生きのびるために、様々な努力をしなくてはならなくなる。大気を制御《せいぎょ》したドームのような建物の中で生活し、外に出るには呼吸装置《そうち》をつけることになるだろう。

火星に人類の居住《きょじゅう》空間の土台を築《きず》くためには、最初に着陸する宇宙飛行士たちは賢《かしこ》く、機転が利《き》き、かつ勇敢《ゆうかん》で忍耐強《にんたいづよ》い者でなければならない。

あなたは、そんな人になれるかな？

「うまくいかないよ。子どもだけじゃ受けつけてもらえないんだ。おとなが署名《しょめい》しないといけないんだから」がっかりして首を横にふりながらジョージが言った。

「だよね。役立たずや留守《るす》じゃない保護者《ほごしゃ》がいればいいのに……」

そのとき、高速充電《こうそくじゅうでん》が終わったらしく、墓場《はかば》から起きあがるミイラのようにエボットが机《つくえ》の上で起きあがり、声をあげた。

「ヤア、オフタリサン。オ久シブリ」


その晩遅《ばんおそ》く、ジョージとアニーはキッチンで話していた。この数日間でバッテリーを使いはたしていたエボットは、また充電を楽しんでいる。ジャム作りでつかれたエリックは、電池が切れたロボットみたいにもう寝《ね》てしまった。なので、今キッチンにいるのはふたりだけだ。

「よく見てよ。そこらじゅうに、あのジャムがくっついてるからね」ジョージがキッチンテーブルに腰《こし》をおろすと、アニーが言った。

あの午後以来、ジャムは様々に色を変えているみたいだ。キッチンカウンターについた分は、あざやかな青い色だが、床《ゆか》にこぼれたのはオレンジ色だし、天井《てんじょう》にとびちったのはアボカド色だ。

「また科学者に戻《もど》ってくれるといいのにね。この通りには、おかしな料理人はひとりいればたくさんだもん。それって、ぼくのお母さんのことだけどね」ジョージがつぶやいた。

「ほんと、パパが役立つことだってあると思うんだけどな。パパにできる仕事だって、きっとあるよね。物理学者《ぶつりがくしゃ》だってまったくの役立たずってわけじゃないでしょ」

「エリックはいつも、宇宙《うちゅう》は配管工事《はいかんこうじ》みたいにつながってるって言ってるよね。配管工にはなれないのかな？」ジョージが言った。

「うーん、ＤＪ《ディージェイ》かポップスターはどうかな」と、アニー。

ふたりとも、これには吹《ふ》きだしてしまった。

「わあ、おしりがジャムでべとべとになっちゃった。ツリーハウスに行こうか？」と、ジョージ。とはいえ、ここはイギリスの夏。外は土砂降《どしゃぶ》りの雨で、寒々としている。

「そうだ！　ぼくのうちに行こうよ。何か食べ物が残ってるかもしれないし」ジョージが、フックにかかった鍵《かぎ》を指さしながら言った。

「行こう、あたし、おなかすいちゃった」と、アニー。

ふたりはバケツをひっくり返したような雨の中を塀《へい》にあいた穴《あな》まで走り、そこをくぐってまたジョージの家の裏口《うらぐち》まで走った。鍵をガチャガチャいわせながら家の中に入り、びしょぬれのままキッチンへ向かった。となりのアニーの家と同じ大きさと形のキッチンだが、雰囲気《ふんいき》はまったくちがっている。ジョージにとっては、おなじみの、ドライハーブや、オーブンや、おろしたニンジンやレモンピール、それにかすかに土のにおいもする。わが家のにおいだ。ジョージがスイッチを入れると、エコ電球に落ちついた淡《あわ》い光がともった。エリックの家のぎらぎら明るいＬＥＤ《エルイーディー》電球とは大ちがいだ。

「やれやれ、ここはふつうの家だね」アニーは、キッチンの椅子《いす》に腰掛《こしか》けながら言った。

アニーがここをふつうと言うなんて、よっぽどのことだとジョージは思った。それほどとなりの家はおかしくなっている。

「計画を立てないと」ジョージは、何か食べるものはないかと戸棚《とだな》をあさりながら言った。ちょっとだけかたくなったソーダブレッドが見つかった。「ほら、キャッチ！」ジョージが一つを投げると、アニーがうまくキャッチした。

「おいしい！　デイジーが賞《しょう》をとったクッキーだね」とアニー。

「エリックの『核《かく》の冬を生きのびる』ジャムよりはましだよね」と、ジョージ。

「明日は宇宙《うちゅう》キャンプだね。きっと宇宙食が食べられるよ」と、アニー。

「そうかな？　そう書いてあった？　まだ地球にいるのに宇宙食を食べるって？」

「だってそうでしょ。乾燥食《かんそうしょく》になれないといけないんだもん」

「宇宙キャンプでもそうするなんて、知らなかったよ」地球の食事が大好きなジョージは言った。

「そんなものを食べる訓練《くんれん》までするなんてさ。で、キャンプの期間は？」

「えーと、それが変なのよね。書いてないの。夏の終わりまでには終了《しゅうりょう》するって書いてあるけど、日にちは書いてないの」

「それに、ほんとに何も持っていかなくていいの？」

「そう。向こうですべて用意してくれるんだって」

「それに、ほんとにコスモドローム２に行かないといけないの？　きみのパパが行っちゃいけないって言ってるけど」

「信じないんなら、自分で読んでみれば？　どうして質問《しつもん》ばかりするのよ？」とアニーが言った。

ジョージはため息をついた。

「だって、ほんとに宇宙キャンプに行きたいし、火星にも行きたいんだ。ほんとにほんとに行きたいんだよ。ほかの何よりもね。でも、なんだか奇妙《きみょう》な気がするんだ」

新しい冒険《ぼうけん》が始まると思って最初はわくわくしていたのだが、今はなんだか落ちつかないし、おなかがもぞもぞする。

「うん、わかるよ。見えないけど実際《じっさい》にあるんだって信じるときみたいな気持ちだよね」

「電気みたいにね」ジョージが明かりをさして言った。

「悪意とかね。でも、あたしたち宇宙キャンプに行かないとね。だって、合格《ごうかく》したなんてすばらしいことだもん。きっとすごい体験《たいけん》になるし、最高だと思うな。それに……」

「コスモドローム２の中に入って、エウロパがどうなってるのかとか、アルテミス計画ってなんなのかとか、調べないといけないからね」と、ジョージ。

「あたしが知ってるかぎり、パパはエウロパや氷の穴《あな》について調べようとしたから、追放されたんだと思うの。だから、たとえ行きたくないとしても行って調べないと」

「行きたくないなんてありえないよ」と、ジョージ。

「そうよね」

「このチャンスを逃《のが》す手はないよね！」

ジョージは、アニーも同じ気持ちだとわかって、勇気《ゆうき》がわいてきていた。それに、エウロパについて疑《うたが》いをもっているのも、自分ひとりじゃないとわかった。

「コスモドローム2にいる間に、できるだけ調べてみよう」

「パパが仕事に戻《もど》れるようにがんばってみようっと。もっといっぱいジャムをつくる前にね」と、アニー。

「それに、もっといっぱい壁《かべ》を塗《ぬ》る前に」自分の手にあざやかな緑色がついているのに気づいたジョージがつけくわえた。

「やることがたくさんあるね。それにくわえて、火星にも行かなくちゃいけないんだから」

「なんとかなるよ。でも、副所長のリカ・デュールには用心しないと。なんだかこの件《けん》に関係あるような気がするんだよ」

「あたしは、規則《きそく》や決まりにうるさいだけだと思うな。うるさい副校長みたいな人なんだよ。たぶんパパにイライラしてただけじゃないかな。だって、パパってああなんだからさ。リカは心の底からの悪人ってわけじゃないと思うな。ちがう？」

「さあね。でも、探《さぐ》ってみないとね」ジョージは言った。

6

「ジョージ！」

明るい光がまぶたを照《て》らす。ジョージは、海の底から水面に浮《う》かびあがっていくような気がした。

「ジョージ」小さな声がまた聞こえる。

こんどは肩《かた》が揺《ゆ》すぶられたが、ジョージは寝《ね》がえりを打とうとした。

「だめだめ！」小さな声は怒《おこ》っている。「起きて！　行く時間よ！　服は下においてある。早く行こうよ！」

掛《か》け布団《ぶとん》をスーパーヒーローのケープみたいに巻《ま》きつけて、ジョージはまだぼうっとしたまま部屋を出ると、階段《かいだん》をおりた。エリックの書斎《しょさい》に入ると、そこには一つ残された椅子《いす》の上に服が確《たし》かにおいてあった。エリックの書斎はほとんど空っぽで、いろいろなものがごたごた置いてあったときとはまるでちがう。眠《ねむ》いままでもジョージはそのちがいにショックを受けていた。服を着てキッチンへ行くと、戦闘《せんとう》ズボンとTシャツとキラキラした靴《くつ》で身をかためたアニーが待っていた。ブロンドの長い髪《かみ》は結んでポニーテールにしている。こんなに元気なアニーを見るのはひさしぶりだ。

「用意はいいね。さあ、行こう！」と、アニー。

ジョージはうなずいた。前の晩《ばん》にふたりは計画を立ててあった。うまくやり通せるかどうかは、まだわからない。

「エボットはどこ?」ジョージがきいた。

「車をとりに行ってもらってるの。今ごろはもう戻《もど》ってると思うけど。早く早く！」

そういうと、アニーはジョージを押《お》しながらろうかを走って玄関《げんかん》まで行き、ドアから外に出た。そこにはエリックの小さな水色の自動運転車があって、たっぷり充電《じゅうでん》のできたエボットが運転席《うんてんせき》にすわっていた。ふたりはエボットを運転席にすわらせようという計画を立てていた。そうすれば、すれちがった人も、車や乗客がおかしいとは思わないだろう。みんな、エボットがふつうの大人で、ふたりの子どもを乗せてどこかに行くところだと思うにちがいない。

もちろん、アンドロイドが自動運転車を運転するふりをするなんて、ふつうじゃない。でも、ほかの人が気づかなければいいのだ。

「コスモドローム2までの道はわかってるの？　ぼくたち、それがどこにあるかも知らないんだよ」ジョージが、昨日そのことは考えてなかったことに気づいてたずねた。

まだ夜は明けたばかりで、空には明るい金星が見えている。

「わかってないけど、この車はわかってるのよ。ほら、見てて！」

車のエンジンをかけるには、エリックと同じ指紋《しもん》を持つエボットがハンドルのまん中を人差し指でタッチするだけでよかった。エンジンがかかると、アニーがエボットの指を誘導《ゆうどう》して、ダッシュボードコンピュータに登録《とうろく》された目的地から「コスモドローム２」を選びだした。

「ぼくの指でもエンジンかかる？」すっかり目をさましたジョージが、実際《じっさい》に出発しようとしていることに気づいてきいた。

「だめなの。タッチパネルになってるけど、パパか、パパと同じエボットじゃないと、だめなの。指紋認証《しもんにんしょう》になってるから」アニーが、きゅうくつな後部座席《こうぶざせき》にすわったジョージをふりむいて言った。

そのとき、小さな車がウィンカーを出した。

「シートベルトして」アニーが、自分もシートベルトをしめながら言った。

ジョージは、自分のシートベルトに手をのばしてしめた。アニーがエボットの両手をハンドルにおいた。アニーがマニュアル操作《そうさ》をできなくしたので、エボットは実際に何かするわけではない。でもアニーは、こまごまとしたところまで抜《ぬ》かりのないよう注意を怠《おこた》らなかった。

「出発よ！」

自動運転車

自動運転車はSF《エスエフ》に出てくるだけ？

運転手がいなくても普通《ふつう》の乗用車と同じように走る自動運転車は、もう存《そん》在《ざい》している。このような車は、レーダーや、コンピュータや、GPS《ジーピーエス》を使うことによって周囲のようすを感知し、正しい道をたどれるだけではなく、障害物《しょうがいぶつ》を避《さ》けたり、道路状況《じょうきょう》の変化に対応《たいおう》したりすることができる。

たとえばグーグル社が開発した自動運転車は「グーグルショーファー」というソフトウェアで制御《せいぎょ》され、何年も前から自動で走っている。最近のモデルには、ハンドルやペダルさえついていない。

自動運転車は実際《じっさい》に役立つ可能性《かのうせい》がある。疲《つか》れずに長距離《ちょうきょり》旅行をすることができるし、身体に障《しょう》がいがあるとか、目が見えないため普通の自動車が運転できない人たちも出かけることができるようになる。ロボットが運転する自動車は、正常《せいじょう》に動いているならば、人間が運転する自動車より安全かもしれない。ロボットは窓《まど》から外をながめもしないし、カーラジオのチャンネルを変えようともしないし、携帯《けいたい》電話で話したり、同乗者と議論《ぎろん》したりもしないからだ。

でも、自動運転車は別の面で危険《きけん》だと考える人もいる。走っているときに故障《こしょう》したら、乗っている人は車のコントロールができなくなるかもしれない。それに、自動運転車にたよってみんなが運転の仕方を忘《わす》れてしまったら、どうなる？　自動運転車は本当にすばらしいのだろうか？　バスやタクシーの運転手は、ロボットに仕事を奪《うば》われたら何をすればいい？

ヨーロッパのいくつかの国では、自動運転車を使って交《こう》通網《つうもう》を作る計画がすでに始まっている。注意して見ていれば、まもなくあなたも自動運転車を見かけることになるかもしれない。

アニーがそう言うと、車は道路に出ていき、コスモドローム2へ向かうドライブが始まった。ジョージに言わせれば、とても快適《かいてき》なドライブとは言えなかった。アニーとエボットに運転をまかせていいのかどうかもわからないし、車は猛《もう》スピードで走っていた。前回コスモドローム2からかんかんになって帰宅《きたく》したときエリックがどういう設定《せってい》にしたにせよ、その設定がまだ生きているらしい。朝早いのでまだ車の数は少ないが、ほかの車を縫《ぬ》うように突《つ》っ走ったまま、フォックスブリッジに向かう幹線道路《かんせんどうろ》に入った。ある角では、車が急角度で曲がったので、二つの車輪が宙《ちゅう》に浮《う》いたほどだ。

「ひゃあああ！」車がさらにスピードを上げると、助手席のアニーが声をあげた。でも、それは恐怖《きょうふ》からではなく、興奮《こうふん》の歓声《かんせい》らしい。

「ちゃんとつかまってないと」後部座席《こうぶざせき》のジョージがつぶやいた。

ジョージの体も右から左へと投げだされ、気分が悪くなりそうだ。両親が、自分で運転するふつうの車さえ持っていないので、こんなドライブにはジョージはもともとなれていないのだ。アニーでさえ目をぎゅっとつぶり、シートベルトにしがみついている。

「もう少しスピードをゆるめられないの？」後ろからジョージがさけんだ。

「だめなの。あたしがどこかをさわったら、どうなるかわかんないんだもん。車は停《と》まっちゃうかもしれないし、バックするかもしれないし、別の場所に連れていかれるかもしれないでしょ。それか、もっとスピード出ちゃうかもしれないし」

外の景色はどんどんすぎていき、ふたりにはもう緑と黄色と茶色がまじったものにしか見えない。これ以上ちょっとでもスピードを上げたら、車は空中に飛びだしてしまうかもしれない。ジョージは飛ぶのは好きだが、飛ぶならエリックのおかしな車じゃなくて、そのためにちゃんと作られたものに乗りたい。

このドライブを楽しんでいるように見えるのは、エボットだけだった。エボットは機械だから、胃《い》がねじれるような気分になることもない。あいた窓《まど》から入ってくる風に髪《かみ》をなびかせたエボットは、猛《もう》スピードで走る車の中で気楽にくつろいでいるように見える。ちょっと気どっているようにも見える。

とうとう車はスピードをゆるめてまがると、二つのとても高い生《い》け垣《がき》の間にある長い私道《しどう》へと入っていった。行く手には秘密《ひみつ》の宇宙施設《うちゅうしせつ》コスモドローム2があるのだろう。道は農道みたいで、重要な建物につながっているようには見えない。車がルートを記憶《きおく》していたので助かったが、自分たちではとてもたどりつけなかっただろう。

やがて道の先に赤白の縞《しま》の遮断機《しゃだんき》があらわれた。両側には小さな黒い箱がある。標識《ひょうしき》には、「関係者以外立入禁止《きんし》」と書いてある。そこから向こうへは両側に、これまでふたりが見たこともないような高い金網《かなあみ》がはりめぐらされている。

「どうすればいいんだ？　どうやってここを通る？」と、ジョージ。

アニーは助手席《じょしゅせき》の窓を下げると、自分の側にある黒い箱をじっと見た。箱には小さな画面がついている。

「わかった！」

アニーはそう言うと、自分のスマートフォンを出して、画面をスクロールした。そして探《さが》していたものを見つけると、スマートフォンを黒い箱の画面にかざした。ジョージは後ろの席から首をのばして、もっとよく見ようとした。黒い箱の画面が緑色になったと思うと、明るい画面に文字があらわれた。

「ようこそ、宇宙飛行士《うちゅうひこうし》のみなさん！　ようこそ、ジョージ・グリンビー。ようこそ、アニー・ベリス。本館まで進んでください」

赤白の縞の遮断機が上がったので、またおりてくる前に小さな車はいそいでくぐった。

「どうやったの？」ジョージがたずねる。

「バーコードが送られてきてたの。合格《ごうかく》通知といっしょにね。で、バーコードだけは忘《わす》れないようにって書いてあったのよ」

「うまくいったね。だけど、ここはセキュリティがきびしいとは言えないね。だれもいないなんて」

しかし車が野原のまん中に立っている遠くの建物に向かって進んでいくうちに、黒い鳥のようなものがやってきた。近くまで来ると、フロントガラスのまん前を飛んだり、窓のまわりを飛んだりする。それが鳥ではないことがジョージにもわかった。小さなカメラが飛行しているのだ。そのカメラには一台に一つずつ赤い目がついている。

「ドローンよ！　あたしたちのことを撮《と》ってるんだ」

だれかがライブ画像《がぞう》を見ているかもしれないので、アニーはポニーテールの形をととのえて、にこやかに笑《わら》ってみせた。

「それで、もし望まない人物だったら、ロボットの守衛《しゅえい》を放すんだよね」ジョージは、半分冗談《じょうだん》のつもりで言った。

助手席《じょしゅせき》にすわったアニーが体をぶるっとふるわせた。近づくと、本館が日の光を受けてかがやいているのが見えた。中央のドームは、何百万本もの鉄の棒《ぼう》が幾何学模様《きかがくもよう》に組みあわされた格子細工《こうしざいく》におおわれている。両側にはほとんどがむきだしのコンクリートでできた窓《まど》のない別の建物がある。人の姿《すがた》はどこにも見えない。エリックが以前働いていたところはどこも、こんなにきちっとしていなくて、忙《いそが》しく人が行き来していて、エネルギーに満ちていたのに。公園や園庭では学生がサンドイッチを食べたり本を読んでいたりしたし、教授《きょうじゅ》たちは討論《とうろん》しながらそぞろ歩いていたものだ。こんな、ひと気のない、無菌状態《むきんじょうたい》の、未来的な場所は初めてだ。

車は自動で、すでにいっぱい車が停《と》まっている駐車場《ちゅうしゃじょう》に入っていき、あいた場所に停車した。そこには「ベリス教授」と書いた札があったが、文字は乱暴《らんぼう》に消されていた。

「ついたね」車からとびおりたアニーが言った。

それから反対側にまわると、ドアをあけてエボットを引っぱりだした。ジョージも続いておりてきた。一行が「宇宙飛行士《うちゅうひこうし》はこちらへ」と書いた標識《ひょうしき》のほうへ歩いて行くと、その先に本館の大きな入口があった。

「ちょっとぶきみだね」本館の陰《かげ》に立って、まっ青な空を背景《はいけい》にした建物のシルエットを見あげながら、ジョージが言った。

「とっても美しいけど、なんか好きになれないね」と、アニーも考えこむように言った。

「ぼくたちのメモを見てエリックが憤慨《ふんがい》しないといいけど」と、ジョージが言って、ため息をついた。

ふたりがキッチンテーブルに残してきたメモには、宇宙《うちゅう》キャンプに行ってくることと、コスモドローム2から電話をして様子を知らせるということが書いてある。

「じゃあ、調べに行こうか、アルテミ――」

「しーっ！　その言葉は言っちゃだめ」あせったようにドローンを指さしながらアニーがさえぎった。

ふたりはゆっくりドアをあけて本館の中に入っていった。これが宇宙への、そして冒険《ぼうけん》への第一歩になるといいな、と思いながら。

7

アニーとジョージは重たいドアを開いて、本館に入っていったのだが、そこもほとんど人けがなかった。何千本もの金属《きんぞく》の格子細工《こうしざいく》にきらきらしたガラスをはめたアーチ形の屋根から、ぴかぴかにみがいた床《ゆか》に日の光がさしている。ほかの日なら、この壮大《そうだい》な建物をじっくり見たいところだが、今日はそんなゆとりはない。

「ようこそ　宇宙飛行士《うちゅうひこうし》たち！　きみたちの旅はここから始まる！」と書いた大きなバナーがかかっていて、その下では青い飛行服を着た女の人と男の人が、机《つくえ》の片《かた》づけをしているようだ。アニーとジョージはエボットをしたがえて、おそるおそるそっちに向かった。

「こんにちは。あたしたち宇宙飛行士募集《ぼしゅう》に合格《ごうかく》して来たんですけど」と、アニー。

「ちょっと遅《おそ》かったわね」若《わか》い女の人が言う。でも、エボットには気づかずふたりに笑顔《えがお》を向けて

いる。「ほかのみんなはもうそろってるわ。もう開会式が始まるところよ」

となりにいた男の人がつついたので、女の人は目を上げて、びくっとした。ふたりともエボットを見つめて、恐怖《きょうふ》の表情《ひょうじょう》を浮《う》かべている。それにおどろいてアニーとジョージもふり返った。おかしいと思えるとしたら、エボットのめがねにも黄緑色のペンキがついていることくらいだ。

「あれって……?」と、女の人が言った。

「さあね。ぼくは実物に会ったことはないから」と、男の人が小声で答える。

「わたしは一度だけ見かけたことがある。だからよくわからないけど、似《に》てるわよね」と女の人。

「きみたちの名前は?」そわそわしだした男の人が、ふたりに向かってたずねた。

「ジョージ・グリンビー」

「アニー・ベリス」

ふたりが同時に言った。

「ベリス」という言葉を聞いて、受付の人たちはハッと息をのんだ。男の人が、自分のタブレットの画面を見た。そして、エボットのほうをまたうさんくさそうに見ながら、きいた。

「もう全員そろってるみたいなんだけど、きみたち、ほんとに合格してるのかな?」

「もちろんです」アニーが言って、自分のスマートフォンを見せた。「ほら、これが登録されたバーコードです」

アニーとジョージは目を見合わせたが、どちらも不安になっていた。アニーが「ベリス」と言ったときの反応《はんのう》は何なんだろう？　コスモドローム２では、何か妙《みょう》なことが起こっているらしい。この人たちは、どうしてこんなにもエリックに拒否《きょひ》反応を起こしているのだろう？　もちろんジョージもアニーも、エリックが職場《しょくば》でトラブルを抱《かか》えていたことはわかっているし、エウロパをめぐって何かあやしいことがあるらしいのもわかっている。でも、今はふたりとも、予期《よき》していた以上にもっと悪質《あくしつ》なものがひそんでいるらしいと感じていた。

ジョージは落ちつこうとした。引き返すにはもう遅《おそ》い。ここまで来たら、やるしかない。それに、宇宙飛行士《うちゅうひこうし》になるための訓練《くんれん》を受けるチャンスは逃《のが》すわけにいかない。それならアニーを元気づけて、アルテミス計画の謎《なぞ》をとき、コスモドローム２でエリックに何があったのかを突《つ》きとめないと。でも、急に、子どもの自分とアニーには荷《に》が重すぎるような気もしてきた。

女の人がアニーのスマートフォンを受けとって、バーコードをスキャンしたが、びっくりしているみたいだ。

「あら、ほんと。最後に追加で合格《ごうかく》した子なのね。だから、最初のリストには入ってなかったんだわ」

「だけど変だよね。ベリス家の子をまたここに来させるなんて。だって……」と、男の人がつぶやいた。

「しーっ！　この子もちゃんとリストにのってるのよ。だから、断《ことわ》るわけにはいかないでしょ」と、女の人。

「保護者《ほごしゃ》の認証《にんしょう》が必要です」男の人が、そわそわしながら言った。

「連れてきてます」アニーは、だんだん心配になってきていたが、それを見せないようにして言った。「ふたりともパパが認証します」

「この人は、ぼくの代理保護者《だいりほごしゃ》なんです」ジョージが説明を始めた。「ぼくの両親は、休みの間遠い島に農業しにいって留守《るす》なんです。妹のジューノとヘラもいっしょです。だから、ここに来られないんです。でも、委任《いにん》してますから……」

アニーがジョージの足を踏《ふ》んで言った。

「おしゃべりをやめなさいよ！　エボじゃなかった、パパ！」アニーはアンドロイドを呼《よ》んだ。「認証してちょうだい、お願い」そして指示《しじ》を説明するためにつけくわえた。「そう、パパのあなたがね」

こんな言い方が変なのはわかっているが、親に言うのとロボットを動かすのとはちがうのだ。

アンドロイドのエボットは前に進みでると、にこやかな笑顔《えがお》で、片手《かたて》を画面にあてて、電子認証《でんしにんしょう》を行った。「エリック・W・ベリス」というくねった文字が画面にあらわれた。

「うわあ。実物だ」と、恐怖《きょうふ》と尊敬《そんけい》のまじった表情《ひょうじょう》で女の人が言った。

「認証ありがとうございました」と、男の人が警戒《けいかい》するように言った。「これでふたりは訓練に参加できます。それでは保安担当《ほあんたんとう》を呼びますので、保護者の方を外までご案内します」

「そんなことしなくても、駐車場《ちゅうしゃじょう》までひとりで行けますよ」と、アニーがいそいで言った。

コスモドローム２のふたりのスタッフはアニーを奇妙《きみょう》な目で見たが、エボットはもう向きを変えて、外に出ようとしていた。

「愛《あい》してるわ、えーと、パパ」出ていくアンドロイドの背中《せなか》に向かってアニーがさけんだ。

父親だということを疑《うたが》われたらまずいからだ。でも、エボットはふり返らずにそのまま行ってしまった。

「さあ、それではおふたりさん」と、女の人が不自然に明るい声で言った。「ページャーを渡《わた》しますから、更衣室《こういしつ》に行ってね。そこに飛行服が置いてあります。自分の持ち物は、iPad《アイパッド》や電話など電子的なものをふくめて、全部ロッカーに入れてください。ロッカーは安全ですからね。コスモドローム2にいる間は、いつもページャーを持っていて。次は何をするのか、どこへ行けばいいのか、全部教えてくれますからね。じゃあ、幸運を祈《いの》ってますよ！」

アニーとジョージはページャーに赤い文字で出てくる指示《しじ》にしたがって、静かにそこを離《はな》れ、更衣室に向かった。ふたりが遠ざかるとコスモドローム2のふたりのスタッフは小声で感想を言いあったのだが、それはふたりの耳にも聞こえてしまった。

「さっきの見た？　あの人、子どもたちにあいさつもしないで、行っちゃったのよ！　ふり返りもしなかった！　うわさ通りなのかも。やっぱりベリス教授《きょうじゅ》は、ほんとは人間じゃないのかも」

アニーが戻《もど》って文句《もんく》を言いそうだったので、ジョージはアニーのひじをしっかりつかんでいた。

「いいからだまってて！　何も言わないで！」

アニーはふきげんな目でふり返ったが、反抗的《はんこうてき》な表情《ひょうじょう》を浮《う》かべたまま前を向いて、つぶやいた。

「そうそう。いつだってこんなふうに不公平なんだよね」

でも、ドローンがそばをパタパタ飛んでいるのを見ると、ため息をつき、わざとらしい笑顔《えがお》を浮かべて言った。

「とうとう、宇宙《うちゅう》キャンプに参加できるね」

そのとき、ふたりのページャーがビービー鳴りだした。

「ミッションコントロール室で開会式が始まります」

「またあとでね」女子更衣室に入りながらアニーが言った。

「宇宙で会おうな」ジョージは、いつものあいさつを口にした。そしてだれもいないろうかをもう一度見てから、更衣室に入って飛行服に着がえた。

8

初めてミッションコントロール室に入ったアニーとジョージは、訓練後《くんれんご》にはとてつもなく重要な役割《やくわり》が待っていることをひしひしと感じた。ここで訓練を受けるのは、火星に行く宇宙飛行士《うちゅうひこうし》として選ばれるためだ。ということは、ある日実際《じっさい》に宇宙船に乗りくんで、赤い惑星《わくせい》に向かって飛んでいくかもしれないのだ。それに火星への旅は、着陸して戻《もど》ってくるだけではない。そこで人類全体のための新たな居住《きょじゅう》空間を建設《けんせつ》することになる。これまでどんな人間もなしとげたことのない限界《げんかい》を超《こ》えて、さらにその向こうへと進んでいかなくてはならない。

ふたりとも、息をのんでいた。これまではアルテミス計画とか、アニーの父親が突然《とつぜん》科学者《かがくしゃ》でなくなったこととか、エウロパの氷にあいた穴《あな》だとか、いろいろな謎《なぞ》のことを考えていて、人類が月面着陸して以来の偉大《いだい》な宇宙の旅が目の前にあることを忘《わす》れていたのかもしれない。

アニーとジョージは、後ろのほうからミッションコントロール室の中に入りこんだ。この部屋には、地球の周囲や太陽系《たいようけい》のほかの惑星《わくせい》をまわる宇宙ミッションや、あらかじめ定められたルートを飛行するミッションに使われたコンピュータがならんでいる。

これまでは、宇宙探査《うちゅうたんさ》や宇宙飛行はこの地球上のさまざまな場所から操作《そうさ》されていた。しかし宇宙船や無人飛行船がどんどん打ちあげられるようになって、記録を追うだけでも複雑《ふくざつ》になってきた。コスモドローム2の、唯一《ゆいいつ》ともいっていい役割は、人工衛星《えいせい》、宇宙船、探査機《たんさき》など、宇宙を飛行するすべてのものをモニターすることだ。有人・無人の宇宙での様々な探査活動は、今やこの巨《きょ》大《だい》な宇宙ビジネスの企業《きぎょう》に一本化されてきているのだ。

ミッションコントロール室の壁《かべ》にあるスクリーンには、太陽系で現在《げんざい》活動中のさまざまなプロジェクトが映《うつ》しだされていた。いくつもあるスクリーンの中には、探査機から送られてきた惑星や月や水星の表面の写真が映っているのもある。宇宙から入ってきた生のデータを次から次へと流れるように映しているのもある。まだこれからフィルターにかけて認識《にんしき》できる情報《じょうほう》に整えなくてはならない生の情報だ。

二つのスクリーンには、太陽系を飛行した様々な無人探査機のルートが映っている。また別のスクリーンは、地球に孤《こ》を描《えが》くように夜が訪《おとず》れる様子を映していた。国際《こくさい》宇宙ステーションを追いかけているモニターの映像《えいぞう》を映しているのだ。キーを押《お》すと、月や火星にある無人探査機から中継《ちゅうけい》されている画像にアクセスできるスクリーンもある。信じられないような光景だ。この一つの部屋から、宇宙《うちゅう》のどこにでも行けるように思えるくらいだ。右手にあるいちばん奥《おく》のスクリーンだけが、何も映《うつ》していなかったが、ほかのすべてのスクリーンは、太陽系宇宙《たいようけいうちゅう》を飛ぶ人類やロボットの進歩について、豊《ゆた》かな情報《じょうほう》を表示《ひょうじ》している。

「すごいね！」ジョージが明るい声で言った。コスモドローム２に足を踏《ふ》みいれて以来、初めて楽しい気持ちになれたのだ。まわりを見ても、邪悪《じゃあく》なものは見えない。警備《けいび》ロボットも、ドローンも見あたらない。ここには興奮《こうふん》しておしゃべりをしているふつうのリアルな人間がたくさんいるだけだ。

後ろの中二階のバルコニーには、コスモドローム２のスタッフたちが大勢《おおぜい》、手すりから身を乗り出すようにして、初めてここに来た子どもたちに手をふっている。部屋の中は満員だった。あざやかな青い飛行服を着たコスモドローム２の職員は円形の部屋にもつめかけている。その横には、外部から来た人も少しいる。服装《ふくそう》がちがうので区別がつきやすい。そのかたわらには、同じような青い飛行服を着たもっと若《わか》い訓練生《くんれんせい》たちが不安げに立っている。

アニーもジョージも、もともと人なつこいタイプなので、ほかの訓練生に笑顔《えがお》を見せた。

「やあ！」ジョージは、同じくらいの年齢《ねんれい》の少年が通りかかるのを見て言った。でもその少年はぎょっとした顔をしていそいで行ってしまった。アニーは、年上に見えるひとりの少女と話そうとしたが、その子はアニーには目もくれずに通りすぎていった。

「みんな、よそよそしいね」アニーがジョージにささやいた。「こんな子たちと九か月もかんづめ

火星に向かうロケットを作る

子どものころの私《わたし》は、数学や科学に興味《きょうみ》をもってはいたものの、いちばん情熱《じょうねつ》をかたむけていたのはバレエでした。高校に入って、とてもレベルの高い数学や化学の授業《じゅぎょう》を受けるようになると勉強量《べんきょうりょう》が多くなり、バレエについやす時間がなかなかとれなくなりました。でも、私は両方ともやりたかったのです。そこで苦しい一年間が過《す》ぎると、バレエも学べるような柔軟《じゅうなん》なカリキュラムに変更《へんこう》することにしました。これは、われながらすばらしい決断《けつだん》でした。大学で工学を学ぶための受験勉強もしながら、バレエも続けることができたからです。

私は今NASA《ナサ》で働いていますが、夜や週末にはバレエを練習したり公演《こうえん》したりすることで、両方の世界を楽しむことができています。

NASAのエンジニアである私は、火星に行くSLS《エスエルエス》（スペース・ローンチ・システム）ロケットの開発を手伝っており、すばらしいプロジェクトの一員になれたことでわくわくしています。

現在《げんざい》NASA《ナサ》は、SLS《エスエルエス》ロケット全体のテスト飛行となる「探検《たんけん》ミッション-1（EM《イーエム》-1《ワン》）」を準備《じゅんび》しているところです。今回のは、有人飛行に移行《いこう》する前の最終テストになるでしょう。私《わたし》の仕事は、ロケットの一部であるボリューム・アイソレーターが飛行の際《さい》の荷重や条件《じょうけん》に合う設計《せっけい》になっているかどうかを確認《かくにん》することです。

ボリューム・アイソレーターは、パージガスをロケット内の特定の区画に閉《と》じこめるのに使われます。パージガスは、搭載《とうさい》された精密機器《せいみつきき》のために、それぞれの区画ごとに適正《てきせい》な温度や湿度《しつど》を保《たも》つ役割《やくわり》を果たします。これはとても重要な役割です。というのは、ロケットには極低温燃料《きょくていおんねんりょう》が使われているので、ところどころにとても冷たい場所ができるのですが、その近くに設置《せっち》された機器がきちんと動くにはより高い気温が必要になるからです。

私が担当《たんとう》しているボリューム・アイソレーターは、MSA《エムエスエー》ダイアフラムと呼《よ》ばれ、ロケットの先端《せんたん》近くの「多目的乗員船ステージアダプター」（MSA）と呼ばれる区画の乗員船の下に置かれています。そのおかげでアイソレーターの下の環境《かんきょう》は、パージガスによって適切《てきせつ》に保たれるのです。

MSAダイアフラムには、ロケット打ち上げの際の力に耐《た》えるだけの強さが必要です。

その一方で乗員船を宇宙《うちゅう》へ打ち上げるための燃料《ねんりょう》を軽減《けいげん》するには、ＭＳＡダイアフラムをできるかぎり軽くしなくてはなりません。

むずかしい課題でしょう？

私たちがどんなふうにこの難問《なんもん》を解決《かいけつ》しようとしているかをお話ししましょう。

固くて軽い炭素複合材《たんそふくごうざい》を用い、直径《ちょっけい》５ｍのドーム型《かた》のＭＳＡダイアフラムを作ります。

炭素複合材はエポキシ樹脂《じゅし》で接着《せっちゃく》した何層《なんそう》もの炭素繊維《せんい》で作られています。ＭＳＡダイアフラムの場合、大きなおわんのような型の内側に、この炭素繊維層を敷《し》きつめていきます。その際《さい》、各層を異《こと》なる角度で置くことによって、完成品《かんせいひん》が疑似等方《ぎじとうほう》的な特性《とくせい》をもつようにします。ドームが、どの方向からの力に対しても同じ強度をもつのは重要なことです。もし炭素繊維層がすべて同じ角度で敷きつめられていたら、完成したドームは一定の方向に対してはがんじょうでも、それ以外の方向に対しては弱くなってしまいます。

すべての炭素繊維層を型に敷きつめたら、それを巨大《きょだい》なオーブンに入れ、熱処理《ねつしょり》加工《かこう》をして硬化《こうか》させます。ＭＳＡダイアフラムが硬化したら、型から取り出し、ＭＳＡに取りつけるためのボルト穴《あな》をあけます。

軽くてがんじょうな層状繊維構造《そうじょうせんいこうぞう》を作る方法は、バレエダンサーとしての私《わたし》が使うトーシューズを作る際《さい》にも用いられています。トーシューズのつま先の部分は、バランスを保《たも》ったり回転したりジャンプしたりできるように、頑丈で軽くなければいけません。この固いつま先部分はMSA《エムエスエー》ダイアフラムと同様に、接着《せっちゃく》剤《ざい》と層状繊維で作られています。

ロケットの部品を見てバレエシューズを思い出す人は少ないでしょう。でも、私は自分自身の人生経験《けいけん》によって独自《どくじ》の視点《してん》を獲得《かくとく》しました。あなたも、情熱《じょうねつ》を傾《かたむ》けるものを持ち続ければ、自分独自の視点で世界を見ることができるようになるでしょう。

NASA《ナサ》では、多様な視点《してん》から問題に取り組めるように、個性的《こせいてき》な考えを持つメンバーからなるチームを作ろうと努めています。このような多様性は、火星に行くためのロケットを作る際に生じる多くの難題《なんだい》を克服《こくふく》するのに役立つのです。

アリスン

にされるなんて、思いやられるな。それに、みんなミッションコントロール室に親を連れてきてるよ！　あの人たちは、入っていいって言われたんだね」

それでもジョージは、自分の親が来ていないことでひそかに胸《むね》をなでおろしていた。ふたごの妹たちは、こんな場所では大混乱《だいこんらん》をひきおこすかもしれない。火星探査機《かせいたんさき》をコントロールしているモニターを見あげたジョージは、父親がここにいたら、コスモドローム2のスタッフに向かってエコな宇宙旅行《うちゅうりょこう》について長い演説《えんぜつ》をふるったかもしれない、と思った。

混雑《こんざつ》しているミッションコントロール室の向こう側ではふたりの親が大きな声でコスモドローム2のスタッフを問いつめていた。

「うちの子は、このプログラムの参加者として特別単位をいただけるんでしょうね？」はれぼったいくちびるの、きつい顔をした母親が大声を張《は》りあげ、父親のほうはスマートフォンで話しながらきょときょとあたりを見ている。「この子の履歴書《りれきしょ》にそれを追加できるかどうかが重要なんですよ」

ジョージがそっちを見た。くちびる以外はぎすぎすしたその母親は、自分のお母さんとは大ちがいだ。丸顔のお母さんはいつもにこにこしてやさしいのに。

「リレキショ？」ジョージは小声でアニーにきいた。「それ、何？」

「これまでやってきたことを書きならべるものよ」と、アニーが教えてくれる。

「うちの子は、コンセルヴァトワールで音楽を学び、マリンスキーのバレエ教習に参加してるんです。成績《せいせき》もかんぺきですし、週末には恵《めぐ》まれない子どもたちのためのボランティアをしてます。高等数学も勉強してますし、ジュニアオリンピックでも八位だったんです。ここでの体験《たいけん》もつけ加えないと」強引な母親はしゃべり続けた。

ジョージはあんぐりと口をあけた。

「うわあ、がんばりやはアニーだけかと思ってたのに」

聞いていてジョージはぞっとした。どれも、楽しそうでもおもしろそうでもなかったからだ。それに、その子が好きでたまらないから参加したようには聞こえなかった。苦労したり、歯を食いしばったりしてなんとかなしとげたというふうに聞こえた。

「それに、この子は、『ラ・ボンヌ・ブッシュ・ジュニア』誌《し》に毎週料理のコラムを書いていますのよ」と、その母親はつけたした。

そんなすばらしい業績《ぎょうせき》をあげているにもかかわらず、娘《むすめ》のほうはしらけているみたいだった。落ちついているのは確《たし》かだが、生気がないといってもいいほど、まわりに関心がないようだ。外から見ていると、この子の中身はうつろなのではないかと思える。

そのとき、壁《かべ》のどのスクリーンからも画像《がぞう》が消えた。ショーか何かが始まるみたいに、部屋が暗くなる。それまでうるさかった親たちもおしゃべりをやめて静かになった。スクリーンがまた明るくなり、どれもが同じ宇宙《うちゅう》のパノラマ画像を映《うつ》しだした。どのスクリーンにも、信じられないほど美しい星のゆりかごが映っている。新しい星がそこから生まれてくる場所だ。

「まるでコスモスがあけてくれる窓《まど》みたいだね」アニーがジョージにささやいた。「宇宙でどんなふうにして星が生まれてくるのかをパパが見せてくれたことがあったでしょ」

「宇宙望遠鏡《うちゅうぼうえんきょう》からの画像かもしれないね」と、ジョージ。

「でも、動いてる！」と、アニー。

確かにガスとダストでできた大きな雲は、写真のような静止画ではなく、重力によって崩《くず》れて球《きゅう》状《じょう》になっていく。その球の核《かく》の部分が非常《ひじょう》に熱くなり、水素《すいそ》を融合《ゆうごう》させてヘリウムに変え、新星を生みだすのだ。部屋の中にいる人びとがスクリーンの光景に引きつけられて見ていると、星は、猛《もう》烈《れつ》な熱と光を出してかがやいた。星は燃《も》えながら、内部にある溶鉱炉《ようこうろ》でいろいろな元素《げんそ》をつくりだしていく。

その星は、もう燃えることができなくなると、爆発《ばくはつ》する。この超新星《ちょうしんせい》爆発が起こると、外核《がいかく》がガス状のダストの熱い雲となって宇宙に放出される。その雲の中には、星が作りだした元素が存在している。この大爆発の中央部には、巨大《きょだい》な星の核が残り、それが陥没《かんぼつ》していくと、やがて重力があまりにも強くなり、何ものも、光でさえも逃《のが》れることのできない場がつくりだすのだ。巨大な星の死が、ブラックホールをつくりだすのだ。

しかし、このブラックホールの中から、また何かが出てくる……観客たちがぼうぜんとしながら見ていると、ブラックホールから放出された粒子《りゅうし》が集まってすぐに人間の形になり、スクリーンに広がっていく。その人間の姿《すがた》がだんだんにはっきりしてくると、スクリーン全体にひとりの人物が映《うつ》った。音声も入って、あまったるい声が聞こえてきた。

化《か》学《がく》元《げん》素《そ》とはどのようなもので、どこからやってきたのでしょうか？

とても簡単《かんたん》に言うと、化学元素とは一種類の原子からなる純粋《じゅんすい》な物質《ぶっしつ》のことです。なぜ元素は興味《きょうみ》深いのでしょう？　知られている元素はたった一一八しかないのに、世界に存在《そんざい》するあらゆるものは、元素を組みあわせることによってできてしまうからです。元素がどうふるまうか、そしてどんなふうに化合物《かごうぶつ》を作るかを研究するのが化学という学問です。

あらゆるものがこうした元素からできているとすると、いったいその元素はどこから来たのでしょうか？　もっとも小さい元素である水素とヘリウムは、ビッグバンで宇宙《うちゅう》が始まる際《さい》に作られ、その後それらが大量に集まって恒星《こうせい》を作りました。太陽のような恒星では、水素は核融合《かくゆうごう》と呼《よ》ばれるとても高温のプロセスで燃焼《ねんしょう》し、ヘリウムを作ります。恒星が歳《とし》を重ねるにつれ、ヘリウムの量《りょう》が増加《ぞうか》し水素はなくなっていきます。そうすると、恒星は次にヘリウムを燃料《ねんりょう》として利用《りよう》することで、炭素《たんそ》や窒素《ちっそ》、酸素《さんそ》といったより大きな元素を作ります。これらの元素は人間の構成《こうせい》要素《ようそ》であることから、私《わたし》たち人類は星から作られているとも言えます。

恒星がどのくらい大きくて熱いかによって、どのくらい大きな元素が作られるかが決まります。恒星内では多くの異《こと》なる核融合過程《かてい》によってしだいに大きい元素が作られるようになり、最終的には鉄《てつ》ができます。またその後は、恒星が爆発《ばくはつ》するときにも元素が形成されます。この超《ちょう》新星爆発では、重たい元素を作るのに必要な、膨大《ぼうだい》な量のエネルギーが放出されます。

これらすべての元素合成過程により、地球上で天然に存在する94種類の元素が作られます。残りの24種類の元素は、ウランよりも重いことから超ウラン元素と呼ばれ、原子炉《げんしろ》や粒子《りゅうし》加速器《かそくき》などの特別な装置《そうち》によって人工的に作られたものです。これら超ウラン元素はとても不安定なため、核分裂《かくぶんれつ》と呼ばれるプロセスによって、より小さく安定した元素に分離《ぶんり》します。このような核分裂を起こす元素を放射性《ほうしゃせい》元素と言います。放射性化合物が分裂するときには、エネルギーを放出します。原子力発電所は、このエネルギーを使って発電しています。

周期表《しゅうきひょう》

周期表は、ちょっと見ると、すべての元素をまとめた単純《たんじゅん》なリストのように見えますが、それだけのものではありません。周期表には、それぞれの元素の重さや、元素の中の陽子や電子の数やそれらの配置《はいち》が示《しめ》してあります。元素がどのように反《はん》応《のう》するかを決定するのは、電子の配置なのです。

周期表《しゅうきひょう》と呼《よ》ばれるのは、元素《げんそ》の性質《せいしつ》が周期的にくり返されることをこの表が示《しめ》しているからです。例えば、縦《たて》の列にならんだすべての元素は、同じように電子が配《はい》置《ち》されているので、同じような化学反応《はんのう》を起こします。このような周期的な振《ふ》る舞《ま》いは、電子がエネルギーのレベル（エネルギー準位《じゅんい》）ごとに一定数しかならばないことから生じます。

周期表は、ドミトリ・メンデレーエフが１８６９年に考案《こうあん》し、新たな元素が発見されるたびに改良《かいりょう》が加えられてきました。化学《かがく》の教授《きょうじゅ》だったメンデレーエフは、なぜ多くの元素が似《に》たようなふるまいをするのか、そしてそのふるまいについての情報《じょうほう》を示すにはどうしたらいいかを考えていました。長い間考え続けた結果、とうとうその答えが夢《ゆめ》の中に現《あらわ》れたのです。それが周期表でした。

メンデレーエフのアイデアの最もすぐれているところは、未発見だが存《そん》在《ざい》するだろうと推測《すいそく》した元素が入る

					2 He ヘリウム
5 B ホウ素	6 C 炭素《たんそ》	7 N 窒素《ちっそ》	8 O 酸素《さんそ》	9 F フッ素	10 Ne ネオン
13 Al アルミニウム	14 Si ケイ素	15 P リン	16 S 硫黄《いおう》	17 Cl 塩素《えんそ》	18 Ar アルゴン
31 Ga ガリウム	32 Ge ゲルマニウム	33 As ヒ素	34 Se セレン	35 Br 臭素	36 Kr クリプトン
49 In インジウム	50 Sn スズ	51 Sb アンチモン	52 Te テルル	53 I ヨウ素	54 Xe キセノン
81 Ti タリウム	82 Pb 鉛《なまり》	83 Bi ビスマス	84 Po ポロニウム	85 At アスタチン	86 Rn ラドン
113 Nh ニホニウム	114 Fl フレロビウム	115 Mc モスコビウム	116 Lv リバモリウム	117 Ts テネシン	118 Og オガネソン
66 Dy ジスプロシウム	67 Ho ホルミウム	68 Er エルビウム	69 Tm ツリウム	70 Yb イッテルビウム	71 Lu ルテチウム
98 Cf カリホルニウム	99 Es アインスタイニウム	100 Fm フェルミウム	101 Md メンデレビウム	102 No ノーベリウム	103 Lr ローレンシウム

場所を空欄《くうらん》にしたことです。

あなたが新しい科学理論《かがくりろん》を思いついたとき大事なのは、その理論が正しいかどうかを検証《けんしょう》するための予測《よそく》をしておくことです。メンデレーエフはそれを行い、周期表ではケイ素の下に空欄を作り、そこには同じような特性《とくせい》をもつ未発見の元素が入ると予測しました。彼はそれをエカケイ素と名づけました。そこに入るべき元素が発見されたのは1886年のことで、ゲルマニウムと名づけられました。そして、ゲルマニウムの特性は、メンデレーエフが予測していたエカケイ素とほとんど同じだったのです！

トビー

元素周期表《げんそしゅうきひょう》

原子番号 — 1 H — 元素記号
水素 — 元素名（日本語）

1 H 水素											
3 Li リチウム	4 Be ベリリウム										
11 Na ナトリウム	12 Mg マグネシウム										
19 K カリウム	20 Ca カルシウム	21 Sc スカンジウム	22 Ti チタン	23 V バナジウム	24 Cr クロム	25 Mn マンガン	26 Fe 鉄	27 Co コバルト	28 Ni ニッケル	29 Cu 銅	30 Zn 亜鉛
37 Rb ルビジウム	38 Sr ストロンチウム	39 Y イットリウム	40 Zr ジルコニウム	41 Nb ニオブ	42 Mo モリブデン	43 Tc テクネチウム	44 Ru ルテニウム	45 Rh ロジウム	46 Pd パラジウム	47 Ag 銀	48 Cd カドミウム
55 Cs セシウム	56 Ba バリウム	57-71	72 Hf ハフニウム	73 Ta タンタル	74 W タングステン	75 Re レニウム	76 Os オスミウム	77 Ir イリジウム	78 Pt プラチナ	79 Au 金	80 Hg 水銀
87 Fr フランシウム	88 Ra ラジウム	89-103	104 Rf ラザホージウム	105 Db ドブニウム	106 Sg シーボーギウム	107 Bh ボーリウム	108 Hs ハッシウム	109 Mt マイトネリウム	110 Ds ダームスタチウム	111 Rg レントゲニウム	112 Cn コペルニシウム

ランタノイド元素	57 La ランタン	58 Ce セリウム	59 Pr プラセオジム	60 Nd ネオジム	61 Pm プロメチウム	62 Sm サマリウム	63 Eu ユウロピウム	64 Gd ガドリニウム	65 Tb テルビウム
アクチニド元素	89 Ac アクチニウム	90 Th トリウム	91 Pa プロトアクチニウム	92 U ウラン	93 Np ネプツニウム	94 Pu プルトニウム	95 Am アメリシウム	96 Cm キュリウム	97 Bk バークリウム

「こんにちは、旅の仲間のみなさん」

アニーとジョージはハッと息をのんだ。部屋の中にいる全員がこの人物に注目している。その声は、とても音楽的で魅力的《みりょくてき》だったので、少なくともジョージは、この声の言うことなら何でもしようという気になってしまった。

「ようこそ」声は続けた。

今はスクリーンに映る顔がはっきりわかるようになっていた。これがリカ・デュールにちがいない。ジョージもアニーも、インターネットで写真を見たことがある。でも、リカがどんなに魅力的かということは、わからなかった。アニーもジョージもスクリーンの人物にくぎづけになっていた。

「宇宙《うちゅう》を探索《たんさく》しようとするみなさん、コスモドローム2によくいらっしゃいました。わたしの名前はリカ・デュール、コスモドローム2の所長です」

自分の父親がおはらい箱にされたアニーでさえ、この声を聞いてついうなずいてしまった。スクリーンのリカは続けた。

「コスモドローム2は、世界でも最も重要な二つの宇宙探検《たんけん》プロジェクトの拠点《きょてん》になっています。一つは人間という生命体を、太陽系《たいようけい》に、そしてさらにそのかなたまで送りこむというプロジェクトです。もう一つは、宇宙でエイリアンを見つけて地球に持ち帰り、科学的《かがくてき》に研究するというプロジェクトです。この二つは、これまでになく重要な大プロジェクトなのです。そして、あなた方訓練《くんれん》生《せい》も、それぞれの役割《やくわり》を果《は》たすことになるでしょう。志願《しがん》したみなさんが、ここまでたどりついたことに、お祝《いわ》いを申しあげます。すでにみなさんは、宇宙への第一歩を踏《ふ》みだしました。火星へのミッションのための訓練プログラムには何万人もの応募者《おうぼしゃ》がありましたが、ここにいるみなさんは、それに勝ちぬいて選抜《せんばつ》されたのですからね」

「すばらしい人だね。嫌《いや》な人だと思いこんでたけど、尊敬《そんけい》できる人だったんだね」ジョージがアニーにささやいたとき、部屋にいる人たちから歓声《かんせい》があがった。

「ここにいるみなさんは、最優秀《さいゆうしゅう》の候補者《こうほしゃ》です。第一段階《だんかい》では、宇宙で生きのびるのに必要な技術《ぎじゅつ》の訓練を受けます。第二段階では、みなさんをふるいにかけることになります。だれが星くずになり、だれが放射性廃棄物《ほうしゃせいはいきぶつ》になるでしょう？　ヒッグス粒子《りゅうし》のように見いだされるものもいれば、定《てい》常宇宙論《じょううちゅうろん》のように退《しりぞ》けられるものもいるでしょう」

　アニーはジレンマにおちいっていた。パパを追いだしていすわっているリカを憎《にく》みたいのだが、その一方ではリカをほんとうにかっこいいと思い、話をもっと聞きたくなっていたのだ。

「生存に適応《てきおう》するのは、だれでしょう……そして消滅《しょうめつ》してしまうのはだれでしょう？」

　多くの手が上がり、訓練生たちは口々に言った。

「ぼくは勝ちぬきますよ」「宇宙飛行士になりたいんです」「わたしは火星で暮《く》らしたいんです」

「全員が宇宙に行けるわけではありません」リカは続けた。

　すべてのスクリーンに、リカの拡大《かくだい》された顔が映っている。その表情《ひょうじょう》には、心を溶《と》かすような誠《せい》実《じつ》さと思いやりがあらわれている。

「ほんの数人が、勝者として浮《う》かびあがるでしょう。しかし残念ながらほとんどの人は、とちゅうで消えていくでしょう」リカはほほえみながら明るい声で続けた。「ただ今からみなさんは訓練《くんれん》に入り、宇宙《うちゅう》における生命について、そして火星で行う任務《にんむ》について学ぶことになります。第一段階《だんかい》の終了《しゅうりょう》後は、みなさんはふたりずつの組になって一連の課題にチャレンジすることになります。ペアで課題をこなしてください。宇宙に送りだすからには、自分のためだけではなく旅の仲間のためにも、そして宇宙に居住《きょじゅう》空間を建設《けんせつ》するためにも、正しいことをやれる人物だという信頼《しんらい》を得なくてはなりません。なにしろ、地球以外の惑星《わくせい》に暮《く》らす最初の人類になるのですからね。地球の外に文明の基礎《きそ》を築《きず》くのは、あなたなのです。そこで数千年間生きのびて未来へ向かって生きていくのは、あなたの子孫《しそん》ということになるでしょう。あなたの宇宙靴《うちゅうぐつ》が赤い惑星の大地を踏《ふ》むのが感じられますか？　遠くに目をやると、何もない火星の地平線に太陽が沈《しず》んでいくのがあなたには見えますか？　訓練の過程《かてい》が進むうちに、弱いものはとりのぞかれ、強いものだけが生き残るでしょう。コスモドローム２への新入りさんたちに幸運を！」

リカは、高揚《こうよう》したスリル満点の声でしめくくった。

「最良の訓練生が勝利をおさめますように！」

9

10

その週の終わりには、リカがじきじきにミッションコントロール室で子どもたちにあいさつした。まわりには、今やもうおなじみになったロボットたちが半円形にならんでいる。リカは、きゃしゃな体に青いスーツを着て、部屋の前方に立っていた。ミッションコントロール室の巨大《きょだい》なスクリーンが背景《はいけい》となって、自信《じしん》たっぷりで落ちついたリカをかんぺきに引きたてている。スクリーンで見たときと同じように、リカは魅力《みりょく》にあふれていた。ほかの訓練生《くんれんせい》たちは、ファンがポップスターに群《むら》がるように、リカのなるべく近くまで行こうと押《お》しあった。

「第一段階《だんかい》の訓練から戻《もど》られたみなさんを歓迎《かんげい》します」

リカがそう言ってにっこりすると、部屋中の雰囲気《ふんいき》がやわらかくなり、尊敬《そんけい》のまなざしが波《なみ》のように広がった。

「みなさんは、ここですごした時間をきっと楽しまれたことと思います。ここには、旅の一歩を踏《ふ》み出した方もいます。でも、ここでお別れしなくてはならない方もいます」基準《きじゅん》に達しなかった訓練生に心の底から同情《どうじょう》するように、リカは悲しげな声で言った。

すでに、コスモドローム２のスタッフが、訓練生たちの肩《かた》をたたいて、あとについてくるようにとうながしていた。最初のうち、肩をたたかれた者たちは、自信の笑顔《えがお》を見せ、スタッフに小走りでついていった。次の段階に進む者として選ばれたと思ったからだ。

リカがまた口を開いた。

「一二人の少女と一二人の少年だけが、次のチャレンジ段階に進むことになります。優秀《ゆうしゅう》なコスモドローム２のスタッフが今合図した方たちとは、残念ながらここでお別れしなくてはなりません。しかし、その方たちも、この特別なプロジェクトに選抜《せんばつ》されて参加できたことを誇《ほこ》りに思ってください。太陽系《たいようけい》に向かう人類の進歩に多少なりとも貢献《こうけん》をしてくださったのですから」

訓練生たちが、そわそわとあたりを見まわす。退出《たいしゅつ》の合図が自分には来ないようにと、はかない望みを抱《いだ》きながら。アニーとジョージは、どうなることかと顔を見合わせた。ジョージは、今にもスタッフの手が肩にふれるのではないかと不安だった。でも、そんなことは起こらなかった。そして、まもなく、がらがらのミッションコントロール室には、少人数が残るだけとなった。

「ここに残ったみなさんは、次のチャレンジ段階ではふたりずつの組になってもらいます」リカが、やさしい声で言った。「だれとだれがペアを組むかは、すでに決めてあります。ですからよく名前を聞いていてくださいね。くり返しますが、ふたりいっしょに協力して次の段階《だんかい》をうまくやってもらう、それが不可欠《ふかけつ》です。ここまでは、個人《こじん》として訓練《くんれん》も評価《ひょうか》も受けてきました。しかし火星に到着《とうちゃく》して、この赤い惑星《わくせい》の上に人類が暮《く》らせる空間を新たに築《きず》いていくためには、仲間の宇宙飛行士《うちゅうひこうし》と力を合わせなければなりません。思い出してほしいのですが、あなたたちは火星を訪問《ほうもん》するだけではありません。ツーリストではないのです。そこに住んで、新しい居住《きょじゅう》空間、すなわち太陽系《たいようけい》では地球外の最初の文明をつくるのです。そういう使命を負った宇宙飛行士として選抜《せんばつ》するためには、チームの一員として活動できるかどうかを知らなくてはなりません」

アニーとジョージは、ふたりがペアになると思っていたので気が楽だった。ほかの訓練生はちらちらとまわりを見ているが、ふたりは落ちついていた。ここに来るのもいっしょだったし、ここでもいつもいっしょだった。どの訓練もこれまではいっしょにやってきた。それどころか、危機《きき》に際《さい》しても信頼《しんらい》しあい、すばらしい宇宙の旅も何度かいっしょに体験してきたので、チャレンジ段階の競争でも、ふたりでチームを組むものだと思いこんでいた。なので、ふたりがばらばらになるとわかったときは、ショックだった。

まずアニーの名前が呼《よ》ばれたので、ジョージは次は自分の番だと思ったのだが、そうはならなかったのだ。アニーの相手として呼ばれたのはリオニア・デブリースだった。

「うわ、たいへん。あの子が相手だなんて」と、アニーは小声でつぶやいた。

リオニア・デブリースは、最初の日に親が大さわぎをしていた、あの無表情《むひょうじょう》の女の子だ。リオニアは、アニーのほうを見たが、わずかに軽蔑《けいべつ》の表情を浮《う》かべただけだった。

次々に名前が呼ばれ、若《わか》い訓練生《くんれんせい》たちはふたり組になって、ミッションコントロール室のならんだコンピュータの前に整列した。目の前には巨大《きょだい》スクリーンをバックにしたリカがいる。ジョージの相手は、とても小柄《こがら》で内気なロシア人の少年イゴールだった。

「さて、若き宇宙飛行士《うちゅうひこうし》のみなさん」と、おだてるように、リカが魅力的《みりょくてき》な声で続けた。

アニーは、奇妙《きみょう》な気持ちになった。ジョージは遠くにいるので、たずねることができない。でも、アニーはとつぜん、前にどこかでリカに会ったことがあると思ったのだ。それがどこで、いつだったのかは思い出せない。でも、アニーとジョージは、確《たし》かにこの人に出会ったことがあるはずだ。それはコスモドローム２に来る前だし、名前もリカ・デュールではなかった……。

アニーのそんな思いが断《た》ちきられた。

「さあ、チャレンジの時間です」と、リカが声をはりあげた。

リカの背後《はいご》にあるスクリーンには、すばらしい宇宙の画像《がぞう》が映《うつ》っていたのだが、それがとつぜん明るい赤とオレンジと黄色に変わり、耳をつんざくような轟音《ごうおん》が鳴りひびいた。宇宙船を発射《はっしゃ》するときの映像が映る。同時に、若い宇宙飛行士たちのページャーがビービー鳴りだした。アニーがページャーの向きを変えて文字を読もうとした。

でもおどろいたことに、アニーが指示《しじ》の文章を読む前に、冷たい鉄の手のようなものがアニーの手首をつかんだ。リオニアの長くて冷たい指ががしっと手首をつかみ、ぐいぐい引っぱっているのだ。リオニアは、ハサミのように足を動かしながら優雅《ゆうが》に進んでいく。どういうわけかリオニアは、どこに行くべきかがもうわかっているみたいだ。リオニアは、アニーを引っぱってろうかを進み、階段《かいだん》をのぼって、建物の間の人けのない前庭を横切る。ときどき立ち止まって、自分のページャーを見ると、方向が正しいかどうかをチェックした。

やがてリオニアとアニーは、コスモドローム２の敷地《しきち》の外れにぽつんと立っているビルにやって来た。何キロも走ったような気がするし、アニーは息切れがしてのどもからからだ。けれどもリオニアは、すずしい顔で汗《あせ》もかいていないようだ。大理石のように白い顔は無表情《むひょうじょう》なままだし、なかば閉《と》じたような目は何の感情も動揺《どうよう》もあらわしてはいない。リオニアは大きな二重ドアをあけて、アニーを押《お》しいれた。かすかに塩素《えんそ》のにおいがしてきたが、リオニアはずんずん進んで行く……。

ジョージとイゴールははるか後ろで、まだミッションコントロール室のある建物の玄関《げんかん》あたりをうろうろしていた。

「行こうよ」と、ほかの訓練《くんれん》生が大きな建物のほうへと大急ぎで走っていくほうをさして、ジョージが言った。

「ぼくの頭では、彼らの推測《すいそく》がまったく正しいとは言えません」と、イゴール。

「それって、あの子たちはまちがったほうに行ってるってこと?」ジョージはたずねた。

「ダー」イゴールがうなずいた。そして、別のほうを指さす。遠くを、ふたりの小さな影《かげ》が猛《もう》スピードで走っていく。「あの子たち、あとをついていくこと必要です」

イゴールは、わざとヨーダ（映画《えいが》シリーズ「スター・ウォーズ」の主要登場人物）みたいな話し方をしているのだろうか、それともロシア語から翻訳《ほんやく》して話しているからおかしな言い方になるのだろうか、とジョージはいぶかった。でも、質問《しつもん》しているひまはない。イゴールが指さしたほうに目を向けると、ブロンドのポニーテールに日の光が反射《はんしゃ》しているのがちらっと見えた。あれは、もしかするとアニーかもしれない。そうだとしたら、あとを追っていったほうがよさそうだ。

「なるほど、よく見つけたね。あっちへ行ってみよう」とジョージは言って、走りだした。でも、イゴールは小さなロバみたいにうなだれて、ひょこひょこ歩いてくるだけだ。

「もっと速く走れないの？」ジョージはきいた。

小柄《こがら》な少年は、つらそうな顔をした。

「ニエット」イゴールは首を横にふりながらいった。「ぼくは数学が得意。でもアスリートちがう」そしてため息をついた。「体たくさん使ったよ、一週目。今はつかれてる」

「わかったよ、じゃあおんぶしてやる。そのほうが速い」とジョージもため息をついた。

「オンブー、なに？」イゴールがきいた。

「ぼくの背中《せなか》にのって。背負うから」と、ジョージ。

イゴールは小柄《こがら》だけれど、けっこう重かった。でも、ジョージはかつぎあげると、アニーたちかもしれない（ちがうかもしれないけど）子たちのあとを追って走った。キャンパスの別のところから、わめき声が聞こえてきた。ほかの訓練生《くんれんせい》たちが、道をまちがったのを悟《さと》ったらしい。その子たちが向きを変えて、ジョージとイゴールのほうへ戻《もど》ってくる……。

「ここは、どこ?」アニーがきいた。

まだリオニアが話すのを一度も聞いていない。でも、リオニアはまだだまっていた。何も言う必要がなかったのだ。目の前にその答えがあったのだから。ふたりが入っていったのは、大きな洞穴《ほらあな》のような部屋で、高い丸天井《まるてんじょう》の筋交《すじか》いや梁《はり》には、液体《えきたい》がゆらめくような模様《もよう》が映《うつ》っている。

アニーは息をのんだ。部屋の大きさや天井に映る光の模様におどろいたのではない。そうではなく、床《ゆか》があるべき場所には巨大な青緑色の長方形があって、キラキラ光っていたからだ。プールだ。

そのプールのまわりには、何体かのロボットがじっと立っていた。エボットを外に連れだそうとして待機《たいき》していたのと同じ、背《せ》が高くて銀色の金属《きんぞく》ロボットだ。

「水泳プールなの?」アニーが声をあげた。

リオニアは、つまらなさそうな顔で、上品な眉《まゆ》を片方上げて言った。

「なんにも予習してこなかったの?」

ほんとうのことを言えば、そのとおりだ。でもアニーは、今はそう言わないほうがいいと思った。

「無重力環境訓練施設《むじゅうりょくかんきょうくんれんしせつ》よ」リオニアが続けた。「わたしたちがいちばん乗りね。潜水服《せんすいふく》を着て、重りをつけないと。あんたも、潜《もぐ》るくらいはできるんでしょうね?」

無重力環境とは?

なぜ
宇宙飛行士《うちゅうひこうし》は
地上《ちじょう》と交信するときに
いつも「ヒューストン」と
呼《よ》びかけるのだろうか?
それは、NASA《ナサ》の
有人宇宙ミッションを管制《かんせい》する基地《きち》が、
アメリカのテキサス州ヒューストンにあるからだ。
宇宙飛行士が宇宙から話しかける相手は、
ヒューストンのジョンソン宇宙センターにいる。
アメリカの宇宙飛行士が訓練《くんれん》を行う施設《しせつ》も、ほとんどはその近くに
ある。多くの宇宙飛行士は(地球上での)仕事にすぐ行けるように、
家族とともにこの地域《ちいき》に住んでいる。ジョンソン宇宙センター周辺の学校では、
生徒の親が宇宙にいることも、めずらしくはない。
無重力環境訓練施設(NBL《エヌビーエル》)も、ジョンソン宇宙センターの近くにある。
ここでは、宇宙飛行士が宇宙で作業できるように訓練を受けている。
NBLは外から見ると大きな倉庫のようだが、中には青くゆらめく巨大《きょだい》なプールがある。
そのプールには宇宙船の模型《もけい》が沈《しず》んでいて、宇宙飛行士はそれを使って訓練を受ける。
宇宙船を修理《しゅうり》する訓練もあれば、国際《こくさい》宇宙ステーションの追加部分を組み立てる訓練もある。
訓練内容は、その宇宙飛行士が宇宙に出たときの任務《にんむ》によって異《こと》なっている。
なぜ水中で訓練するかというと、宇宙に出たときの無重力環境に似《に》た環境を体感できるからだ。
NBLでは、宇宙飛行士が船外活動や宇宙遊泳を行うのに備《そな》えた訓練を受けることができる。
宇宙遊泳をする宇宙飛行士は、宇宙服を着て宇宙船の外に出ると、命綱《いのちづな》をつけて、
ほんの数時間で重要な任務を完了《かんりょう》させなくてはならない。
特殊《とくしゅ》な改良を加えた服を着た宇宙飛行士たちは台の上にのせられ、クレーンで
プールの中におろされる。水の中に入ると、動き回るのをダイバーたちが
助けてくれる。プールの環境は、宇宙とまったく同じではないし、
水と宇宙ステーションの外とは少し違《ちが》う。それでもここで訓練することで
完璧《かんぺき》に近づくことができる。実際《じっさい》の宇宙ミッションでは、
運任《まか》せでは何もなしとげることが
できない……。

「もちろん、できるよ」アニーが怒《おこ》ったように答える。学校の水泳クラブで潜水《せんすい》コースをとったことがあったからだ。

「よかった。なら、何をすればいいかわかるよね」とリオニア。

「えっ?」アニーはあわてた。ついていけずに、とまどうばかりだ。

「しーっ! 聞いて!」リオニアが指を一本立てて、落ちついた声で言った。

遠くのほうで、音がする。

「あれは何?」アニーは、手首をリオニアにつかまれたまま、きいた。

「ほかの子たちが、こっちへ来るのよ」とリオニア。「わたしは、ここに来る前に近道を見つけようとしてコスモドローム2の建物の配置を調べといたんだ。だからいちばん乗りできたけど、もうすぐほかの子たちも追いついてくるよ」

「どうやって調べたの? グーグルアースにも、コスモドローム2は出てこないのに! それって、機密情報《きみつじょうほう》でしょ?」

「そう。でも、方法はあるの」リオニアは冷静に答えた。

リオニアのあとから更衣室《こういしつ》に入ると、すでに潜水服《せんすいふく》が何着かならべてあった。アニーはいちいち数えなかったが、全員の分はなさそうだ。

「潜水服を着て」と、リオニアが言った。

リオニアは、飛行服の下にくるぶしから首までの銀色のボディスーツを着ていた。リオニアはすばやく潜水服に着替《きが》えたが、アニーは飛行服をぬぐのに手間どっていた。まもなく身支度《みじたく》を終えたリオニアが、アニーを潜水服に突《つ》っこみ、酸素《さんそ》ボンベを背中《せなか》にのせた。そしてアニーの顔に水中めがねをかぶせ、プールに戻《もど》るよう合図した。この潜水服には重りがついているので、水中では、宇《う》宙遊泳《ちゅうゆうえい》をするときに感じるのと同じような感覚を味わうことができるのだが、地球の重力をもろに受けるプールサイドでは、とても重い。

「で、どうするの？」アニーは水中めがねを外してきいた。アニーは指示《しじ》されるのにはなれていなかった。したがうよりは、率《ひき》いるほうが性《しょう》に合っていたからだ。アニーにとっては、新しい体験になる。

「プールの中に、わたしたちが火星に行くときに使うような宇宙船《うちゅうせん》の実物大模型《じつぶつだいもけい》があるでしょ。今日の課題は、プールにとびこんで、隕石《いんせき》が衝突《しょうとつ》して曲がった太陽電池《たいようでんち》パネルを修理《しゅうり》することよ。ほら！」リオニアはアニーに、ページャーに出ている指示《しじ》を見せた。「かんたんよ。潜《もぐ》っていってまっすぐに直せばいいだけだから。用意はいい？」

アニーはうなずくと、水中めがねをきちんとつけ、パイプが口に入って、酸素ボンベから息が吸《す》えるかどうかをチェックした。リオニアも自分の水中めがねをつけ、潜水服をまとった手をのばし、指を折ってカウントダウンを始めた。──三……二……一！　ふたりがプールにとびこむ。青緑色の水にもぐる直前、中央のドアが開いてほかの訓練生《くんれんせい》が入ってくるのが目に入った。

結局ジョージはイゴールを最後までおぶったま走らなければならなかった。それでも、プールには二番目に到着《とうちゃく》した。ほかのペアがとまどったり、道に迷《まよ》ったり、目的地をつきとめるのにもたもたしていたからだ。更衣室《こういしつ》に入ったジョージは、ベンチの下にアニーの蛍光色《けいこうしょく》のシューズがおいてあるのを見つけて、ホッとため息をついた。さっき遠くに見えたのは、やっぱりアニーだったのだ。

ジョージは小さめの潜水服《せんすいふく》をすばやく見つけると、イゴールに投げてやった。

「これを着て！　プールの中に入るよ」それから思った。「ところで、きみ、泳げる？」

ジョージは手早く潜水服を着ると、呼吸装置《こきゅうそうち》をつけた。宇宙服《うちゅうふく》と空気タンクを身につけるのになれていれば、どうすればいいかを割《わ》りだすのはむずかしくない。

「もちろん、泳げるよ」イゴールがそう言ったので、ジョージはホッとした。

地上ではイゴールを背負《せお》わなければならなかったが、水中では？　しかし、イゴールは潜水服を着るのにてまどっていたので、ジョージは、服をうまく着られない妹を助けるときみたいに、手を貸《か》した。ほかの訓練生《くんれんせい》たちも更衣室になだれこんできた。ジョージはイゴールを引っぱってプールに戻《もど》り、身支度《みじたく》ができているかどうかチェックしてオーケーの合図をすると、イゴールを水に入れた。

ふたりの少女は、すでにプールの底《そこ》まで沈《しず》み、姿勢《しせい》を立てなおすと装置を点検《てんけん》しあった。そしておたがいにオーケーの合図をかわすと、巨大《きょだい》なチューブ状《じょう》の構造物《こうぞうぶつ》のほうへ泳《およ》いでいった。プールの底から見ると、ほんとうの宇宙船《うちゅうせん》みたいに見える。

リオニアは沈んでいる宇宙船の片側《かたがわ》へとすばやく突《つ》きすすんだ。リオニアが手際《てぎわ》よく動き、水中できっぱりとターンしたりくるっとまわったりするのを見ると、アニーは自分が添《そ》えもののような気がした。あぶくの筋《すじ》を引きながら、アニーはのろのろと太陽電池《たいようでんち》のほうへ向かった。これは、ふつうの家の屋根にのっているソーラーパネルの宇宙版なのだが、変な角度に曲がっている。だれが最初に直せるかを見るために、わざとこんなふうにしてあるのだろう。

アニーはそっちに向かいながら、もしどの課題もこんなにかんたんなら、アニーとリオニアはきっとトップの成績《せいせき》をおさめるだろうと思った。そのとき、何か――というよりだれかが、アニーの足首をつかんでぐいっと引っぱるのを感じた。ふりむくと、潜水服を着た大きな人が、アニーを引っぱっている。

最初アニーは、リオニアが引っぱったのかと思ったが、見まわしてみると、宇宙船のカーブした船体の向こうにいるリオニアも別の人につかまって、もがいている。じゃまをしているふたりの人は明らかにおとなだ。きっとコスモドローム2のスタッフがプールで訓練生を待ちぶせしていて、太陽電池に近づくものを妨害《ぼうがい》しているのだろう。アニーはふりほどこうとしながら、こんなのフェアじゃないと思った。ほんとうの宇宙遊泳《ゆうえい》なら、宇宙船を修理《しゅうり》しようとしているものをエイリアンが引きはがそうとしたりはしない！　アニーは裏切《うらぎ》られたような気がした。チャレンジというのは、実際《じっさい》に経験するかもしれない状況《じょうきょう》を想定《そうてい》して行われるものだと思っていたからだ。でも、こんなのはちがう。

リオニアの上のほうの水面近くでは、イゴールが下に沈《しず》んでいくことができなくて、あせっていた。浮力《ふりょく》のバランスがとれないらしい。ぶくぶくと泡《あわ》がいっぱいに広がる中で、もがいている。ジョージは貴重《きちょう》な時間をむだにしながら、イゴールがプールの底《そこ》までおりるのに手をかさなくてはならなかった。イゴールのせいではないとわかってはいても、こんな相手とペアを組まされてうんざりだ。不機嫌《ふきげん》な泡をいっぱい吐《は》きながら、ジョージは、イゴールを引っぱりおろした。

太陽電池の上では、アニーが格闘《かくとう》していた。アニーの足首をつかんだダイバーが、足をぐいっと引っぱって宇宙船《うちゅうせん》から引きはなす。アニーはあわてて、手足をばたばたさせると、体勢《たいせい》を立てなおし、もう一度前進し、怒《おこ》ってためらわずにダイバーの腰《こし》をねらう。すごい勢《いきお》いで前のダイバーに体当たりしたので、ダイバーは宇宙船の側面にぶつかった。

向こう側では、リオニアがひれ足をつけた両足で、じゃまをしたダイバーのお腹《なか》を強く蹴《け》っていた。ダイバーはプールの向こうまで飛ばされた。そのすきにリオニアは前に進んだが、そこにまた別のダイバーがあらわれて、じゃまをした。アニーは、とっくみ合っていたダイバーを宇宙船の下へとおいやり、別のダイバーの頭を勢いよく足で押《お》した。そのダイバーはプールの底まで沈んでいった。じゃまものを追いはらったアニーは、ひんまがった太陽電池のほうへとまた向かった。そうするうちに、上のほうから潜水服《せんすいふく》を着たたくさんの訓練生《くんれんせい》があらわれて、宇宙船《うちゅうせん》のほうへとやってくるのに気づいた。あと数秒《すうびょう》のうちにアニーかリオニアが太陽電池《たいようでんち》までたどりつかないと、チャンスがなくなる。プールの中は泡《あわ》だらけになり、行く手も見えないほどだ。

そのとき、リオニアがじゃまものをふりほどいた。アニーとリオニアは、最初のチャレンジの勝利者になるべく、宇宙船の両側から太陽電池を目指す。アニーは、ひょっとするとリオニアが自分がいちばんになろうとしてアニーを押しのけるかもしれないと思った。でも、ふたりがシンクロの水中バレエでもしているように優雅《ゆうが》に進んでいくと、リオニアが、電池を元通りの場所に直すようアニーに合図を送った。ソーラーパネルは、宇宙船の中で生命を維持《いじ》するための電力を供給《きょうきゅう》してくれるという意味で不可欠《ふかけつ》のものだが、アニーはその基盤《きばん》をつかむと、正しい向きに置きなおし、宇宙船の溝《みぞ》にはめた。

そのとたん、プールの上にある赤いライトが点滅《てんめつ》するのを、アニーは見たというより感じた。アニーとリオニアは浮《う》きあがり、今や訓練生がひしめく水面から顔を出した。

プールサイドまで泳いで水から出て水中めがねを外すと、さっき、チャレンジの始まりを告《つ》げたのと同じように、あざやかな赤い光がかがやき、アラームが鳴りひびいた。

アニーはジョージがいないかと見まわした。リカがあやしいと疑《うたが》っていることを話したかったのだ。それにこの最初のチャレンジのやり方にはショックを受けていたので、だれか知っている友だちと話し合ってみたかった。三〇分前までは、宇宙キャンプはわくわくするような魅力《みりょく》に満ちていた。でも、今はそう思えない。夢中《むちゅう》になっていいものかどうかもわからなかった。

ほかの訓練生《くんれんせい》たちも水面に上がってきた。勝利者になれなかったので気落ちしている様《さま》が、そのしぐさからうかがえる。みんながっかりした顔でプールから出て潜水装置《せんすいそうち》を外すと、こんなの全然フェアじゃないと文句《もんく》を言った。

プールにまったく入れなかった子どももふたりいた。到着《とうちゃく》するのが遅《おそ》すぎて、潜水服がもう残っていなかったのだ。このふたりには、訓練プロジェクトから外れることがもう伝えられていた。潜水服にありつけなかったものは、即不合格《そくふごうかく》になるのだ。コスモドローム２のスタッフがこのふたりに言った。

「家まで送っていく車が正面玄関《しょうめんげんかん》で待っているよ」

失格《しっかく》した者は、参加証明書《さんかしょうめいしょ》とコスモドローム２で撮影《さつえい》した自分の写真を渡《わた》されるが、火星に行くことは絶対《ぜったい》にできなくなる。ふたりのうちは小さな男の子で、わんわん泣いていた。

アニーにとって次にショックだったのは、ほかの子たちの反応《はんのう》だった。きっと、しぶしぶながらも喜んでくれると思っていたのだ。アニーとリオニアはさすがだと認《みと》めて、ハイタッチをしてくれたり、苦笑《にがわら》いを浮《う》かべたりするのかと思っていた。でも、みんなの反応は正反対だった。ほかの訓練生たちは、アニーとリオニアを冷笑《れいしょう》するような顔で見ていたのだ。

アニーが笑顔を返そうとしても、相手はそしらぬ顔をしたり、「シカトしよう」と言い交わしたりしている。アニーは自分に言った。

「前にもさんざん同じことを体験してきたじゃない！　それでもなんとかなったんだから、気にしないことにしよう」

アニーもつんとして、ほかの訓練生《くんれんせい》を無視《むし》することに決めた。でも、そうしたかったわけでもないし、それで気分がよくなるわけでもなかった。

リオニアは、しょんぼりしてなどいなかった。ネコみたいな目が赤いライトを映《うつ》してきらめき、この世のものとはいえないような表情《ひょうじょう》になっている。リオニアが片手《かたて》を上げてアニーとハイタッチした。

「がんばったね。これで訓練生は二二人に減《へ》ったよ」小声でリオニアが言った。

11

次の日の夜、アニーはコスモドローム2にあるハンモックに腰《こし》をおろして、リオニアが眠《ねむ》るのを待っていた。眠ったら部屋をぬけだしてジョージに会いに行こうと思ったのだ。待っている間にアニーは、宇宙《うちゅう》キャンプのこれまでのことを思い出していた。最初は、アニーもジョージもこの宇宙キャンプに来たいという気持ちが強かった。来なくてはいけないとも思ってもいた。いくつかの謎《なぞ》を探《さぐ》っていくと、どれもこの場所にたどりつくからだ。

でも二日くらいすると、仲間とふざけたり宇宙飛行や火星について学んだりするうちに、宇宙キャンプがとても楽しくなってきた。訓練《くんれん》は、外国をふくめ遠くからやってくる子も多いので、寮生《りょうせい》活《かつ》をしながら行われている。最初の週は、女子と男子は別々の大きな寄宿舎《きしゅくしゃ》で寝泊《ねと》まりした。全員が将来《しょうらい》火星に行けるわけではないとわかってはいても、雰囲気《ふんいき》は明るくて陽気で、笑《わら》い声があふれていた。ミッションコントロール室の開会式では失礼な態度《たいど》を見せる者もいたが、だんだんにいっしょだという意識《いしき》が強くなっていった。夜は親しくおしゃべりする時間になった。といっても、宇宙飛行士《うちゅうひこうし》になるための昼間の訓練でつかれて、ほとんどすぐに眠ってしまうものもいた。

訓練生は家族や友だちからはげましの便《たよ》りを受けとってもいた。でも、電話やタブレットを持つのは許《ゆる》されていなかったので、毎日朝と晩《ばん》に長くうすい紙に印刷されたメッセージをコスモドローム２のスタッフから渡《わた》されるのだ。アニーはエリックからは何も受けとらなかったものの――エリックからのメッセージは、スタッフが見せないようにしているのではないかと、アニーとジョージは疑《うたが》っていた――母親からは、世界のすみずみからその土地とコンサートのようすを書いたメッセージが何通か届《とど》いていた。ジョージの両親も、畑を耕《たがや》し自給自足の生活をしているがジョージがそばにいないのでさみしい、というメッセージを何度か受けとっていた。ある晩は、アニーが暗号のようなメッセージを受けとったが、あれはエボットからだったのかもしれない。アニーは、何か意味があるのかと考えてみようとしたが、その日は体力づくりの訓練でひどくつかれていたので、メッセージの紙をにぎったまま宇宙パジャマを着るとすぐに眠ってしまった。朝起きてみると、手の中でその紙がくしゃくしゃになっていた。そこで、あとで解読《かいどく》しようと思ってその紙を飛行服の胸《むね》ポケットに入れたのはいいが、そのまま忘《わす》れてしまった。

そして、ちょうどアニーが、コスモドローム２がぶきみな場所だというのは思いすごしで、エリックが急に退職《たいしょく》させられたのも偶然《ぐうぜん》だと考え始めた矢先、とつぜんまたいろいろなことをおかしい

世界が異《こと》なると重さもちがってくるのはなぜ?

・あなたの重量は、あなたと地球の間に働く重力の量。
・あなたの質量《しつりょう》は、あなたの体にふくまれる物質《ぶっしつ》の量だ。

質量はキログラムで測《はか》るけど、重量だってキログラムで測るよね?　まぎらわしいって?　うん、そのとおり。

重量は、地球上ではキログラムであらわされるけど、本当はニュートンという単位であらわすべきなんだ。ニュートンは、力をあらわす単位だよ。

地球上での質量1キログラムのものの重量は、約10ニュートン。

太陽系《たいようけい》を旅するとき、あなたの質量は変わらないけど、重量は変わる。
地球より重力の弱い惑星《わくせい》や月におり立ったとすると、あなたの重量(体重)は軽くなる。でも、あなたの質量は変わらない。実際《じっさい》にどうなるか見てみよう。

地球でのあなたの体重が34キロだとすると、太陽系《たいようけい》のほかの天体ではどう変わる?

水星	12.8キロ	金星	30.6キロ
月	5.6キロ	火星	12.8キロ
木星	80.3キロ	土星	36.1キロ
天王星	30.2キロ	海王星	38.2キロ

月や水星に行ったら、
棒高跳《ぼうたかと》びのバーをうんと高くしても
飛び越《こ》せるけど、木星に行ったら、
地面においたバーでも
踏《ふ》み越えるのがむずかしくなる。

と感じるようになったのだ。

プロジェクトがチャレンジ段階《だんかい》に進むと、訓練生《くんれんせい》はペア同士もっと小さな部屋で寝泊《ねと》まりするようになった。無重力環境訓練《むじゅうりょくかんきょうくんれん》のチャレンジが終わると、アニーは前の寮《りょう》に戻《もど》れないことにがっかりした。案内されたのは、リオニアといっしょに使う小さな白い円形の部屋で、そこには二つのハンモック以外はほとんど何もなかった。でも、アニーとリオニアが最初のチャレンジに勝利したときにほかの子たちから受けた敵意《てきい》を考えると、寮に戻らなくてよかったともアニーは思うのだった。自分に敵意を持たないリオニアと寝泊まりできることでアニーは胸《むね》をなでおろしていた。

でも今は、ふたり部屋からぬけだして親友のジョージを見つけ、ジョージも同じように考えているかどうか、自分の疑念《ぎねん》が正しいのかどうかを知りたい。コスモドローム2にはどこか奇妙《きみょう》なところがある。それが何かはわからないのだが、リカ・デュールと会ってもなぜか奇妙な感覚に襲《おそ》われる。アニーは、これまでの体験から、もし自分の感覚や本能《ほんのう》がどこかおかしいと語っているときは、要注意だということがわかっていた。

その日も長い一日で、熱湯で戻したスパゲッティ・ボロネーゼと、ほこりっぽいウエハースと乾燥《かんそう》リンゴという夕食をとってもおなかがグーグー鳴る。もう眠《ねむ》りたいのは山々だが、ジョージに会って話をしないと。そう思ってアニーは自分の体をつねったり、その日の出来事を思い出したりして、眠らないようにしていた。

その朝、訓練生《くんれんせい》たちは、バスでコスモドローム2の別の場所まで運ばれた。とちゅうで、窓《まど》の外を見たアニーは、敷地《しきち》の奥《おく》のほうに発射台《はっしゃだい》にすえられた巨大《きょだい》な宇宙船《うちゅうせん》のようなものがあるのに気づいた。そこで、コスモドローム2のスタッフにあれは何で、どこへ飛ばす予定なのかときいたのだが、スタッフは、いそいで無線機をとりあげて、後続のバスに、別ルートで火星アセンブリー室へ行くようにと指示《しじ》しただけだった。そのとき、「アルテミスを通らないで遠まわりしろ」と言っているように聞こえた。

アニーたちの乗ったバスもとつぜん進路を変えたので、宇宙船は隠《かく》れて、アニーの視界《しかい》から消えてしまった。

火星アセンブリー室がある建物には、火星の表面を模《も》した場所があった。もちろん重力までは小さくしていない。火星の表面の重力は、地球の重力の三八％しかないが、月ほど小さくはないので、宇宙に居住区《きょじゅうく》を作ろうとする人間がせかせか動いたとしても、宙に飛んでいってしまうようなことはない。

訓練生たちの目の前には、赤褐色《せきかっしょく》の丘陵地《きゅうりょうち》があり、背景《はいけい》にはピンク色の空と巨大な火山の山なみの向こうから太陽が昇《のぼ》ってくる様子が映《うつ》しだされている。ここにも、妙《みょう》に威嚇《いかく》するような無言のロボットが二体立っている。動かないように見えるが、何かあればパッと行動に移《うつ》るはずだ。おどろいたことに、ロボットの足元の地面には、プラスチックが散乱《さんらん》しているように見えた。遠方には、火星着陸船も二つ見えている。これは、宇宙飛行士《うちゅうひこうし》が地球から発射《はっしゃ》された周回軌道船《しゅうかいきどうせん》から火星におり立つときに使われるカプセルのようなものだ。

この日の課題は謎《なぞ》めいていて、訓練生は、なんの説明もなしに「開始！」と言われただけだった。リオニアは考えこむようにくちびるをかむと、目の前のゴミだらけの場所を見つめた。ただゴミを拾えばいいのだろうか？

理解《りかい》したのは、アニーのほうが早かった。

「ああ！　何をすればいいか、わかった」

そう言ってからアニーはリオニアにささやいた。訓練生の様子を記録しているらしく、ドローンがまわりを飛んでいる。ピクニック場でスズメバチにつきまとわれているみたいな気分になる。

「うざいな！」

アニーはそう言うと、手で一つをはらいのけた。すると、そのドローンは怒《おこ》ったようにアニーに向かってきた。でも、リオニアが腕《うで》をあげて手首をドローンに向けると、なんとそのドローンは床《ゆか》に落ちて、動かなくなった。

「ドローン撃退《げきたい》の腕時計なの」と、リオニアがつぶやいた。

「どうして、そんなの持ってるの？」アニーがきいた。

「うちの親が、仕事先でもわたしが何してるかドローンでチェックしようとしてたの。だから、わたしはこういうのを発明しなくちゃならなかったのよ」リオニアが冷めた調子で答えた。

「わお！」アニーが言った。

火星での生活

ふだんの私《わたし》はゆっくり寝《ね》ているのが好きなのですが、毎年誕生日《たんじょうび》の朝だけは、わくわくしてパッと目をさまします。去年《きょねん》も同じで、二月一六日の朝はベッドから跳《は》ね起きました。でもその日は何かが違《ちが》ったのです。窓《まど》の外でさえずる鳥はいないし、私の好きな朝食のにおいがキッチンから漂《ただよ》ってくることもありません。階下で動き回る家族の気配もしません。

そこで私は、そこは自分の家ではないことに気づいたのです。そこは、地球《ちきゅう》の上ですらありませんでした。私は、世界じゅうから集められた他の六名の科学者といっしょに「火星」にいて、他の惑星《わくせい》で暮《く》らすのがどんなものかを研究していたのです。

あなたは、別の世界で暮らすのがどんなものか考えたことがありますか？　太陽系《たいようけい》の中にある惑星は地球だけではないことを私たちは忘《わす》れがちです。太陽の周囲をぐるぐる回っている惑

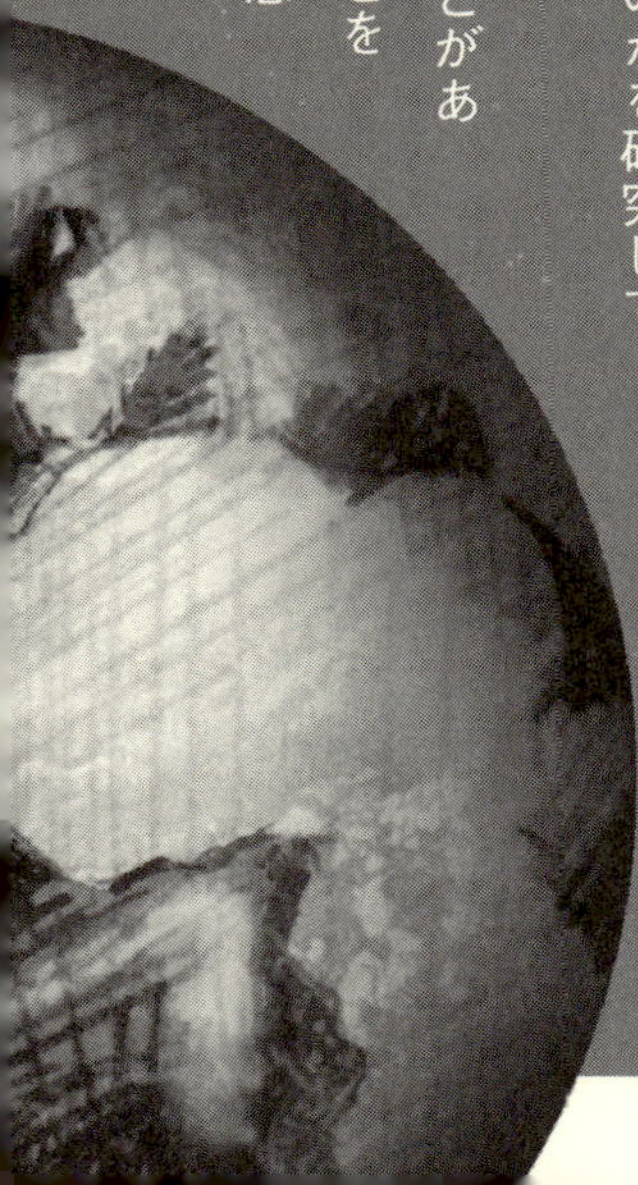

星は、ほかに七つもあるのです。いつか人類《じんるい》は地球以外に新たなすみかをさがさなくてはいけなくなるかもしれません。そう考えるとこれはラッキーなことです。私たちは地球をいつも大切にしてきたとはいえません。そのせいで地球は気温が高くなりすぎて、住める星ではなくなるかもしれません。地球温暖化《おんだんか》だけではなく、恐竜《きょうりゅう》のことも思い出してみましょう。このみごとな生物は一億《おく》六千五百万年以上にわたって地球に君臨《くんりん》していましたが、小惑星《しょうわくせい》が地球に衝突《しょうとつ》してすみかを破《は》壊《かい》したことから、種全体が絶滅《ぜつめつ》してしまったのです。現在《げんざい》は、遠くからやってくる小惑星を監視《かんし》するソフトウェアもできています。でも、人類が一〇〇万年生きのびるようにするためには、私たちは宇宙に散《ち》らばって、そこで生きるすべを学ばなくてはなりません。

ただし、人間はどこでも生きられるというわけではありません。金星や水星のように、太陽に近くて熱すぎる惑星には住めません。天王星や海王星のように、太陽から遠くて寒すぎる惑星も無理です。木星や土星のようにガスでできた惑星も難《むずか》しいでしょう。そうなると、残るのは火星です。地球のとなりにある、岩だらけの赤い惑星です。

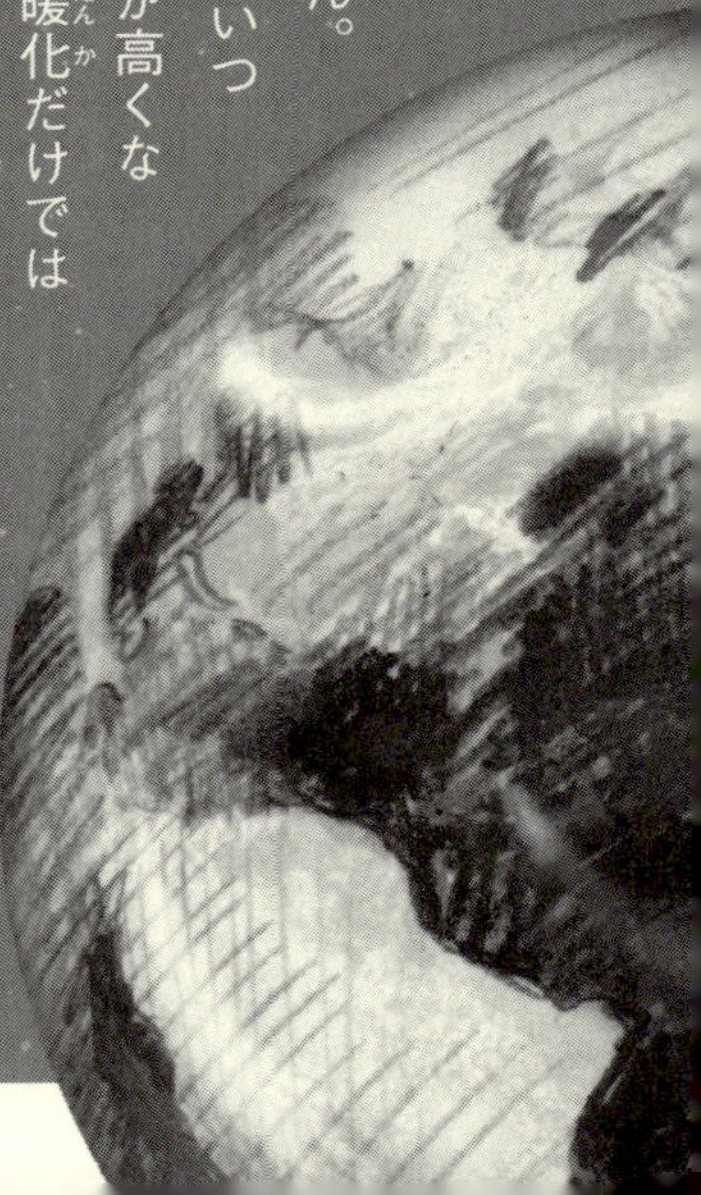

多くの宇宙飛行士《うちゅうひこうし》がすでに宇宙を訪《おとず》れていますが、月への短い旅行に何度か行ったのを除《のぞ》くと、地球《ちきゅう》から遠くへは行っていません。火星まで行った人間はまだいないのですが、私《わたし》たちは火星へ行く準備《じゅんび》を始めています。休憩《きゅうけい》なしで二〇〇日以上乗りっぱなしのドライブを考えてみてください。宇宙飛行士が火星に行こうと思ったら、これだけの日数が必要になります。火星は地球から平均《へいきん》二億《おく》二千四百万キロも離《はな》れているからです。それだけ離れていると、予備《よび》の食料や水を送ることができません。なので宇宙飛行士はできるだけたくさんの備蓄《びちく》を持って行き、残りは自分たちで作り出す工夫をしなくてはなりません。

　このような大きな旅に宇宙飛行士を送り出す前に、私たちは彼らが直面するはずの多くの問題を理解《りかい》しておく必要があります。その一つの方法は、この地球にある火星研究基地《きち》で暮《く》らしたり働いたりして、火星での暮らしがどんなものかを調査《ちょうさ》することです。こうした特別の実験所は、見た目も感覚《かんかく》も火星に作る家と同じように作られていて、キッチンもトイレも、食料を育てるための「畑」も、顕微鏡《けんびきょう》などの科学機器《かがくきき》を備《そな》えた研究室も、小さな寝室《しんしつ》もついています。二六歳《さい》の誕生日《たんじょうび》の朝を迎《むか》えた私は、まさにそこで目をさましたのでした。

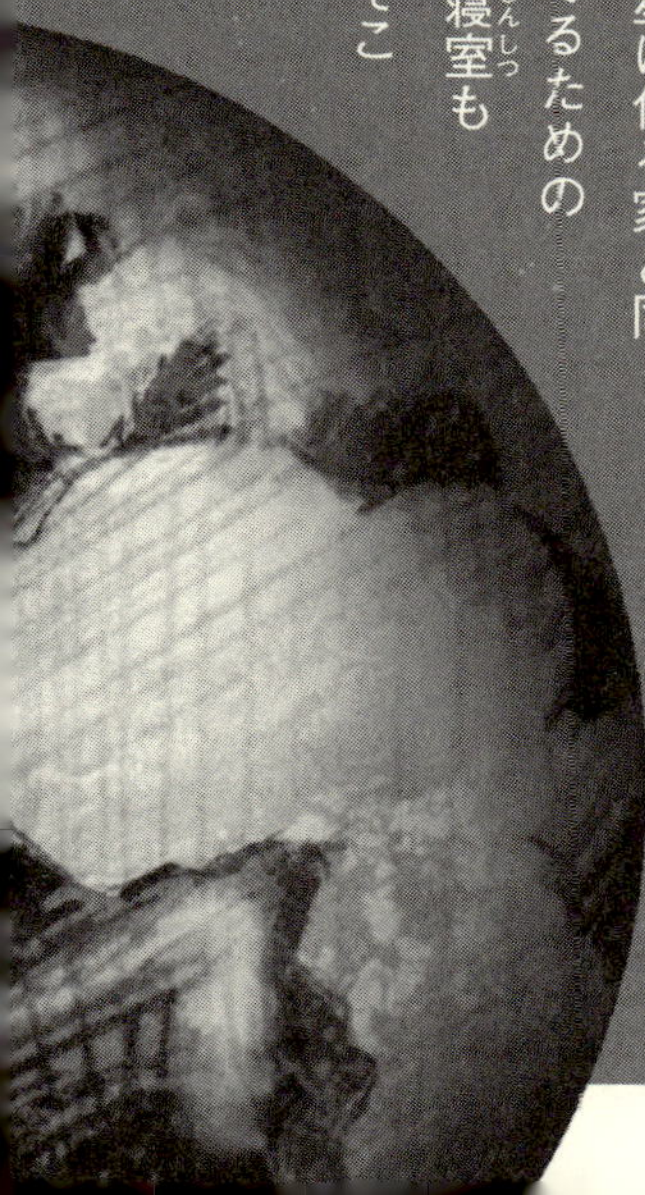

いつもの誕生日だと、友だちから電話がかかってきたり、家族から抱《だ》きしめてもらったりします。でも、火星には電話はかかってきません。信号を送るのに時間がかかりすぎるからです。もし家族と話したければ、インターネットで電子メールを送ることができますが、それでもメッセージが届《とど》くのに二〇分以上かかります。同じ理由から、テレビを見ることもできません。かわりに、好きな本のデジタル版《ばん》や、映画《えいが》やテレビ番組を小さなコンピュータに保存《ほぞん》しておけば、退屈《たいくつ》したときに読んだり見たりすることができます。

といっても、退屈している暇《ひま》はないかもしれません。装備《そうび》をチェックしたり清掃《せいそう》したり、ジャガイモのような作物を育てたり、宇宙飛行士の仲間のために料理したり、学生や授業《じゅぎょう》のためにビデオを撮《と》ったり、外に出ていって土や石のサンプルを集めたりと、毎日やることがたくさんあるからです。火星には地球ほど多くの酸素《さんそ》がないので、外に出るときは呼吸《こきゅう》するためのヘルメットをかぶることになります。重たい宇宙服《うちゅうふく》を着ての遠出から汗《あせ》まみれになって帰ってきても、シャワーをあびることさえできません。火星では水がとても貴重《きちょう》なので、できるだけ節約《せつやく》しなければならないからです。シャワーのかわりにウェットティッシュで体をふくことになるで

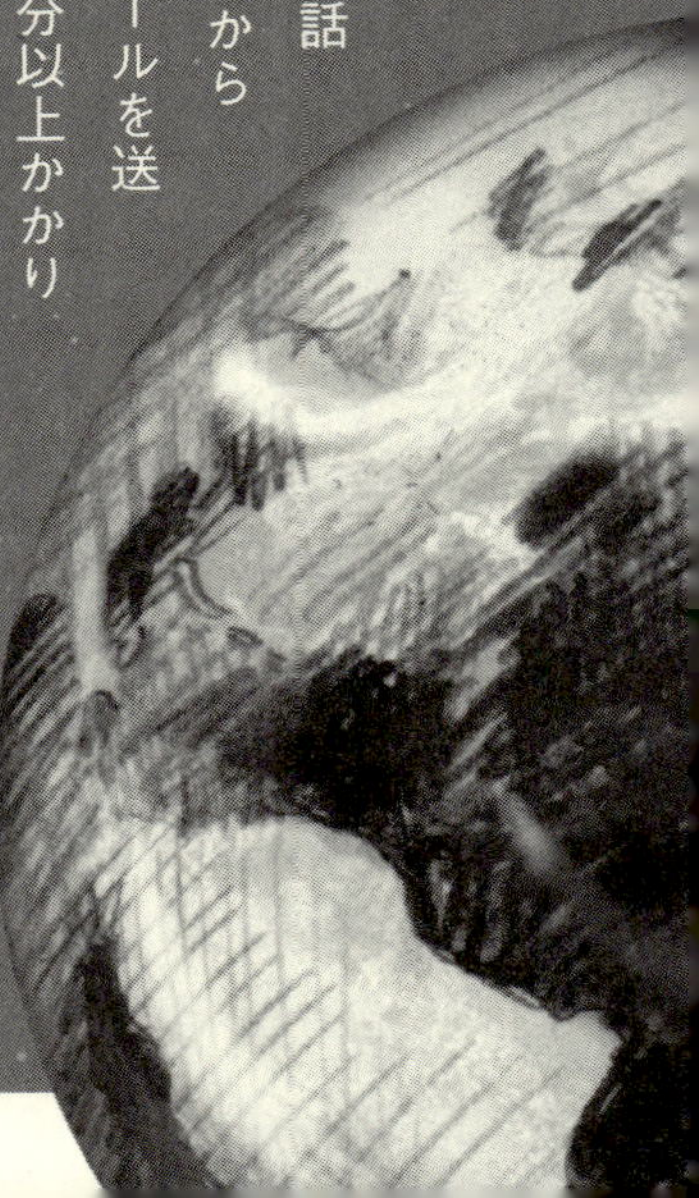

しょう。
そこにいっしょにいた六人の仲間は、誕生日《たんじょうび》に家族がいなくて私《わたし》がさびしい思いをしているのを知っていたのでしょう。部屋から出ていくと、手作りの誕生日カードを持った仲間たちが待っていました。そのカードには「三六」のかわりに「一三・八」と書いてありました。というのも、一年がほぼ二倍の長さの火星では、私の年齢《ねんれい》はそうなるからです。それに仲間たちは、ハート形のパンケーキという特《とく》別《べつ》な朝ごはんも、用意してくれました。火星での食事は、とてもつまらないものになるかもしれません。新鮮《しんせん》な食べ物はすぐに腐《くさ》るので、ほとんどすべての食べ物が粉末状《ふんまつじょう》になっていて、それを水かお湯でふやかして食べなくてはならないからです。肉《にく》でさえそうなります。火星の食事で私が好きなのは、チーズマカロニです。

私は、誕生日にすてきなものを用意してびっくりさせてくれた仲間にお礼を言い、すばらしい友人たちといっしょにいる幸運を感謝《かんしゃ》しました。同じ宇宙船《うちゅうせん》に乗る仲間と仲良くできるかどうかは、とても大事な点です。狭《せま》い空間で長い時間をいっしょに過《す》ごすのですから。

火星の居住環境《きょじゅうかんきょう》で三週間暮《く》らしたり働いたりしてみると、火星を最初に訪《おとず》れる宇宙飛行士《うちゅうひこうし》たちが楽ではないということ

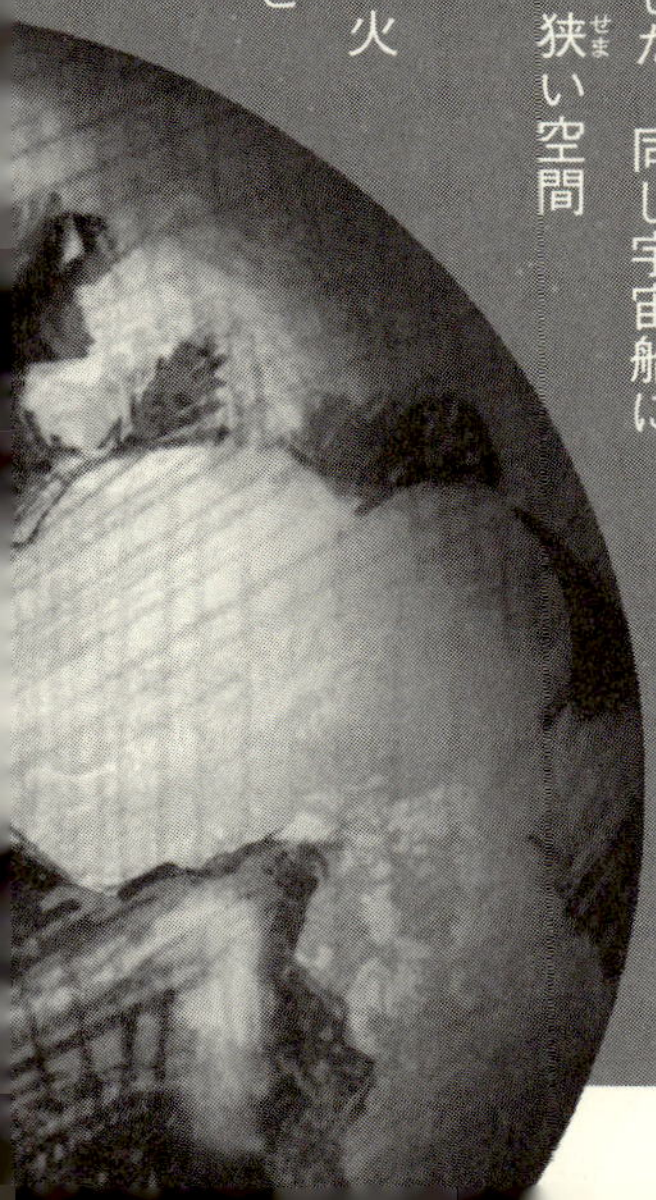

が、よくわかりました。私なら、友人や家族がそばにいないのをさびしく思うでしょうし、好きな食べ物や温水シャワーが手に入らないことや、ヘルメットをつけないで外の新鮮な空気を吸《す》える環境《かんきょう》にないことも、残念《ざんねん》に思うでしょう。それでも私は、火星に行きたいと思っています。幸い、宇宙に出ていこうとしている私を応援《おうえん》してくれる家族もいます。火星への最初の旅は、まだ何年も先かもしれません。でも、私たちが生きている間には火星に足跡《そくせき》をしるす人間が出てくるのです。それが私だといいのですが。

　でも、そうでなくても私は、この世界の外で誕生日を迎《むか》えた日のことは決して忘《わす》れないでしょう。もしかしたらあなたも、いつか火星環境《かんきょう》をつくってある実験所《じっけんじょ》で誕生日を迎えることになるかもしれません。それとも、あなたは赤い惑星《わくせい》である火星で誕生日を過ごす人になるのでしょうか。

ケリー

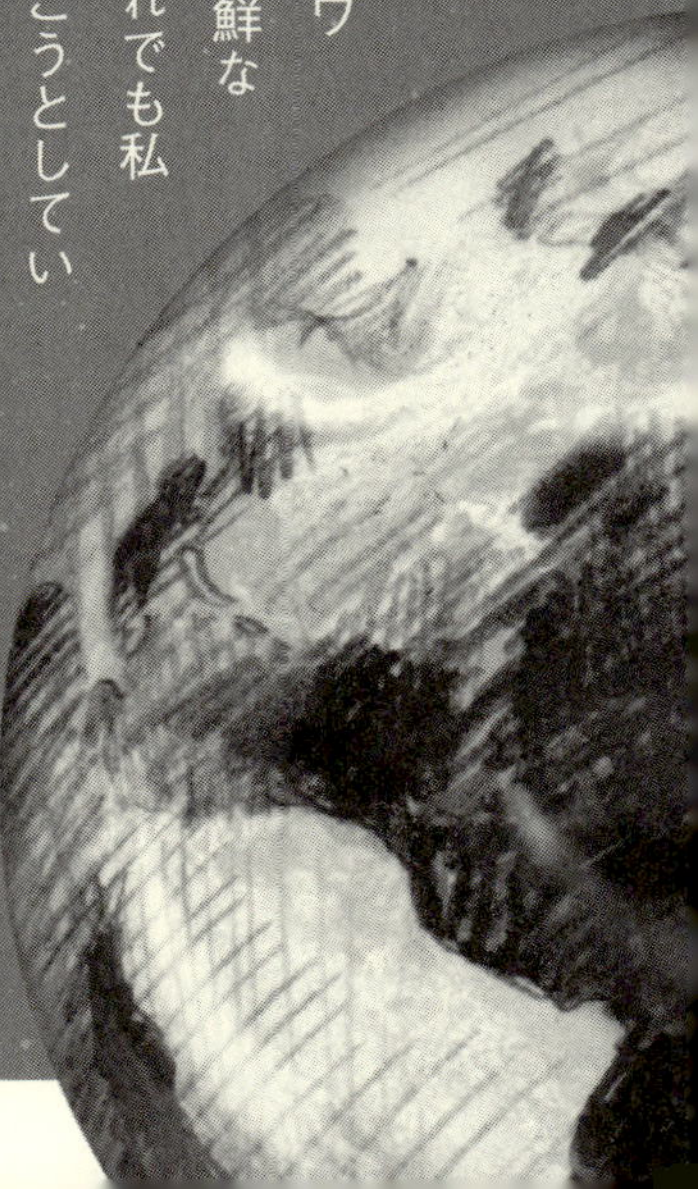

アニーは面くらい、これがどういうことを意味するのか考えていて、しばらくの間言葉が出なかった。リオニアがつらい子ども時代を送っているのはわかったけど、ゆっくり考えている暇《ひま》はない。第二のチャレンジの貴重《きちょう》な時間がどんどん過《す》ぎていってしまう。別のペアが、もう動きだしている。ジョージとイゴールだ！　アニーから見えない火星の模型《もけい》の丘の陰《かげ》にいたジョージは、アニーとまったく同じことを思いついていたのだった。イゴールのほうは、とまどってゴミを見つめたまま、がっかりしたようにこういっただけだった。

「まさかゴミ拾いやれ、ってちがうよね。リサイクルしろ？　地球に戻《もど》るときの燃料《ねんりょう》を、リサイクルでつくり出す？」

「そう！」と、どうしてゴミが火星にたくさん落ちているかにピンときたことにうれしくなってジョージは言った。「ねえ、イゴール、ほかの子たちの注意をひかないようにして、火星着陸機まで行って、中にもぐりこんでほしいんだ」

「なんのため？」イゴールはキツネにつままれたような顔で、でもやる気になって、きいた。

ジョージはかがみこんで、イゴールの耳にささやいた。

「なるほど、おおいに期待するよ。その仮定《かてい》正しい、とね」

イゴールはうれしそうにそう言うと、あてもなくぶらぶらしているふりをして、歩いていった。

一方ジョージは、火星の模型の地面からゴミを拾いはじめた。イゴールが歩いていくのを見ても、火星着陸機に向かっているとはだれも思わなかった。小柄《こがら》な少年は目標をさとられないように、のんきそうに遠まわりをして歩いて行く。でも、小さな着陸機まで行くと、イゴールはまるでハチドリのようにはしご段《だん》を駆《か》けあがり、中に入ってドアを閉《し》めた。

アニーとリオニアも、プラスチックごみを集めはじめていたが、ほかの訓練生《くんれんせい》たちは、まだこのチャレンジの意味について言い合っていた。でも、アニーたちもふくめて、それでは遅《おそ》すぎた。ジョージ同様、アニーも、このプラスチックごみは、火星までの九か月の宇宙飛行《うちゅうひこう》の間に捨てられた食品包装《しょくひんほうそう》などを意味していることだけは理解《りかい》していた。

しかしリサイクルにとても熱心なテレンスとデイジーの子どもであるジョージとちがって、アニーは次の段階《だんかい》まで飛躍《ひやく》することができなかった。イゴールを着陸機まで行かせたことは、ジョージのすばらしいひらめきだった。着陸機の中には3Dプリンタを作る部品がみんなそろっていた。完成させたプリンタを使えばプラスチックごみをリサイクルし、宇宙飛行士が火星に着陸したらすぐに必要になる居住空間《きょじゅうくうかん》の土台をつくることができる。

技術《ぎじゅつ》や先進工学《せんしんこうがく》のスキルに通じているイゴールは、ほかのものが着陸機にやって来る前に部品を組みあわせて3Dプリンタを完成させた。

昨日と同じように、耳をつんざくような音が鳴りひびき、このチャレンジの勝者が決まったことを告げた。アニーは人混《ひとご》みに隠《かく》れるようにしてジョージに近づき、イゴールは着陸機からおりてきた。チャレンジの間は、ペアの相手以外と話してはいけないと言いわたされていた。それを聞いたときアニーは、奇妙《きみょう》な規則《きそく》だし、そこまで張《は》り合う必要はないのにと感じたものだ。宇宙飛行士は、協力という人間的なスキルを期待《きたい》されているのに。それでもアニーは、せっかくおもしろくなってきたときに失格《しっかく》になるのは嫌《いや》だった。今回もアニーとリオニアは、ある程度《ていど》まではできたので、失格にはならないはずだ。プラスチックごみを一つも拾わなかったふたりが、ここから去ることになるだろう。

「あとで会おう。ミッションコントロール室でね」アニーはなんとかジョージに聞こえるようにつぶやいた。

ジョージはうなずき、連絡《れんらく》をとりあったことがドローンに気づかれる前に別れた。ほかのものたちは、不合格《ふごうかく》となった訓練生《くんれんせい》が宇宙キャンプを涙《なみだ》ながらに出ていくのを見送っていた。

リオニアが眠《ねむ》っているのを確《たし》かめると、アニーはハンモックの下の床《ゆか》に置いてあった腕時計《うでどけい》を拾いあげて自分の腕にはめた。ドローン撃退装置《げきたいそうち》がついたリオニアの腕時計だ。ドアには鍵《かぎ》がかかっていない。訓練生の小部屋の外にはドローンが飛んでいるので、その必要がないのだ。昨夜のようにホームシックになった訓練生のだれかがこっそり抜《ぬ》けだせば、ドローンからすぐに警備《けいび》に連絡《れんらく》が行き、ロボットがその子を連れていってしまう。しかも、不運なペアのもうひとりのほうもだ。こうした規則破《きそくやぶ》りについては、ただちに不合格になると言いわたされている。その日の朝も訓練生たちが集められて、夜間の規則を破った者が「排除《はいじょ》」されたと告げられたばかりか、今後も破ろうとしたものには同じ処置《しょち》が下されると警告《けいこく》されていた。それに、ペアの相手も、連帯責任《れんたいせきにん》をとらされるという。火星につくられる人間の居住空間《きょじゅうくうかん》でもそれは同じなのだから、と。

アニーは用心しなければいけないのを知っていた。常《つね》に持たなければならないページャーをポケットに入れると、部屋のドアをあけた。その瞬間《しゅんかん》、ドローンが飛んできたので、前にリオニアがやったのと同じように、アニーも時計をそっちに向けた。でも、何も変化がない。ドローンはぐんぐん近づいてくる。あわてたアニーは時計の横についていたボタンをすべて押《お》してみた。そのうちのどれかが効果《こうか》を発揮《はっき》したらしく、ドローンは地面に落ちて動かなくなった。遠くのほうで、子どもが泣いている声が聞こえた。かわいそうな子どもが胸《むね》も張りさけんばかりに悲しげに泣いているらしい。アニーは何が起こっているのか見に行こうかとも考えたが、さっきのドローンが再起動《さいきどう》してアニーの不在《ふざい》に気づくまでどれくらいの時間があるのかがわからない。まずジョージに会って、それからその子のほうへ行ったほうがいいだろう。

ミッションコントロール室まで忍《しの》び足で行ってみると、ぼんやりと照明《しょうめい》のともった入口にはだれかがいた。ここに到着《とうちゃく》したときは、コスモドローム2ではさまざまな活動が行われているようだったが、それからまだ数日しかたっていないのに、ずいぶん空っぽになってしまったような気がする。国際的《こくさいてき》な宇宙《うちゅう》ミッションの心臓部《しんぞうぶ》というよりは、幽霊施設《ゆうれいしせつ》といったほうがいいくらいだ。入口に見える人影《ひとかげ》は、姿形《すがたかたち》からするとジョージらしい。

「ドローンをごまかせたの？」アニーは小声できいた。

ジョージはうなずいて笑顔《えがお》で言った。

「ドローンはイゴールとチェスをしてるよ」

アニーは、理由《わけ》がわからないという顔をしたが、ジョージがにやにやしているだけなので、からかわれたのだとわかった。

「ねえ、聞こえる？」とアニーが言って耳をすませたが、さっきの泣き声はもうやんだようだ。

ジョージがついてくるように合図した。

「見せたいものがあるんだ」

ジョージはミッションコントロール室から放射状《ほうしゃじょう》にのびているろうかの一つへアニーを引っぱっていく。研究室がならんでいるようなところだ。その研究室の一つのドアに、アニーの父エリックの名前があり、それが線で消されていた。

「パパの研究室だ！」アニーの胸《むね》に熱いものがこみあげてきた。

ジョージはドアノブをそっとまわしてみたが、あかない。

「鍵《かぎ》がかかってる！　ミッションコントロール室にもどろう」ジョージがささやいた。

ふたりは、短いろうかを戻《もど》って玄関《げんかん》ホールに出ると、大きなドアを通って後部からミッションコントロール室に入った。今はだれもいないようだ。スクリーンには無人探査《むじんたんさ》の様子がまだ映《うつ》っているが、操作《そうさ》している者はここにはいないらしい。宇宙《うちゅう》に出ているロボットが、人けのないミッションコントロール室に次々とデータを送ってきている。でも、それを見ているのはジョージとアニーだけだ。ふたりは、スクリーンについつい目をうばわれた。

「見て！」アニーが声は出さずに口の形で言う。指さしたのは、最初にここに来たときには何も映っていなかったスクリーンだ。でも今はコスモスが開いた扉《とびら》から見たのと同じ光景が映っている。うねや溝《みぞ》がある緑がかった白い氷と、ダイアモンドのような星がきらきら光っている黒い空だ。遠くには、縞模様《しまもよう》のある大きなガスの惑星《わくせい》が見えているので、ここが木星の衛星《えいせい》であることはあきらかだ。さらに、氷には、あの日に見たのと同じ丸い穴《あな》があいているので、まちがえようもない。最初にこの光景を見たのは、ここでの冒険《ぼうけん》が始まる前のことだった。

「エウロパだ！　そうだよね？　通信が可能《かのう》になったんだね」ジョージがつぶやいた。

「それに、だれかいるよ！」アニーが声に出さずに口の形で言った。

ジョージは目をこらしてスクリーンの粗《あら》い画像《がぞう》を見た。アニーの言うとおりだ。そのエウロパらしい衛星の表面を暗い影《かげ》がいくつか動いている。氷の穴に近いところに集まり、穴の中からサンプルの液体《えきたい》をとっているらしい。ロボットの一つは、大きな網《あみ》のようなものを持ち、もう一つは銛《もり》を持っている。まるで氷の上で穴釣《あなづ》りをする漁師《りょうし》が、氷の下の罠《わな》に獲物《えもの》がかかるのを待っているときみたいな情景《じょうけい》だ。

「アルテミスって、ギリシア神話の狩猟《しゅりょう》の神様だよね。エウロパで、獲物をつかまえようとしてるんだね」とアニーがジョージの耳元で言った。

そのとき、音が聞こえた。ジョージはアニーをつかむと、さっと机《つくえ》の下にもぐりこんだ。何とかまにあった。隠《かく》れているところからのぞくと、ロボットの足が六本ガチャガチャと通りすぎ、青い飛行服とかかとの高い靴《くつ》をはいた人間の足二本がそのあとに続いた。

「リカだ！」アニーがジョージにささやいた。とつぜんふたりは、言いしれぬ不安に襲《おそ》われた。

「ここでページャーが鳴りだしたら、どうしよう？」

ジョージはドキッとした。

「口の中に入れよう。そうすれば、もし鳴っても音と光が目立たない」

アニーは机《つくえ》の下で「げっ」という顔をしたが、大きなあめ玉くらいのページャーをひもから外し、言われたとおりに口の中に入れた。アニーはジョージに、心配に思っていること——前にどこかでリカに会ったと思っているのだけれど、それがいつどこでだったか思い出せないこと——をどうしても話して相談したかった。でも、機械を口に中に入れていたのでは、ささやくことさえできない。

数分が、アニーとジョージにとっては何時間にも感じられたが、隠《かく》れている間に、何かわからない音がいくつか聞こえ、それからリカが口を開いた。

「戸口を用意して」リカがはっきりと命じた。「ロボットは、宇宙重《うちゅうおも》りをつけて」

アニーは「戸口」という言葉を聞いて、ジョージをぎゅっとつかんだ。ふたりが知っている「戸口」は、宇宙《うちゅう》へとつながる扉《とびら》のことだ。それに、ロボットが宇宙重りをつけるとなれば、ちがう重力の場所に行くということになる。地球にいるときより体を重くする必要があるということだ。

「戸口を開いて」

リカの声が指示《しじ》を出すのが聞こえた。でもその声は、前みたいに魅力的《みりょくてき》でもなければ、あまったるくもなかった。今の声は、少し金属的《きんぞく》で、キンキンしたエコーがかかっている。人間の声ではないみたいだ。

机の下に隠《かく》れていたアニーとジョージは、ミッションコントロール室に白い光がぴかっと光るのを見た。それからガチャガチャという音がした。三体のロボットがどたどたと歩いているようだ。冷たい空気が部屋に流れこんだ。ミネラルたっぷりのにおいもする。数秒《すうびょう》たつと、光も冷たい風もにおいも消えた。コツコツという足音がして、青い飛行服の下にあるハイヒール靴《ぐつ》が戻《もど》っていくのが見えた。リカはミッションコントロール室のドアを閉《し》めると行ってしまった。

アニーとジョージは、まだページャーを口にふくんだまま用心しながら机の下からはいだした。リカといっしょにロボットが出ていくのは見なかったのに、ミッションコントロール室にはほかにだれもいなかった。ロボットたちは消えてしまったのだろうか。エウロパの動画が映《うつ》っていた画面は、今は暗くなり何も映っていない。

ジョージは、コンピュータのほうを指さした。ここからエリックにメッセージを送ろうと思ったのだ。エリックからのメッセージはにぎりつぶされているとしても、エリックにメッセージを送ることはできるはずだ。でも、ログインしようとしているうちに、アニーのほっぺたの中が赤くなったのに気づいた。口の中のページャーが光って鳴っているのだ。アニーも、ジョージのほっぺたの中が赤鼻《あかはな》のトナカイみたいに光っているのに気づいた。

こうなると、できることは一つしかない。エリックにメッセージを送ったり、ロボットがどうやって消えたかとか、どうやって謎《なぞ》の戸口を開いたのかとか、スクリーンに映《うつ》ったのは確《たし》かにエウロパなのか、などを調べたりしているひまはない。

とにかくいちもくさんに部屋に戻《もど》るしかない。

12

翌朝《よくあさ》、アラームが信じられないほど早くに鳴った。アニーはうめき声をあげ、ハンモックの中で寝返《ねがえ》りを打った。くたくただ。

昨夜部屋まで逃《に》げかえったときは、不安でいっぱいだった。ページャーがずっとちかちかしていて、自分かジョージがつかまるのではないかと気が気ではなかった。でも、おどろいたことに部屋まで戻《もど》るとリオニアはまだぐっすり眠《ねむ》っていて、ドローンカメラもまだ死んだ羽根のように落ちたままだった。

ちょうどそのとき、ページャーの光と音が止まった。急な対応《たいおう》ができるかどうかを試しただけなのだろうか。そうだとすれば、ページャーに気づかずに眠りつづけていたリオニアは失格《しっかく》になってしまうだろう。

アニーは宇宙《うちゅう》パジャマに着替《きが》え、腕時計《うでどけい》を戻《もど》し、床《ゆか》からドローンを拾いあげた。ドローンはスリープから目ざめて部屋の中を何度か旋回《せんかい》し、ふたりの少女がハンモックにいるのを認識《にんしき》した。ただ少なくともひとりは、上半身を起こし、ページャーで目をさまして次の指示《しじ》を待っているかっこうだ。それから、おなじみの赤い光が点滅《てんめつ》し、ドローンは飛びさっていった。アニーは長いこと息をひそめていたが、だれも、チェックしにこないのでジョージともども見つからずにすんだかと思い、やがて寝入《ねい》ったのだった。

今朝は、この先ずっと眠《ねむ》りつづけることができるような気がする。でもリオニアはもう起きだして青い飛行服に着替《きが》え、長い髪《かみ》の毛を細いポニーテールにまとめ、今日の一日に備《そな》えて準備体操《じゅんびたいそう》をしていた。アニーは、ゆうべ自分とジョージが見たことをリオニアに話せればどんなにいいかと思った。でも、その勇気《ゆうき》はない。リオニアを信用できるかどうかがまだわからないからだ。もしかしたら、すぐにコスモドローム2の本部に訴《うった》えでるかもしれない。そうなると、エウロパで起こっていることや、エリックがなぜ引退《いんたい》させられたのかを調べるチャンスも消えてしまう。でも、アニーが抜《ぬ》けだしたことを告げ口すれば、リオニアも家に戻されて火星には行けなくなる。リオニアはどういう立場をとるだろうか……。

「今日は何をするのかな?」アニーは眠いまま言ってみた。

「わたしにわかるわけないでしょ」リオニアはびっくりしたように答えた。「何にせよ、ぜったい油断《ゆだん》しないようにね。ここまでの成績《せいせき》で、ほかの訓練生《くんれんせい》たちはわたしたちに目をつけてると思うの。

わたしたち、というよりわたしが強敵《きょうてき》だってわかって、今日はいつじゃまされるかわからないわよ」

「そうか。だったら今日が終わると家に戻れるかもしれないね」と、アニー。

「そんなのだめよ！」リオニアが、初めて感情《かんじょう》を見せてこれまでになく強い声で言った。

アニーはびっくりして、ハンモックで上半身を起こした。

「わたし、家に帰りたくないの」リオニアは、激《はげ》しい口調で言った。「あんなとこに！　あんな家に！　あんな……人たちのとこに」

意外なことに、リオニアは銀色の目をパチパチさせて、涙《なみだ》を押《お》しとどめているようだ。でも、リオニアはすぐにいつもの沈着《ちんちゃく》な態度《たいど》をとりもどした。

「ほら、急いで。今日はきっとこれまで以上にむずかしい課題が出るわよ。遅刻《ちこく》したら、自分が困《こま》るんだからね」

「かしこまりました」

アニーはそうつぶやくと、ぼうっと目をこすりながらハンモックから抜けだした。そして宇宙《うちゅう》パジャマをぬいで飛行服に着替《きが》えていると、小部屋のテレビの電源《でんげん》が自動的に入った。

「おはよう！」

おなじみのリカ・デュールの声が流れてきたが、前より声が高くなっている。アニーはぶるっとふるえた。今となっては、どうしてリカがすてきだと思ったのかわからない。コスモドローム２で何かあやしいことが起きていて、その何かがリカとエウロパに関係しているという疑《うたが》いが強くなった今、リカがりっぱですばらしいと思いこんでいたことが信じられない。リカの姿《すがた》も前とはちがっていた。顔が急に、首の片側《かたがわ》から崩《くず》れてでもいるようにゆがんでしまっている。なんとも奇妙《きみょう》でぶきみな有様《ありさま》だ。

「みなさん、三番目のチャレンジに用意はできていますか？」

リカが声をあげたが、アニーがゆうべ聞いたのと同じような、かすかなエコーがかかっている。

「もちろん万全な用意ができてます」リオニアがうなずきながら言った。

「あの人、何か変じゃない？」アニーは、自分だけの妄想《もうそう》ではないことを確《たし》かめたかった。

「あら、ほんとだ」リオニアがびっくりした。「鼻《はな》がどうかしちゃったんだね。でも、だまって。今はチャレンジのことを聞いとかなくちゃ」

リカがテレビを通して言った。

「今日は、機械を使うチャレンジです。火星の表面でローバー（探査車《たんさしゃ》）を組み立てて操作《そうさ》してもらいます。あなた方は、もう火星アセンブリー室を知っていますね。そこまであなたたちを連れていってくれるバスが外で待っています。同じ場所で行われた前回の課題は、ほとんどのみなさんが理解《りかい》できませんでしたね。わたしはがっかりしました」

リカはふきげんといってもいいような声でつけくわえた。

「目の前にあるものを理解できたのはほんの数人だけで、期待外れでしたよ」

「あの人、今朝はきげんが悪いんだね」リオニアが言った。

「今日は、昨日みたいにわたしを落ちこませないようにしてください」リカがしかった。「みなさんが少なくともそれなりの努力をしてくれるよう願っています。そうでないと、人類には希望がないと考えざるをえなくなります」

「前ほどすてきな人にはもう見えないね」アニーも同意した。

でも、リオニアを信用できるかどうかはまだわからない。

「ねえ、火星訓練《かせいくんれん》プログラムって、こんなふうだと思ってた?」とりあえずきいてみる。

リオニアは首を横にふりながら答えた。

「ううん、全然予想とちがった。しかも悪いほうにね。ここの人たちがわたしたちを火星に送りこめるとも、あんまり思えないな。なんか場当たり的で変な感じ。わたしたちの知らない裏《うら》でなんかあるんじゃないのかな」

アニーはうなずいた。自分もちょうど同じように感じていたからだ。でも、今はそれ以上話している暇《ひま》はない。

うんざりしたことに、大写しになったリカがさけんだ。

「宇宙飛行士《うちゅうひこうし》のみなさん！　出発の時間です！」

小さなシャトルバスが目的地に到着《とうちゃく》して、アニーとリオニアがアセンブリー室まで走っていくと、火星の模型《もけい》の周囲とまん中に道ができていた。部屋のまわりには段《だん》ボール箱が山のように積ん

火星での実験

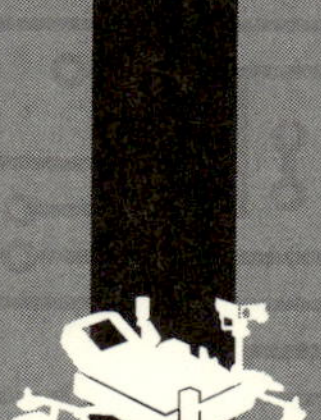

火星には、何度かローバー（探査車《たんさしゃ》）が送られましたが、最新のはキュリオシティと呼《よ》ばれる車サイズのもので、二〇一二年八月に火星に着陸してまだ動いています。

キュリオシティは高機能《こうきのう》ロボットで、火星環境《かんきょう》に関する情報《じょうほう》を得るため一〇種類の科学探査機器を搭載《とうさい》しています。このロボットから地球に送られてくる情報を使って、数百人の科学者たちが「昔の火星はどのようなものだったのか、どんなふうに今ある姿《すがた》に変わってきたのか」を明らかにしようとしています。キュリオシティの前にもＮＡＳＡ《ナサ》は三つのローバーを火星に送りました。

なぜ火星への関心が高いの？

火星の気温は地球よりずっと低く、ほとんどの時期が氷点下になっています。火星の水が氷の状態《しょうたい》で見つかるのはそのせいです。それに、火星にはかなりの量の氷があるという証拠《しょうこ》も見つかっています。科学者たちは、昔（三八億年以上前）の火星は暖《あたた》かくて地球の海のような水があり、後にそれが氷となったのではないかと考えました。

水は生命にとってなくてはならないものなので、火星にかつて水があったことはとても重要な情報です。そこで科学者たちは、「火星が昔は地球のようだったとすれば、私《わたし》たちが知っているような生命体が存在《そんざい》したかもしれないし、これからもその可能性《かのうせい》があるのではないか」と考えるようになりました。そこで、火星がどこまで居住《きょじゅう》可能かどうかの調査《ちょうさ》が始まり、その調査のためにキュリオシティが製造《せいぞう》されたのです。

火星に生命体がいたかどうかは、どうしたらわかるの？

もし昔の火星に生命体がいたとすれば、岩石に有機分子やアミノ酸《さん》の痕跡《こんせき》が残っているかもしれませ

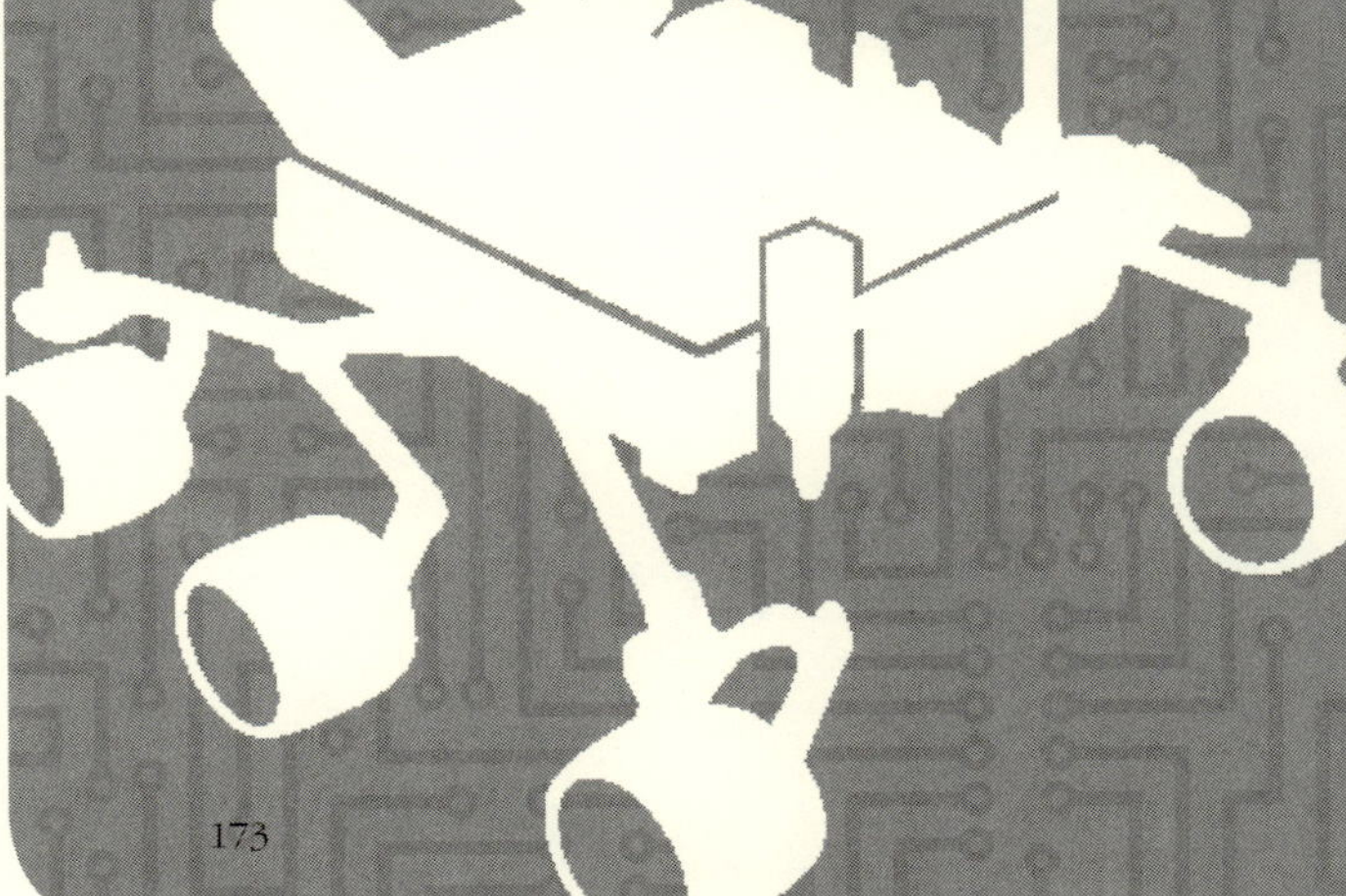

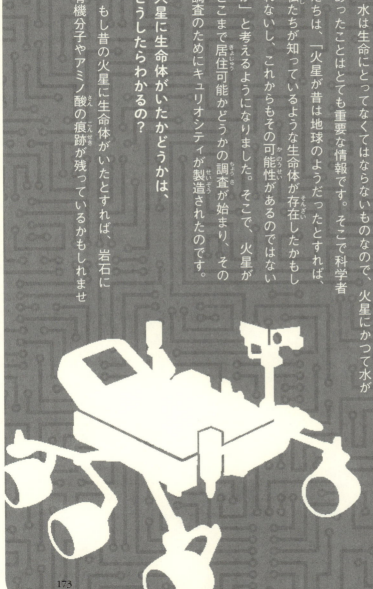

ん。有機分子というのは生物の体の中で見つかるものです。アミノ酸《さん》というのはタンパク質《しつ》をつくっているもので、すべての生命体が共通してもっている不可欠《ふかけつ》な有機分子です。もし岩石の中にこうした「分子の痕跡《こんせき》」が見つかれば、火星にもかつて生命体が存在《そんざい》した証拠《しょうこ》になるでしょう。

そういう分子は
どうやって見つけるの？

キュリオシティにはSAM《サム》（火星サンプル分析装置《ぶんせきそうち》）と呼《よ》ばれる機器が搭載《とうさい》されています。SAMはこれまで製作《せいさく》された最も複合的《ふくごうてき》な機械の一つです。技術者《ぎじゅつしゃ》たちはこの実験装置《そうち》全体を小型化して、電子レンジくらいの小さな機械にまとめました。

SAMはとても賢《かしこ》く、人間の手を借りずにサンプルを集め、カップに入れて実験を行います。

SAM《サム》を製作《せいさく》した技術者たちは、
設計《せっけい》についてはじっくり
考えなくてはなりませんでした。
SAMの仕事は、生命の存在を示《しめ》す分子を
見つけることですが、
次のようにそれを行っています。
いろいろな種類の有機化合物を
ふくむ石があったとします。

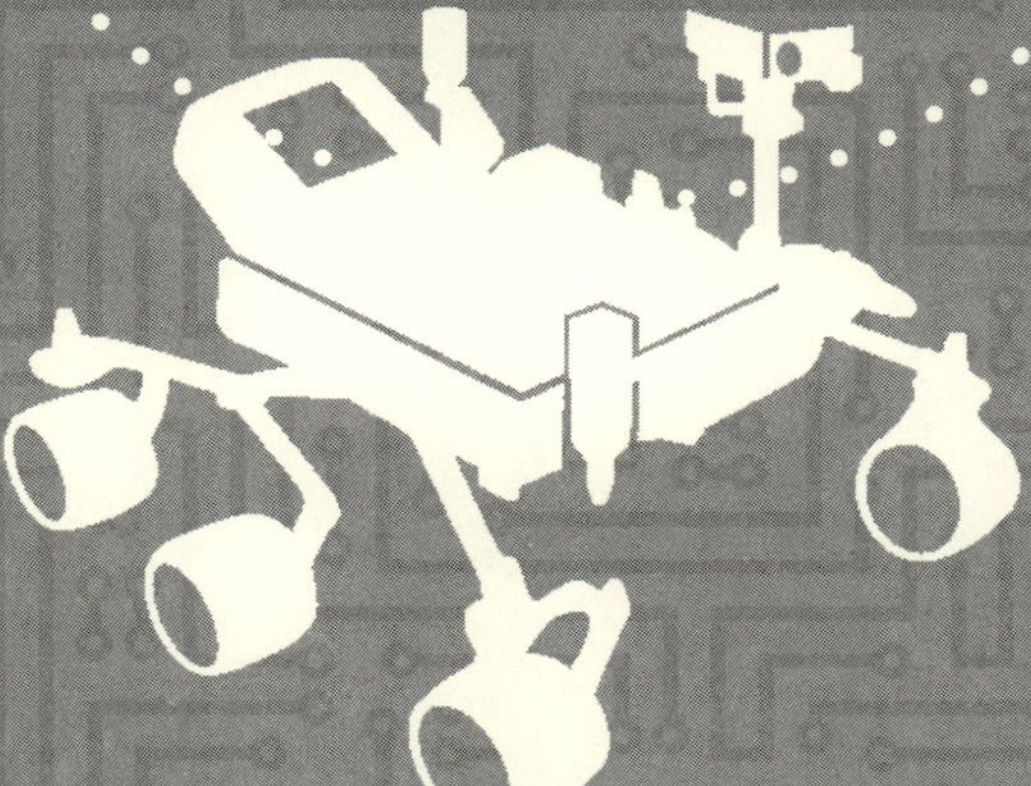

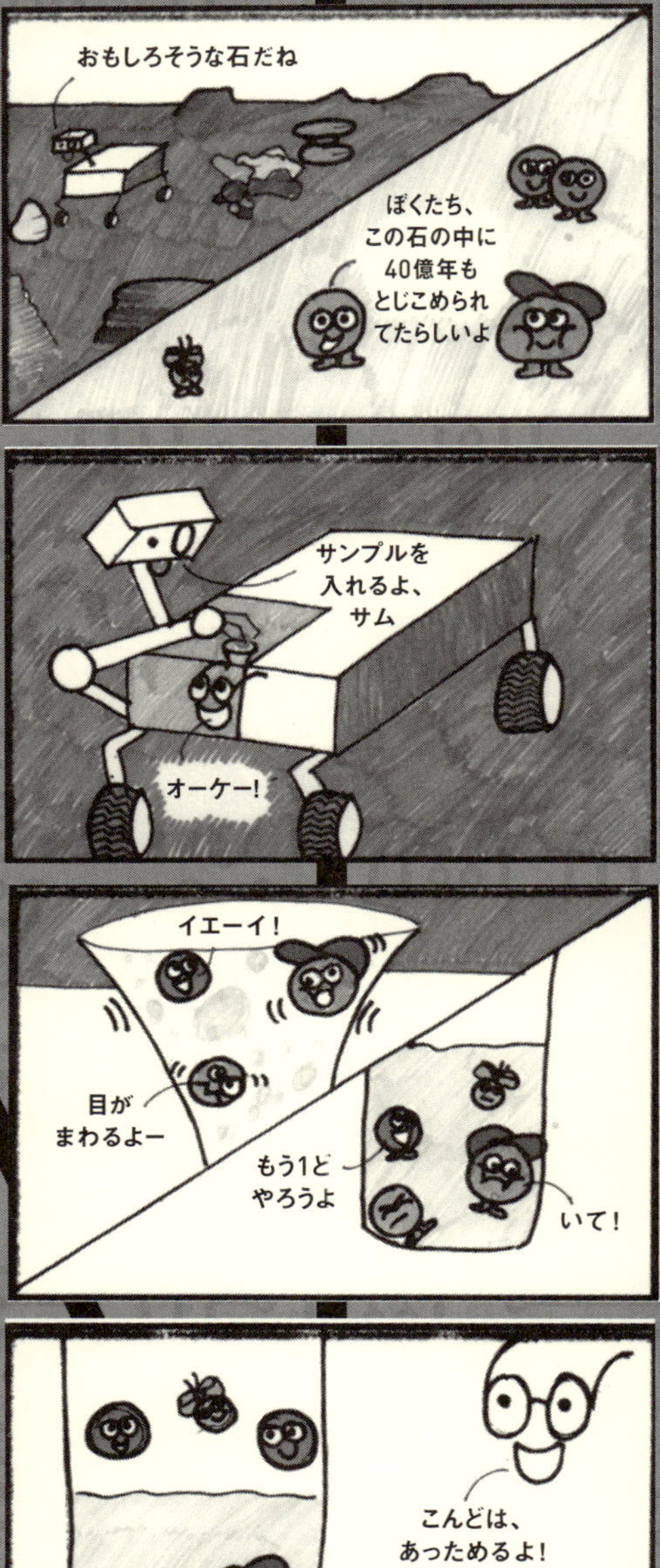

有機物はどれも
石の中に
閉《と》じこめられています。

キュリオシティが
このサンプルの石に穴《あな》をあけ、
砕《くだ》いて粉にしたうえで
SAM《サム》の中に入れます。

SAMは石の粉を振動《しんどう》させて
カップの中に落とします。

サンプルが約950℃に
加熱されると、
いくつかの小さい分子は
カップから出ていきます。
大きな分子は小さな分子に
分解《ぶんかい》されてから出ていきます。
これを熱分解《ねつぶんかい》と呼《よ》びます。
こうして出てきたガスは
次の工程《こうてい》へと進みます。

揮《き》発性《はつせい》が低いものはまだ
カップに残っています。
でもSAMはとても賢《かしこ》いので、
熱分解だけではなく
「誘導体《ゆうどうたい》化《か》」という方法を
試《ため》すこともできます。
この化学反応《はんのう》によって、
分子の揮発性が高まり
カップから出ていきやすくなります。

誘導体化によって出てきたガスも
次の工程へと進みます。

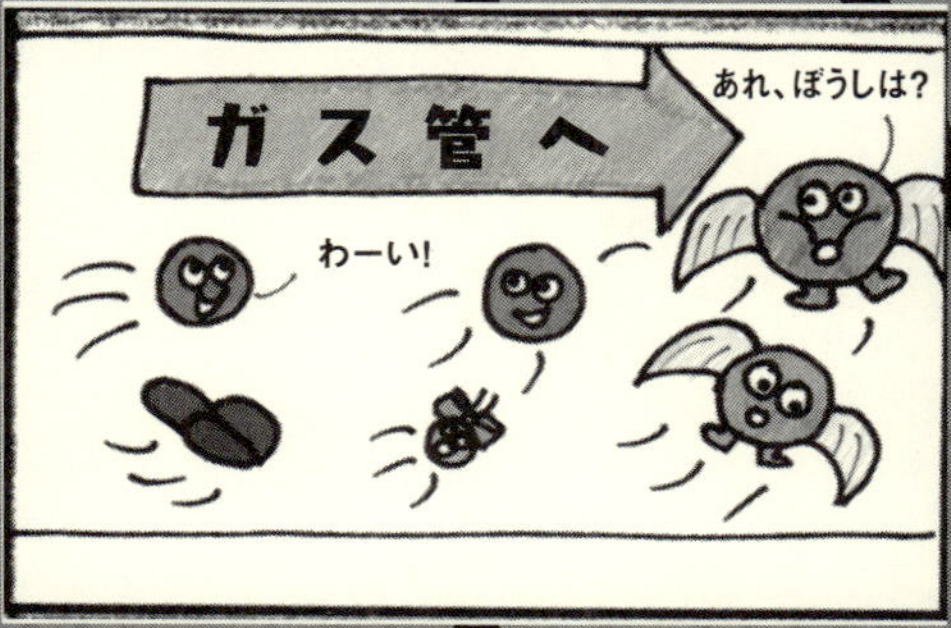

次の工程では分子の
グループ分けを行います。
内側にサンプルチューブを
通すと、分子の種類《しゅるい》ごとに
進む速さがちがうので、
グループ分けができるのです。

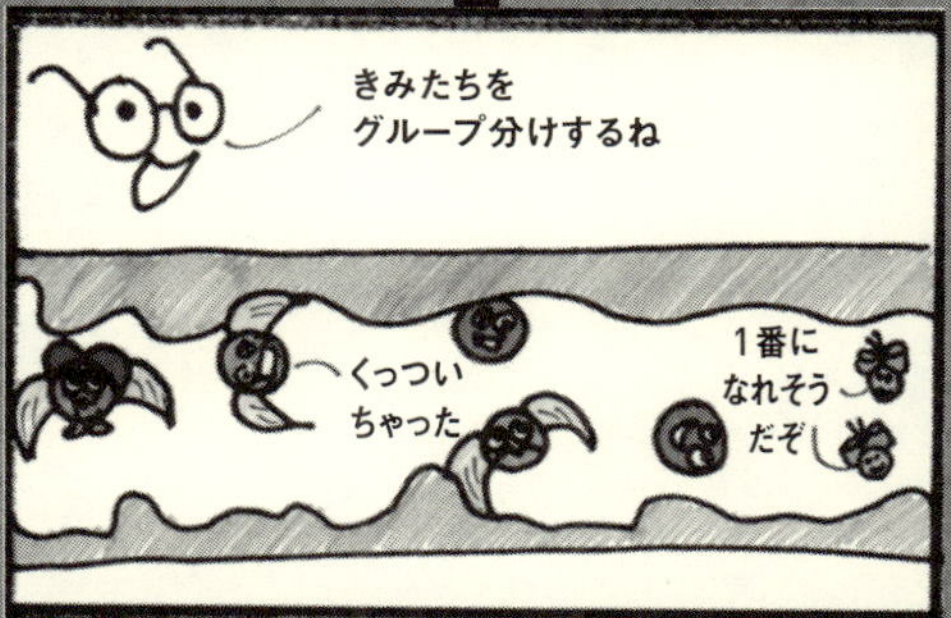

ガスがチューブの先まで
到着《とうちゃく》するころには、
こうやってすべての分子が
種類ごとのグループに分けられます。
このやり方を、
ガスクロマトグラフィといいます。

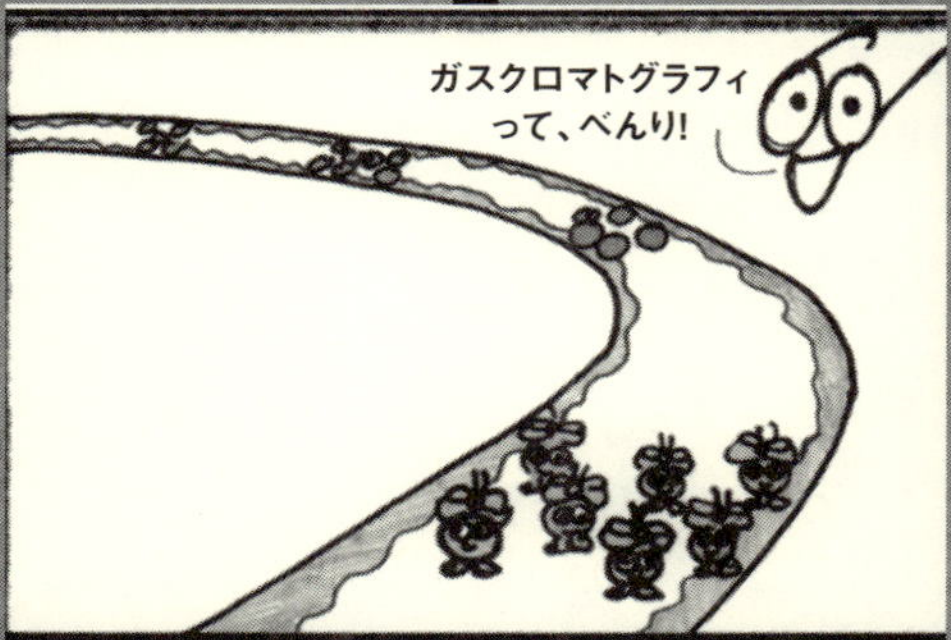

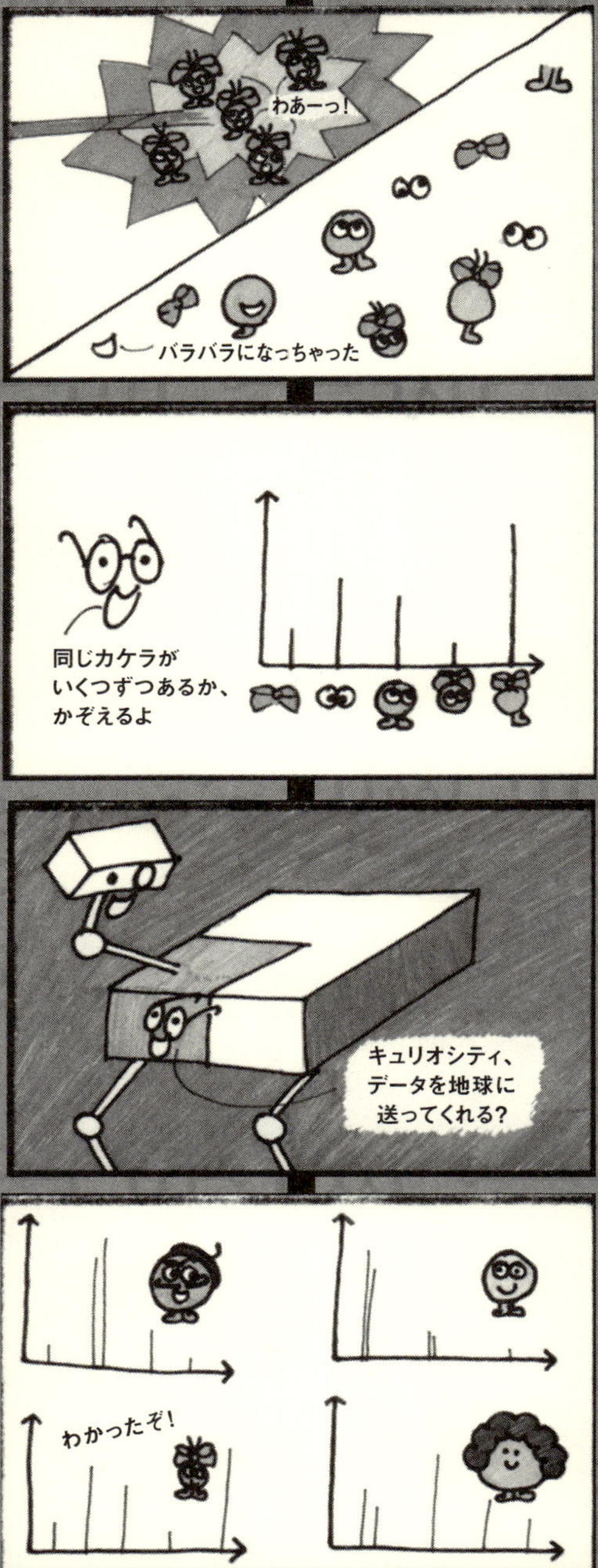

次にSAM《サム》はどんな分子が
みつかったかを
知ろうとします。
これには質量分析《しつりょうぶんせき》法と呼ばれる
とても賢《かしこ》い方法を使います。
グループごとに通過《つうか》する分子は
電子線によって
小さなカケラに分解《ぶんかい》されます。

SAMはチューブの先から出てくる
異《こと》なるカケラを見分け、
それぞれのカケラが
いくつあるかを数えあげます。

種類《しゅるい》ごとに分解《ぶんかい》の
され方がちがうので、
それを調べると、
最初のサンプルの中に
どの分子があったかを
知ることができます。

地球の科学者たちは、とてもとても
たくさんの分子の分解パターンを
調べあげた資料《しりょう》を持っています。
なので、SAMがデータを送ってきたら
それを資料と比《くら》べて、
サンプルの石の中で
見つかったのはどの分子かを
つきとめることができるのです。

すごいね!!
そしてこの先は、どうなるでしょう?
もし科学者が火星に人間を送ろうとするならば、
キュリオシティはさらに多くの情報《じょうほう》をくれるでしょう。
ただし、実際《じっさい》に宇宙飛行士《うちゅうひこうし》を送る前に、さまざまな要素《ようそ》について考え、
さまざまな問題を解決《かいけつ》しておかなくてはなりません。たとえば

- 一年以上も重力のない環境《かんきょう》に置かれると、人間の体はどうなるでしょうか?
- 危険《きけん》な放射線《ほうしゃせん》から宇宙飛行士を守るためには、どんなものが必要になるでしょうか?
- 一年分以上の宇宙飛行士の食糧《しょくりょう》をどのようにして保管《ほかん》しておけばいいでしょうか?

こうした疑問《ぎもん》のすべてに答えを出しておく必要があります。そして、いつかはあなたが、私《わたし》たちのいるこのすばらしい宇宙がどうなっているかについてさらなる発見をし、歴史に残る偉業《いぎょう》を成しとげる科学者になるのかもしれません。

ケイティ

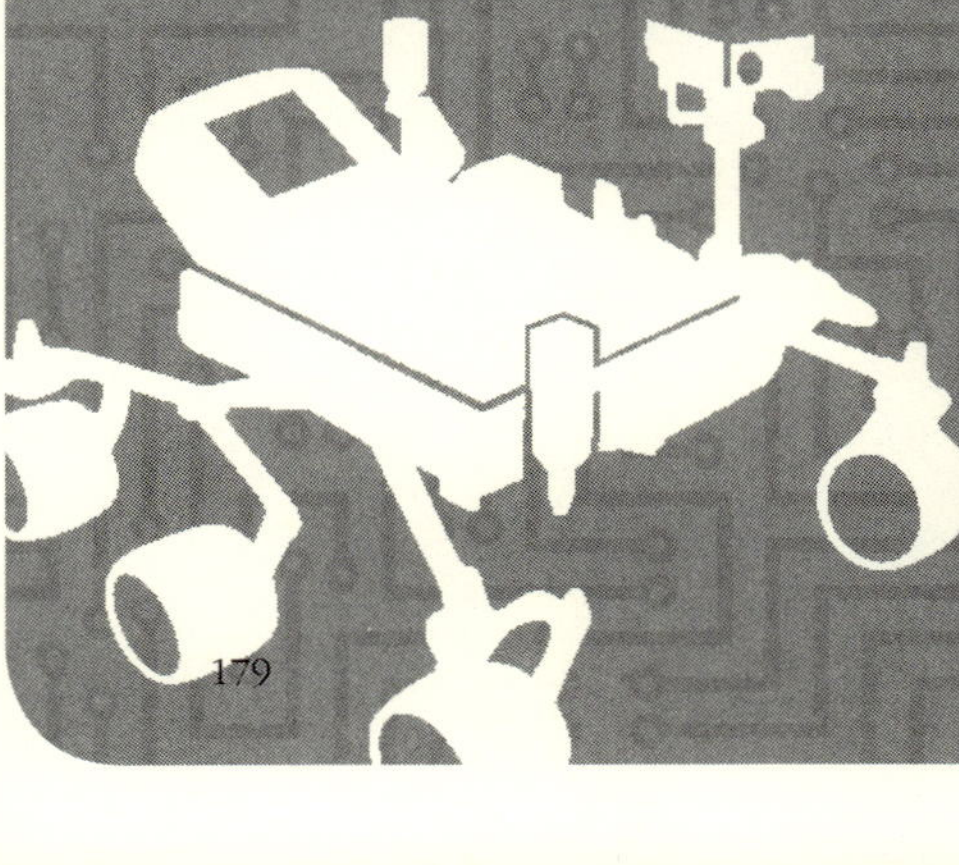

である。訓練生《くんれんせい》の集団が入っていくと、リオニアはひじを張《は》ったまま前にとびだし、長いがっしりした腕《うで》をのばして箱を一つつかみ、部屋の反対側まで走っていって、競争相手に見えないように小さな赤い丘《おか》の陰《かげ》に落ちついた。リオニアがすばやく箱をあけ、アニーとふたりで中に入っているものをとりだす。

ローバーのセットには、「小型装置《こがたそうち》Aを鎖歯車《くさりはぐるま》Bにはめる」というような、ごく短い説明書と、ちょっとした道具セットがついているだけだ。箱からすべての部品を出してしまうと、アニーはあたりを見まわして、ジョージがいるかどうかを確《たし》かめずにはいられなかった。ジョージも、ゆうべの冒険《ぼうけん》のあと無事に自分の小部屋まで帰れただろうか。でも、同じように青い飛行服を着た、よそよそしい顔が目に入ってくるばかりだ。

壁際《かべぎわ》には、コスモドローム2のスタッフが何人か立っていて、ローバーを組み立てている訓練生を見てメモをとっている。このチャレンジでは、ローバーを組み立てるだけではなく、赤い惑星《わくせい》の模型《もけい》の上に作られた道を走らせなければならない。道のまわりには、クレーターや小さな丘やでこぼこした岩が散《ち》らばっている。そのうえ実際《じっさい》に火星でするのと同じように、ローバーは岩を拾って、内部にとりつけたかまどの中に入れなくてはならない。けっこう複雑《ふくざつ》な課題なので、アニーとリオニアはすぐにたくさんの部品をどこに使うかを考えて、組み立てにとりくみはじめた。

「あんた、こういうの得意?」リオニアがアニーに軽い調子できいた。バカにしているふうではない。「じゃなかったら、わたしが自分でやるけど?」

「あたし、こういうのとっても得意よ。きいてくれてありがとう」アニーも陽気な声で返事をした。リオニアにきかれるのはちっとも嫌《いや》じゃない。ほかの人がどう思うかなど気にせず、思ったことをずばずば言う人たちにはなれている。父親の仲間や学生たちには、そういうタイプが多い。直接的《ちょくせつてき》で明確《めいかく》で、的を射《い》たことを言う人たちだ。事実を聞いているだけなのに感情《かんじょう》をまじえた反応《はんのう》をすると、その人たちはとまどう。そうした人たちは人間の感情をつくりあげている微妙《びみょう》な色合いには目もくれず、何事も白か黒かで見てしまう傾向《けいこう》があると、アニーはずいぶん前に気づいていた。

「腕《うで》はいいと思う」アニーは自信をもってつけくわえた。「二歳のとき、親が最初の上級者用レゴセットを買ってくれたんだけど、あたしはすぐに組み立てることができたの。だから、ばっちりだよ」

「よかった。だったら、あんたは組み立てをやって。わたしは配線《はいせん》のほうを受けもつから」リオニアが、笑顔《えがお》らしき表情を見せて言った。

「オーケー」アニーは不安を隠《かく》して自信たっぷりな声で言った。

ジョージは、エコ熱心な親にレゴセットも無線操縦《むせんそうじゅう》の車もあたえられなかったので（ジョージには枝や葉っぱを使って自分でおもちゃをつくってほしいと考えていたのだ）、ここはイゴールに任《まか》せるしかなかった。イゴールは少しもひるまずに手を動かして、どんどんローバーを組み立てていく。見守るだけのジョージは、自分の能力《のうりょく》を疑《うたが》いはじめていた。自分はほんとうに宇宙飛行士《うちゅうひこうし》になれるのだろうか？　これまでのところ、課題達成にあまり貢献《こうけん》できてはいない。最初のチャレンジでは、確《たし》かにジョージが無重力環境体験施設《むじゅうりょくかんきょうたいけんしせつ》までイゴールを背負《せお》っていったが、それ以降《いこう》は、イゴールの力をずいぶん借りている。ジョージは自分が役立たずだという気がした。もしゆうべの一件《いっけん》がなければ、ジョージはあきらめてしまうところだ。ゆうべは、ミッションコントロール室で何体かのロボットが消えて、戸口からおそらくエウロパに向かったらしいことをアニーといっしょにつきとめた。それに、アニーをここにひとりで残していくわけにはいかないし、イゴールを裏切《うらぎ》るわけにもいかない。ジョージが去るということは、イゴールも去るということになり、それはフェアじゃない。

アニーとリオニアは、似《に》たような経験《けいけん》をしてきていた。ふたりとも直感で、自分がしていることを理解《りかい》していた。アニーはローバーがどんな形のものかを目に浮《う》かべることができたし、そうすることで外側をどう組み立てればいいかを考えていった。リオニアは、ローバーがリモコンで操作《そうさ》されて火星の表面を進んでいけるように、配線《はいせん》を考えていた。ふたりが無言で力を合わせると、まもなくさまざまな材料や電線の山の中から、それらしい形があらわれてきた。

でも、それはこのふたりに限《かぎ》ったことではなかった。その場には、どうしても火星に行きたい者たちがほかにもいて、アニーとリオニアに勝たせないようにするためなら手段《しゅだん》を選ばなかった。

「うわっ！」アニーが声をあげた。

アニーとリオニアが組み立てているところへライバルのローバーが突《つ》っこんできて、もうもうと赤い砂煙《すなけむり》を巻《ま》きあげ、その砂がアニーたちのローバーにふりかかったのだ。突っこんできたのをよく見ると、車輪に電子装置《でんしそうち》をのせただけのしろものだ。アニーはふんがいして立ちあがり、向こうのほうからリモコンでその車を操縦《そうじゅう》していたふたりの訓練生《くんれんせい》に向かってどなった。

「ひとのじゃましないでよ！」

すると、その車はさっきよりもっとアニーやリオニアにぶつかってくるのだった。

向こうのほうのふたりはにっこり笑《わら》って手をふると、自分たちの車をアニーたちから離《はな》し、模型《もけい》につくられた道へと向かわせてからどなった。

「ごめんね。テスト走行してたの」

でも、そのふたりがにやにやしているのを見て、わざとやっていたのだとアニーは思った。

「あの車は走れるような状態《じょうたい》じゃないのに。土台だけ組み立てて、ぶつけてこっちのを壊《こわ》そうとしたのよ」

そう言っている間にも、自信たっぷりの訓練生のふたごヴィーナスとネプチューンがそばを通りかかってつまずき、アニーとリオニアのローバーの上に倒《たお》れた。

「あら、ごめんなさい」にやっとして手をふりまわしながら立ちあがると、ネプチューンが言った。

「あたしったら、どうしちゃったのかしら」

ネプチューンは立ちさり、つぶれて汚《よご》れた車を目の前にしてリオニアとアニーはぼうぜんとした。

「まったく！　やってられないね」と、アニー。

「人間ってやっかいなんだよね」と、リオニアが答える。「でもね、火星には人間はほとんどいないの。太陽風とか、悪天候とか、砂嵐《すなあらし》とか、極端《きょくたん》な気温差とか、磁気《じき》シールドや重力や酸素《さんそ》や水がない状態《じょうたい》に対処《たいしょ》すればいいだけよ」

「まあ、そう言われれば……」アニーはそう言って、つぶれた箇所《かしょ》を直そうとした。「あ、たいへん！」一台のローバーが道に出て、巡回《じゅんかい》を始めたのにアニーは気づいた。

リオニアが最後の仕上げをし、自分たちのローバーを持ちあげて、道にのせた。

「さあ、どうかな」リオニアがリモコンを押《お》すと、ローバーが急にバックした。そのせいで道から外れてあやうくクレーターの中に落っこちそうになったので、アニーがとびだしてつかんだ。

「みごとな反射神経《はんしゃしんけい》だね」と、リオニアがほめた。予想外にアニーが役に立つことがわかってきたらしい。

「オーケー。じゃあ、もう一度やってみるね」

リオニアがふたたびリモコンを押した。ふたりのローバーは急発進して、先に走っていたもう一台のローバーを追いかけはじめた。出発点からぐるっとひと回りして石を拾いあげ積みこまなくてはならない。でも、コントロールがむずかしい。急に曲がってひっくり返りそうになったりする。

「貸《か》して」アニーがリモコンをとりあげた。

体勢《たいせい》を立てなおすと、ローバーはふたたびぐんぐん進みはじめ、前のローバーを追跡《ついせき》しはじめた。コンピュータゲームのスキルを駆使《くし》したアニーは、まもなくライバルをうまくかわして先頭に立った。そのとき、どこからともなく別のローバーがあらわれて、後ろから向かってきた。そのローバーに衝突《しょうとつ》されて、アニーとリオニアのローバーはボディを落とし、車輪と車軸《しゃじく》と、台の上にのったオーブンだけになってしまった。なんともみすぼらしい姿《すがた》だが、まだ動く。

「ちょっと！　フェアじゃないわよ！」

アニーが抗議《こうぎ》しながらあたりを見まわすと、別の訓練生《くんれんせい》のペアがにたにたしていた。アニーは咳《せ》きこんだ。いくつものローバーが走り、部屋の中に土ぼこりがもうもうと立つ。照明が弱くなったのか、あたりはうす暗くなってきた。

「火星への道には、フェアなんてないんだ」と、ひとりが言ってまたアニーたちのローバーにぶつかってきた。でも、アニーのほうがすばやかった。いそいでローバーの向きを変えると、こんどは反時計まわりに走らせた。ほかの訓練生やローバーがためらっているうちに、アニーは自分たちのローバーをはるか遠くまで引きはなしていた。そのまま走らせて丘《おか》を登り、斜面《しゃめん》を下って小さな谷へと導《みちび》いていく。とちゅうでせまい曲がり角でわずかにスリップしたが、ずんずん走らせていく。

さらにいくつかのローバーが走りはじめた。しっかり組み立てられているのもあれば、糸と空きかんで作ったみたいなのもある。一台か二台は、スピードを上げたとたんばらばらに壊《こわ》れてしまった。道はますます混《こ》みあい、衝突する車も出てきた。アニーとリオニアのローバーがほかのローバーにじゃまされずに出発点までもうすぐ戻《もど》るというとき、思ってもいないことが起こった。あたりに煙《けむり》が充満《じゅうまん》してきたが、訓練生たちはローバーの運転に夢中《むちゅう》で気づいていない。アニーはとつぜん、赤い土煙《つちけむり》のせいで部屋の向こうが見えなくなっていることに気づいた。すると、肩《かた》をたたく者があり、耳元でささやく声が聞こえた。

「通気口から煙《けむり》が入ってきてる。上を見て！」

アニーはリオニアが指さすほうを見た。土煙がもくもくと入りこんできて、まわりで渦《うず》を巻《ま》いている。

「なんなの、これ?」リオニアが口に手を当てながらきいた。

「ひえっ、火星の砂嵐《すなあらし》だよ」アニーは口をあまりあけずに答えた。

前に一度アニーは本物の火星で砂嵐につかまったことがある。アニーとジョージが、太陽系《たいようけい》から出てほかの恒星系《こうせいけい》に属《ぞく》するはるかに遠い惑星《わくせい》まで行くための宇宙《うちゅう》の鍵《かぎ》を追いかけていたときだった。だからアニーはすぐにどうすればいいかを察《さっ》した。

「退避《たいひ》しよう」アニーはきっぱりと言った。

「だめよ。課題を最後までやりぬかないと」目が痛《いた》くなってきたリオニアが言う。

「きっとこれが課題よ。退避するのが正解《せいかい》なの！」アニーはリオニアをドアのほうへと引っぱっていきながら言った。

リオニアはざくざくした地面に足を踏《ふ》んばって抵抗《ていこう》した。アニーが、まるで綱引《つなひ》きをしているように引っぱる。ほかの訓練生《くんれんせい》はみんな持ち場を離《はな》れず、自分たちのローバーを勝利させようと奮闘《ふんとう》している。監視《かんし》しているロボットたちも、土煙《つちけむり》の中でもがいていた。部品の中に土ぼこりがはいりこみ、故障《こしょう》を起こしているらしい。ロボットの一つは、火星の表面にうつむけにひっくり返ってしまった。

アニーはリオニアを引っぱりながら、出口と思われるほうへ向かった。息をするのも苦しいし、目もずっとあけてはいられない。火星の模型《もけい》で起きた赤い土ぼこりによる砂嵐《すなあらし》は、過去《かこ》の宇宙旅行のどれよりもたちが悪く、おそろしいものだった。こういう時は、退避《たいひ》がいちばんだとアニーは知っていた。安全に続けることができないほどのトラブルに見舞《みま》われたときは、できるだけ早く退避したほうがいい。今日のチャレンジは、何があっても任務《にんむ》を遂行《すいこう》することではなく、ミッションからできる限《かぎ》りのものを救いだすことだ。そして最も大事なのは、かかわっている人間の命だ。

リオニアも抵抗をやめ、ふたりでドアまでたどりつくと、押《お》しあけた。ドアがあいたとたん、おなじみのアラームが鳴りひびいた。通気口から吐《は》きだされていた土ぼこりの流れが止まり、今度は土煙が吸《す》いこまれていく。照明《しょうめい》がつき、赤土だらけになったほかの訓練生たちは、がっかりしてリモコンを落とした。

今回もアニーとリオニアの勝ちだった。

13

それに続く数日も同じようなくり返しだった。遠心力を体験《たいけん》するチャレンジ（椅子《いす》に固定されたままびゅんびゅん回転させられる）にしろ、宇宙船《うちゅうせん》のロボットアームを操作《そうさ》するチャレンジにしろ、基本的《きほんてき》な医学《いがく》のスキルを見せるチャレンジにしろ、外国語で伝えられた緊急事態《きんきゅうじたい》に無線《むせん》で指示《しじ》をあたえるチャレンジにしろ、アニーとリオニアは、毎回勝利するか、トップに近い成績《せいせき》をおさめるかしていた。そしてふたりが勝利するたびに、ほかの訓練生《くんれんせい》たちからはさらに憎《にく》まれることになった。さらに大勢《おおぜい》の子がキャンプを去っていった。今はひとりずつ失格《しっかく》になっていたので、残った子は新たなペアで挑戦《ちょうせん》しなくてはならなくなった。

ジョージとイゴールは３Ｄ印刷のチャレンジで勝利した後は勝利を逃《のが》していたが、ほかのチャレンジでもかなりいい成績をおさめていた。おそらく二位か三位にはつけているだろう。それでもジヨージは、うまくいったときはイゴールのおかげで、失敗《しっぱい》したときは自分のせいのような気がして、きまり悪かった。それに、ここでの訓練《くんれん》そのものに、あまりわくわくしなくなっていた。なんだか、人類の未来のために偉大《いだい》な科学《かがく》・調査《ちょうさ》の体験をするというより、失敗や挫折《ざせつ》をおもしろおかしく見せるテレビ番組のショーみたいな気がしてきたのだ。

二週目もなかばがすぎたころには、訓練生の人数は最初の半分ほどに減《へ》っていた。自分の小部屋に戻《もど》ったアニーは、どん欲《よく》にがんばりたいという気持ちと、もううんざりだという気持ちの両方がまじり合った複雑《ふくざつ》な思いを抱《いだ》いていた。その日は、無重力飛行《むじゅうりょくひこう》に参加するという特別な日になっていた。三組の訓練生からなるアニーのグループは、広大なコスモドローム２の敷地《しきち》の片隅《かたすみ》にある飛行場まで行き、飛行機に乗せられた。旅客機の前のほうには座席《ざせき》がなく、後部に何列か座席があるだけだ。スピーカーから、飛行機が離陸態勢《りりくたいせい》に入るのでシートベルトを締《し》めるように、という機械的な音声が流れてきた。リオニアとアニーの後ろには、相変わらずにやにやしているヴィーナスとネプチューンがすわっている。ふたりはＶ《ヴィ》、Ｎ《エヌ》と呼《よ》びあっていた。このふたりは自信たっぷりで、ぜったいに自分たちは火星に行けると思っているらしい。成績表では二位を占《し》めているこのふたりは、自分たちの適性《てきせい》や能力《のうりょく》に大いに満足しているのだ。

「棒《ぼう》キャンディー、いらない？」Ｖがアニーとリオニアの座席の間から片手《かたて》を突《つ》っこんできいた。

「あ、ちょうだい」と、熱湯で戻した食事にうんざりしていたアニーは言った。でも、アニーより早くリオニアがキャンディーをとりあげて二つに折り、くんくんにおいをかいだ。

「リオ、なにも、そこまでしなくても。あまい物がほしかっただけよ」アニーがうめいた。

「宇宙《うちゅう》用の決められたものしか食べちゃいけないんだよ」リオニアが言って、キャンディーを指でぼろぼろにしている。アニーは、せっかくのキャンディーが壊《こわ》れて飛行機の床《ゆか》に落ちていくのを見ていた。「規則違反《きそくいはん》で、あたしたちの点が減《へ》らされるんだからね。それに、これ、においが変」

「あんたに関係ないでしょ」アニーは、歯をくいしばったまま言った。「あんたは規則《きそく》にしたがってればいいじゃない。あたしがもらったキャンディーなのに。それに、見つかってもあたしの点が減らされるだけよ」

「あれ、化学変化してたと思うけど」離陸《りりく》に備《そな》えてどんどん大きくなるエンジン音にまぎらすように、アニーの耳元でリオニアが言った。「食べたら、どうなるかわからないでしょ。ゲーゲーしっぱなしになるかもしれないし、眠《ねむ》っちゃうかもしれないし。もっとひどいことになる可能性《かのうせい》もあるよ」

「もっとひどいって？」と、アニーも小声できいた。

「体が緑色になるとか、体じゅうに毛が生えてくるとか」

「ええっ、まさか！」アニーは思わずさけび声をあげた。

「それはないかもしれないけど、気分が悪くはなるかもね」

「ジョークなの？」アニーはきいた。

「そう思う？　おもしろかった？」リオニアはうれしそうだ。

「まあ、ちょっとは」と、アニーが認《みと》めた。

「どこがおもしろかったの？」リオニアはねばった。「おしえて。そしたらまた言うことができるから」

「やめたほうがいいよ」アニーが警告《けいこく》した。「ユーモアっていうのは、自然に出てくるもんだからね。じゃないと、うまくいかないよ」

それでもアニーは、V《ヴィ》とN《エヌ》からはもう何ももらわないようにしようと思った。

スピーカーから自動アナウンスが流れてきた。

「宇宙飛行士《うちゅうひこうし》のみなさん。上昇《じょうしょう》を開始しました」

飛行機に窓《まど》があれば眼下《がんか》の地球を見て今どうなっているかがわかるが、この飛行機には窓がない。でも、動きを体感することはできた。飛行機は急角度で上昇している。地上から見ると、まるで大気圏外《たいきけんがい》に出ようと垂直《すいちょく》に上昇しているように見えるだろう。でも、そのまま見ていると、同じ飛行機がまもなく長いカーブを描《えが》いたあと水平になり、次に急降下《きゅうこうか》するのに気づいて、いったい何が起こっているのかと首をひねるだろう。

飛行機の中では、六人の訓練生《くんれんせい》たちが、新たな指示《しじ》にしたがって座席《ざせき》を離《はな》れ、飛行機の前方に集まっていた。飛行機がカーブを描くように飛ぶと、訓練生たちはすわっていた床からふわっと浮《う》きあがった。アニー以外は初めての無重力体験《むじゅうりょくたいけん》だったので、みんな笑《わら》いをおさえることができない。

とつぜん、おたがいが競争相手だということを忘《わす》れ、最後まで戦うつもりの訓練生たちも、本来の姿《すがた》――ほかの子どもたちと遊ぶのが好きな子ども――に戻《もど》っていた。そして、宙返《ちゅうがえ》りをしたり、爪《つま》先《さき》で天井《てんじょう》にさわったり、機体の壁《かべ》を押《お》してその反動でスーパーヒーローみたいに客室を飛んだりした。みんな、笑《わら》いを止めることもできない。アニーとV《ヴィ》も、もしかしたら毒《どく》入りだったかもしれないキャンディーのことはすっかり忘《わす》れ、出会いがしらに空中でハイタッチをした。そして、飛行機が地球に向けて降下《こうか》し、ようやく降下が終わって上昇に転ずるころには、訓練生《くんれんせい》たちは床に押《お》しつけられて指一本でも動かすのが大変な状態《じょうたい》になる。そして、機体が上昇《じょうしょう》して水平飛行に移行《いこう》すると通常《つうじょう》の重力を感じるが、また降下を始めると体は浮かび始めるのだ。

今回は、前よりも早く体が浮《う》きあがる。アニーは急に上昇したので、天井に頭をぶつけてしまった。でも無重力になれて客室を飛びまわれるようになるとすぐに、機体が下降《かこう》し始めたような気がした。ダイバーに足首をつかまれたときみたいに、重力にとらえられて下へ下へと引っぱられる。そして床に押しつけられたとたん、今度はまた急に体が浮きあがった。リオニアを見ると、こっちに向かって合図している。アニーは、リオニアが浮かんでいる前方まで進んでいった。

「何か変だと思うの。操縦室《そうじゅうしつ》を調べてみないと。わたしが何してるか、ほかの人にわからないようにして」リオニアがつぶやいた。

「そういうのもチャレンジなんだと思う?」アニーがきいた。

「さあね」

リオニアはそう言いながら操縦室のドアをあけようとしたが、鍵《かぎ》がかかっていた。

「高重力になる前に中に入らないと」

いつも落ちついているリオニアが、今はあせっているみたいだ。VとN《エヌ》が近づいてきたが、機体が激《はげ》しく揺《ゆ》れたので、反対側に飛ばされてしまった。

「リオ、ドアをあけて」アニーがあわてて言った。

「やってるとこよ。でも、びくともしないの」リオニアが答える。

そのとき、機体が向きを変えて下降しはじめた。

アニーはぞっとして、気分が悪くなった。一瞬《いっしゅん》の間、アニーはまったくかたまって、動くことも考えることもできなくなった。それから、頭脳《ずのう》が別のギアに入ったように、信じられないほど落ちつき、自分が今の瞬間《しゅんかん》に何とかしなくてはならないと思えるようになった。

「みんな！」

アニーは学校でいじめられていたときには出せなかった自分のほんとうの声でさけんだ。危険《きけん》をすぐ目の前にしたアニーは、臆病《おくびょう》ものでもこわがりやでもなかった。勇気《ゆうき》がわきでて、行動できるようになったのだ。

「みんな、大至急《だいしきゅう》こっちへ来て！　操縦室のドアをあけないと。全員で体当たりしてあけよう！」

ほかの訓練生は、これまで最高の成績《せいせき》をおさめていたアニーとリオニアにまずまずの敬意《けいい》を感じていたので、アニーの言うとおりに動いた。

「一……二……三……それっ！」アニーが声を張《は》りあげた。

- 特殊《とくしゅ》な訓練《くんれん》を受けたパイロットが操縦《そうじゅう》する飛行機は、まず急上昇《きゅうじょうしょう》する。
  その後、飛行機は地球めがけて急降《きゅうこう》下《か》する。
- 飛行機が放物線の山をのりこえる間、乗客は「無重力」を体験できる。
  その間乗客は自由落下していてちょうど国際宇宙ステーションの中にいるような感覚になれる。わくわくする体験だ。
- 無重力飛行でも、最初のうちは乗客を慣《な》らすために、飛行機が描《えが》く放物線は勾配《こうばい》がそれほど急ではない。したがって、乗客は火星や月にいる時のような低重力状態を体験することができる。火星の重力は地球の40%しかないため、大きくジャンプすることができる。月は火星よりもさらに重力が弱いので、飛行機が「月の放物線」を描《えが》くときには、指一本で腕《うで》立《た》て伏《ふ》せができるだろう。
- 飛行機が降下し終わって上昇に転ずるころには、乗客は強い重力を感じて床《ゆか》に押《お》しつけられる。床に寝《ね》たまま指一本動かすこともできなくなる。そして飛行機が再上昇して水平飛行に移行《いこう》すると通常《つうじょう》の重力を感じるが、落下を始めると、体が浮かび始める。

飛行機が「無重力」の放物線を描《えが》いているときは、乗客は完全な無重力状態を経験することができる。空中で宙返りをしたり、天井を歩いたりすることもできるだろう。けれども、無重力状態はすぐに終わってしまうので、乗客たちは口々に「もう一度」と願う。

しかし、上がったものは下がらなくてはならない。やがて飛行機は着陸して、乗客たちを地球に連れ戻《もと》すのだ。

無重力飛行

無重力飛行は、微小《びしょう》重力状態《じょうたい》、すなわち国際宇宙《こくさいうちゅう》ステーションで宇宙飛行士が感じるのと似《に》たような重力環境《かんきょう》を体験《たいけん》する一つの方法だ。天井《てんじょう》を自分の足でけって飛んだり、投げた水滴《すいてき》が宙に浮《う》く様子を観察したりすることもできる。

無重力飛行にはまじめな目的がある。NASA《ナサ》などの宇宙機関は、無重力飛行を宇宙飛行士の訓練《くんれん》に使っている。宇宙ステーションでの作業にそなえるためだ。

1994年には、ピーター・ディアマンディスという人が一般《いっぱん》の乗客にも無重力飛行の提供《ていきょう》を始めた。プロの宇宙飛行士だけでなく、一般人にも宇宙旅行を経験《けいけん》する道をひらこうと思ったからだ。そして、たくさんの著名人《ちょめいじん》に無重力飛行を体験させてきた。その中には、月面に二番目におり立ったバズ・オルドリンや、本書の著者《ちょしゃ》のひとりであるスティーヴン・ホーキングもふくまれている。

無重力飛行をする飛行機は、地球の大気圏《たいきけん》を出ることはない。実際に宇宙に行くわけではない。

無重力飛行をする人たちは、休暇《きゅうか》で旅行するときに乗るような、見た目はふつうの飛行機に乗りこむ。ところがこの飛行機は、ふつうの飛行機と同じようには飛ばず、放物線《ほうぶつせん》と呼《よ》ばれる長い曲線に沿《そ》って飛ぶ。

実際《じっさい》にはこんなふうに行われる。

みんなで体当たりすると、ドアがバンとあいてリオニアとアニーが操縦室《そうじゅうしつ》にとびこみ、ぐったりうつむいている人物にぶつかった。

「起きてよ！」

アニーが操縦桿《かん》から顔をあげさせて、パイロットを強くゆすぶった。操縦席《せき》の窓《まど》から見る景色と、高度計の様々な針から察《さっ》するに、機体はあきらかに制御《せいぎょ》がきかず、ぐんぐん急降下《きゅうこうか》している。

「目をさまして！」

アニーはさけんだが、次の瞬間《しゅんかん》ぎょっとして後ずさり、思わず悲鳴をあげた。でもすぐに、気持ちを立てなおした。パイロットの制服を着ているのは、人間ではなかったのだ。

「ロボットだ！」ぞっとしたアニーがさけんだ。「ロボットよ！　この飛行機はロボットが操縦してたんだ！　人間は、あたしたち以外だれも乗ってない！」

パイロットの帽子《ぼうし》がずり落ちると、それといっしょにかつらやめがねも落ちてしまった。ロボットの顔は肌色《はだいろ》に塗《ぬ》られ、目鼻は描《か》いてあるだけだ。近くで見ると、人間のパイロットにはとても見えない。でも、離陸《りりく》前に操縦室に乗りこむときは、遠くから数秒《すうびょう》見ただけだったので、実際《じっさい》のものではなく、見えるはずのものを思い描《えが》いてしまったのだ。リオニアは、ロボットをつかむと、パイロット席から引きずりおろした。幸いコスモドローム2をパトロールしている巨大《きょだい》なロボットと比《くら》べれば、これは小柄《こがら》だった。

「リオ、飛行機の操縦できる？」アニーは深刻《しんこく》な顔できいた。

高度はおそろしいスピードで減《へ》ってきている。ほかの訓練生たちも、何が起こっているかに気づいて、悲鳴をあげた。

「理論《りろん》を知ってるだけ。この飛行機はたぶん自動操縦になってると思うけど」リオニアが答えた。

「理論でも何も知らないよりはいいよ。どうしたらいいか、教えて」アニーが言った。

「操縦桿をにぎって。で、ゆっくりと上げるの」とリオニア。

アニーはすなおに指示《しじ》にしたがった。操縦席の右側にある操縦桿をゆっくりと上げると、機体の先端《せんたん》がかすかに上がった。リオニアのほうは、操縦室のまわりにあるたくさんのパネルのいくつかのスイッチを動かした。アニーが機体を水平に戻《もど》すと、速度計の針《はり》が赤い部分を離《はな》れてふつうの位置に戻る。

リオニアは、無線機《むせんき》をとりあげて、言った。

「ハロー、メーデー、メーデー！」

メーデーというのは、緊急事態《きんきゅうじたい》を知らせるときの国際的《こくさいてき》な合図だ。無線機はバリバリ音を立てたが、応答《おうとう》する声は聞こえない。

「メーデー。くり返します。メーデー」リオニアが続けた。「コスモドローム２に飛行機を着陸させる必要があります。コスモドローム２への着陸許可《ちゃくりくきょか》を願います」

無線機はプツプツ、ガーガーいうだけで、人間の声も機械の声も応《こた》えない。

「アニーがこの飛行機を着陸させるしかないね」リオニアが言った。

外は暗くなってきている。

「日が沈《しず》んでからのほうがかんたんよ。滑走路《かっそうろ》の明かりを頼《たよ》りにできるからね」

「えっ、あたしが？」アニーは心底怖《しんそここわ》くなった。

「だって、ほかの人はだれもできる状態《じょうたい》にないもの」リオニアが言い返した。

客室のほうからは、すすり泣きの声がきこえてきている。

「リオニアがやってよ」

「わたしは着陸装置《そうち》を操作《そうさ》したり、ナビのコントロールをしたりするからね。できるだけ自動着陸ができるようにしてみるけど、どうやったら完全自動操縦《そうじゅう》になるのかがわからない。だから、少しずつ高度を下げていって。ローバーをリモコンで操縦するようなものよ。わたしよりずっとうまかったでしょ」

「レーダーはついてるの？」アニーが心細くなってきいた。

「うん。いいニュースは、コスモドローム２の滑走路の座標《ざひょう》がわかったこと」

「で、悪いニュースのほうは？　機内映画《えいが》がなかったり飲み物や食事が出なかったりするほかにだけど」と、アニー。

意外なことに、リオニアが笑《わら》った。それからあやまった。

「ごめん。わたし、空気が読めないんだよね」

「ううん。あたしが悪いの。ジョークなんか言ってる場合じゃなかった。悪いニュースを教えて」

「飛行機を旋回《せんかい》させなきゃならないのよ。ちがう方向に向かってるから。それが悪いニュースよ」

「わあ、困《こま》った」と、アニー。

まさかそうとは思わなかった。どんなことがあっても不思議はないが、方向がちがうというのは、予期していなかった。

「足を使うのよ」リオニアが言った。

アニーが見おろすと、足元に巨大《きょだい》なペダルがいくつか見えた。アニーはきらきらしたシューズをそっとペダルにのせた。

「操縦桿《そうじゅうかん》で機首《きしゅ》がぶれないようにしといて、ペダルで向きを変えるの」

アニーは落ちつこうとした。燃料《ねんりょう》がなくなったり、乱気流《らんきりゅう》の中を飛んだりするよりはましだ。そうなったらお手上げだけど、飛行機の向きを変えるくらいなら？　でも、本物の自動車だって運転したことがないのに、飛行機を操縦するなんて！　でも、アニーは大きく息を吸《す》って、きっとやれる、と自分に言いきかせた。曲面になった操縦室の窓《まど》からまっすぐ前を見る。まわりには何百ものスイッチやダイヤルがならんでいる。これが全部自動操縦になっていたならよかったのに。アニーは左足で少し強くペダルを押《お》してみた。機体が向きを変え、ゆっくり逆方向《ぎゃくほうこう》に向かう。アニーがたまたま右足のペダルを押すと、機体が少し飛びあがった。

「みんなにシートベルトするように言って。ガタガタ揺《ゆ》れるかもしれないから」

「宇宙飛行士《うちゅうひこうし》のみなさん！」リオニアが客室に向かってさけんだ。「泣くのはやめて、座席《ざせき》に戻《もど》って。これは命令よ」それからアニーに向かってきいた。「これでいい？」

「かんぺきよ。しっかりつかまっててね」と、アニー。

　リオニアはそばにあるものにつかまった。それは、パイロット・ロボットの足だった。このロボットは、操縦席《そうじゅうせき》の間にはさまって逆《さか》さまになり、足を上に突《つ》きだしていたのだ。

　アニーがゆっくり飛行機の向きを変えていくと、後ろの客室からは悲鳴が聞こえてきた。機体が沈《しず》みこんだり、はねあがったりするたびに、さけび声やうめき声もあがる。アニーはできるだけ慎重《しんちょう》に、着実に操縦しようとしたが、機体を平行に保《たも》つのはむずかしかった。でも、大さわぎが数分続いたあと、機体は安定し、アニーが目の前のコンピュータの表示《ひょうじ》を見ると、コスモドローム２の滑走路《かっそうろ》に向けて進んでいることがわかった。アニーは大きな大きな安堵《あんど》のため息をついた。大型ハドロン衝突型加速器《しょうとつがたかそくき》が爆発《ばくはつ》するのを止めたときよりも、頭のおかしな男と量子《りょうし》コンピュータから逃《に》げたときよりも、安堵のため息は大きかったが、ブラックホールに落ちた父親のエリックを救いだしたときは、今よりもっとホッとしたのを思い出す。

「みんな聞いて」

　アニーが、リオニアから渡《わた》されたハンドスピーカーで言った。その声は、はっきりしていて安定し、少しもふるえていない。

「これから着陸を試みます。シートベルトをしっかり締《し》めて、なるべく悲鳴を抑《おさ》えてね。ダサいし、なんの役にも立たないから」

アニーは、目の前のスクリーンに映《うつ》るコンピュータの図と機体の向きが一致《いっち》するようにした。なんだかとても自然でかんたんなように感じられるのにおどろく。リオニアがいくつかのスイッチをいじると、着陸装置《ちゃくりくそうち》が機体から出る音がした。

二〇……一九……一八。コンピュータのスクリーンが着陸までの秒数《びょうすう》を示《しめ》している。

「アニー」カウントダウンが続く中でリオニアが言った。

「うん」アニーが、つばをのみこんで言った。

「もしわたしが宇宙《うちゅう》に行けるようになったら……」リオニアが言う。

その間にも、コンピュータには数字があらわれる。一五……一四。

「……アニーといっしょがいいな。訓練生《くんれんせい》の中ではあんたがいちばんの宇宙飛行士《うちゅうひこうし》になれるよ」

「そんなことないよ」と、アニーが言う。

滑走路に沿《そ》ってならぶ着陸灯《ちゃくりくとう》が大きく見えてくる。滑走路に衝突《しょうとつ》するんじゃなくて、すべるように着陸できるといいんだけど。

「いちばんの宇宙飛行士は、リオニアよ。あんたこそ火星に行かなくちゃ。あたしは、これが終わったら家にいてもいいな」

一〇……九……八……。

「まじめに言ってるんじゃないでしょ?。そんなのだめよ。つらい体験が一つあったからって、それがどうだっていうの。止まらないで前に進まないと」と、リオニア。

四……三……二……一……。車輪がコスモドローム2の滑走路《かっそうろ》にふれる。飛行機は着陸するには速度が速すぎたので機体が飛びあがり、後ろからはまたうめき声や悲鳴《ひめい》が聞こえてきた。でも、車輪がまた滑走路にふれて、片側《かたがわ》に寄《よ》っていってわきの草地で止まったことをのぞけば、アニーは飛行機を無事に着陸させ、停止させることができたのだ。それから機体はコスモドローム2空港の建物のほうに向かった。アニーは危険《きけん》をともにした仲間に向かって言った。

「機長から申しあげます。火星エクスプレス航空をご利用いただき、ありがとうございました。またごいっしょに飛行できるよう願っています」

14

アニーは、滑走路《かっそうろ》にはコスモドローム2のスタッフが総出《そうで》であらわれ、とんでもない試練《しれん》を乗りこえた訓練生《くんれんせい》たちを出むかえるものと思っていた。しかし、人けはなく閑散《かんさん》としている。たった今なんとか切りぬけたばかりの大きな興奮《こうふん》と緊張《きんちょう》の体験のあとでは、なんだか妙《みょう》な感じだ。少なくとも緊急自動車《きんきゅうじどうしゃ》やコスモドローム2のスタッフは押《お》し寄《よ》せると思っていたのに。でも、そこにはだれもいなかった。サポートの車が駆《か》けつけてくることもないし、移動式《いどうしき》の階段《かいだん》や乗客を乗せるバスがあらわれて宇宙船基地《うちゅうせんきち》まで連れかえってくれるわけでもない。

「これもチャレンジ訓練だったのかな？　飛行機を着陸させるチャレンジ？　それともただの事《じ》故《こ》？」アニーが操縦室《そうじゅうしつ》にまだすわったままリオニアにきいた。

「だけど……」リオニアが首を横にふった。

「えっ、何？　言ってよ」と、アニー。

「この訓練《くんれん》って、なんか変だと思わなかった？」リオニアがゆっくりとたずねた。

「あたし今、飛行機をどうにかこうにか着陸させたばかりなのよ！」アニーが言った。頭の中ではこんなひとりごとをつぶやく。〈なんとか飛行機を着陸させたよ！　どうよ、ベリンダやいじめっ子たち。あんたたちにはできないよね！　泣かないで冷静にしてることだって、あんたたちには、無理だよね〉「頭がまだまっ白なのに、何か変だと思ったかだって？」

「今日だけじゃなくて、なんだけど」リオニアがまたきいた。

「あたし、宇宙飛行士《うちゅうひこうし》になるにはきびしい訓練《くんれん》を受けなくちゃいけないって思ってた。とくに、ほかの子と激《はげ》しい競争になるのもわかってた」アニーは、人けのない滑走路《かっそうろ》を見やって考えこんだ。「でも、こんなふうだとは全然思ってなかったの。こんなのほんとに信じられないよ」

「わたしも楽しいだけじゃないのはわかってた。でも、命まで危険《きけん》にさらされるとは思ってなかったの」

「わざとなのかな？」アニーはたずねた。

わざと危険におちいらせるなんて、ありえないように思える。でも、たった今経験《けいけん》したことを思うと……アニーはジョージとミッションコントロール室で夜会ったときのことを思いだした。あのとき、リカに見つかったのだろうか？　それで意図的《いとてき》にアニーを殺《ころ》そうとしたのだろうか？　ほかの五人の子どもも巻《ま》きぞえにして？　アニーは、つとめて落ちつこうとした。ジョージも同じように危険な目にあっているのだろうか？

「わたしたちを殺《ころ》そうとしたとは思わないな、アニー。でも、ロボットが操縦《そうじゅう》する飛行機に大勢《おおぜい》の子どもが乗せられたのは確《たし》かよね。ところが、ロボットが故障《こしょう》した。でも、非常時《ひじょうじ》のバックアップも、緊急対応態勢《きんきゅうたいおうたいせい》も、なんにもなかった。アニーがいなかったら、わたしたち墜落《ついらく》してたよね」

「あたしひとりの手柄《てがら》じゃないよ」と、アニーは言って、操縦室の窓《まど》から外をのぞいた。そして何かに気づくと、ゆっくりと言った。「リオ、これって、離陸《りりく》したときの滑走路《かっそうろ》とちがうんじゃない？」

「うん、ちがう。別の場所にある滑走路よね」

「わあ！　見て。またあの宇宙船《うちゅうせん》が見える。ローバーのチャレンジに出かけるとき、ちらっと見えたやつよ。すぐに見えなくなっちゃったけど」

「ほんとだ」と、リオニア。

遠くに、複雑《ふくざつ》な装置《そうち》によって垂直《すいちょく》に支えられ、発射準備中《はっしゃじゅんびちゅう》らしい宇宙船が見えている。かなり遠いのではっきりとは見えないが、宇宙船には照明《しょうめい》があたり、ハエのような小さな黒いものが、表面をうごめいているみたいだ。

「もうすぐ打ちあげられるみたいよね。でも、どこへ行くんだろう？　だれが乗ってるんだろう？　実際《じっさい》の発射計画はないはずなのに、わからないな」と、リオニア。

そのとき、V《ヴィ》とN《エヌ》が操縦席に顔を出した。

「どうよ、英雄《えいゆう》たち！」ふたりは陽気な声で言った。

競争意識《きょうそういしき》は消え失せ、だれもが生きていることにホッとしている。V《ヴィ》が恥《は》ずかしそうに言った。

「さっきはごめんね。あんたが、あのキャンディー食べなくて、ほんとによかった。あれには、薬《やく》物《ぶつ》が仕こんであったの。もしあんたが食べて意識《いしき》を失ってたら、みんな生きては帰れなかった。ほんとにごめん」

N《エヌ》も後悔《こうかい》しているように言った。

「あたしたち、もし火星行きの宇宙飛行士《うちゅうひこうし》に選ばれたら、テレビやモデルの契約《けいやく》ができることになってたの。だから、ズルしてでも合格《ごうかく》したかったんだ」

「でも、それじゃあうまくいかないよね。だって、もしアニーがいなかったら……」Vの声が小さくなる。ふたりの姉妹は顔を見合わせて首を横にふった。

「ねえV、こんどはテニスをやってみようか」とNが言った。

「うん、いいね。もう宇宙になんか行きたくなくなっちゃった」と、V。

「歌はどう？　あたしたち、けっこううまいよね」Nが考えるように言った。

「それか、ファッション関係のことでもいいね」とV。

「何がいいか、そのうち思いつくよ。いつもそうだもん」と、N。

ふたりはふりむいてアニーとリオニアに笑《わら》いかけた。笑い返さないでいるのは不可能《ふかのう》だった。このふたりには、そうさせる何かがあったのだ。

「ハッチをあけといた。それに、脱出用《だっしゅつよう》シューターも出しておいたよ。あとのふたりは今飛行機をおりるところ」と、V。

操縦室《そうじゅうしつ》で耳をすますと、ほかの訓練生《くんれんせい》ペアが、ひゃあっという声をあげているのが聞こえた。プラスチックのシューターをすべりおりて滑走路《かっそうろ》におり立ったらしい。

「わあっ、あたし、あれやりたかったんだ」と言ってアニーはとびあがると、ほかの子の間をすりぬけて、シューターに向かう。VとNがあとに続き、リオニアも追いかける。リオニアはなぜかロボットのパイロットも連れている。ひとりずつ、リオニアの場合はロボットといっしょに、シューターをすべりおり、滑走路におり立った。

すると、ようやく宇宙基地《うちゅうきち》から一台の車があらわれて、コスモドローム2のスタッフがふたり、その車からとびでると、子どもたちに質問《しつもん》をあびせた。

「何も言わないようにね。あの人たち、信用できないもの」リオニアがアニーの耳元でささやいた。

アニーはうなずいた。訓練生《くんれんせい》たちは小さなバンに乗りこんだ。スタッフたちは何か心配事があるらしく、リオニアがロボットのパイロットを抱《かか》えていることにも気づかないようだ。一行がコスモドローム2の施設《しせつ》にある宿泊棟《しゅくはくとう》に戻《もど》ると、六人は、アニーとリオニアとパイロット・ロボットを囲むようにして、自分たちの部屋に向かった。歩きながらアニーはリオニアに小声で言った。

「友だちのジョージを見つけないと。今のことをジョージに話しておきたいの。それに、ジョージもあたしに話をしたがってるんじゃないかって気がするの」

リオニアはうなずいた。

「行ってきて。これを貸《か》してあげる。役に立つかもしれないから」

リオニアはドローン撃退装置《げきたいそうち》のついた腕時計《うでどけい》を外して、アニーに渡《わた》した。

「これは、懐中電灯《かいちゅうでんとう》にもなってるの。ここを押《お》すのよ」

腕時計から光線が出た。

「早く行って。わたしは、このパイロットをアニーのハンモックに寝《ね》かせとくね。カメラで監視《かんし》してる人が、ふたりとも眠《ねむ》ってるって思うようにね」リオニアはこんどはV《ヴィ》をつついた。「ねえねえ、スタッフの気をそらすことができる?」

「だれにきいてるの?」Vはそういうと、腰《こし》を片側《かたがわ》に突《つ》きだしてポーズを決めた。「あったりまえでしょう。N《エヌ》、やろうよ!」

Vがなみはずれた高音を出すと、Nが加わってハーモニーをつけていく。ろうかでふたりのアカペラの歌が始まった。しかも歌っただけではなくダンスまでやりだした。音楽とエネルギーと流れるような動きが、ちょっと前までは死の恐怖《きょうふ》にさらされていた訓練生《くんれんせい》たちの心にしみとおっていく。ろうかにひびきわたるVとNの美しい声が、ストレスを抱《かか》え、つかれはて、心配と不安にさいなまれていた訓練生たちの鬱積《うっせき》していた感情《かんじょう》を解《と》きはなったようだ。それほど美しい声とはいえないほかの訓練生ものってきて、声援《せいえん》を送ったり、肩《かた》をゆすったり、大声で歌ったりしはじめた。リオニアまで。リオニアにとっては、めったにない体験だろう。まるで、コスモドローム2の中の退《たい》屈《くつ》なろうかで、お祭りさわぎが始まったみたいだ。

アニーはそのすきにこっそり抜《ぬ》けだした。どこに行けばジョージに会えるのかはわからない。でも、やってみるしかない。もしかしたらジョージにも危険《きけん》が迫《せま》っているかもしれないのだから。ふたりそろえば、今のこの状況《じょうきょう》にも対応《たいおう》できるような気がする。これまでもふたりで多くの困難《こんなん》を乗りこえてきたのだから。それに、ほかの訓練生たちにも、みんなが危険にさらされていることを知らせておかないと。こうなると、おたがいに競争するのではなく、協力しておたがいに助けあわないと。

この宇宙飛行士《うちゅうひこうし》訓練プログラムが、とんでもなくおかしな方向に向かっていることをほかの子たちにも伝えないと。なぜ才能《さいのう》ある賢《かしこ》い子どもたちがここに集められたのだろうか？　コスモドローム２の内部にあるクモの巣《す》のような果てしないろうかを、しのび足で進みながら、ここを抜けだして家に帰る方法を訓練生のだれひとり知らないことに気づいた。訓練生たちは携帯電話《けいたいでんわ》もタブレットもとりあげられているし、しだいに数が減《へ》っていくコスモドローム２のスタッフが家族からのメッセージを伝えてくれるのに頼《たよ》るしかなくなっている。外の世界に助けを求める手段《しゅだん》がうばわれたまま、ここに捕《と》らわれているのだ。

とつぜんろうかの明かりが消えた。コスモドローム２の自動システムによれば、照明《しょうめい》スイッチを切る時間なのだろう。少なくとも、姿《すがた》を見られずにすむ。アニーはろうかを進みながら、以前の冒《ぼう》険《けん》で使ったグーグルめがねがあったらいいのにと思った。あのときは、だれかが全国のエネルギー供給《きょうきゅう》をじゃましたので、まっ暗になったフォックスブリッジの町じゅうを、それを使って走りまわったのだった。あのめがねには暗視装置《あんしそうち》もついていて、停電《ていでん》のときには便利だった。アニーはため息をついた。今はリオニアの腕時計《うでどけい》以外にハイテク機器《きき》を何も持っていない。今は、自分の目と耳と頭を使って切りぬけるしかない。ローテクだし時代遅《おく》れだけど。

でも、飛行機を着陸させることができたんなら、これだってできるはず、とアニーは自分に言いきかせた。アニーは立ち止まり、耳をすませた。どこか遠くのほうから、小さな子が泣いている声がまた聞こえてくる。悲しげな、胸《むね》がはりさけるような声だ。アニーは、声が聞こえてくるほうへ向かった。声がますます大きくなる。角まで来て、向こうをのぞくと、声を聞いて調べに来たのが、自分ひとりではないことに気づいた。ファラという名前の、もっと小さい女の子が、別の方向からやってくる。アニーと同じように、どこでだれが泣いているのかつきとめようとしているのだ。でも、中から声が聞こえると思ったドアのほうへファラが近づいていくと、ロボットが出て来てファラをつかんで金属《きんぞく》の肩《かた》にかつぎあげ、アニーとは反対方向に連れさっていった。ロボットを蹴《け》とばしたりふりほどこうとしたりしていたファラがひょいと顔を上げたときに、アニーと目があった。

「逃《に》げて！」ファラが、声には出さずに口の形で伝えた。

言われるまでもなく、アニーは逃げだした。手当たりしだいにドアをあけて通りぬけていくうちに、下にしか行けない階段《かいだん》に出た。その階段を下までおりると、下り斜面《しゃめん》の長いろうかに出た。今は立ち止まらないほうがいいと思ったアニーが、このうす暗いろうかを走っていくと、突《つ》きあたりにはまた階段があった。こんどはそれを上がると、そこはコスモドローム2の別の建物のようだった。

そこは、アニーが行ったことのあるどの場所ともちがっていた。何もかもがまばゆいばかりの白い色で、まぶしい明かりに照らされている。見た目もにおいも、病院といったほうが近い。ビーという音やリズミカルなシューという音がするほかは、静かだ。ろうかをながめわたしても、この建物がなんなのかはさっぱりわからない。ただ、この建物にはドローンの姿《すがた》はなかった。ということは、訓練生《くんれんせい》が足を踏《ふ》みいれる場所ではないのかもしれない。そうでなければドローンが見張《みは》っているはずだからだ。ひょっとするとここは関係者以外立入禁止《きんし》の建物だから、ほかとは警備対策《けいびたいさく》がちがうのだろうか?

とそのとき、何人かの足音がこっちに向かってくるのに気づいた。

アニーはドアの一つをあけて中にとびこみ、ドアをしめた。部屋の中も暗くて静かだが、ビーとかシューとかいう音は大きくなった気がする。アニーは、リオニアの腕時計《うでどけい》のボタンを押《お》して小さな光線を出すと、まわりを照《て》らしてみた。大きな長方形の箱《はこ》がいくつか壁《かべ》に立てかけてあるようだ。

箱の一つに光を当ててみると、高さが約二メートル、幅《はば》が約七〇センチはあり、ふたは曇《くも》りガラスでできていて、側面や底は白い壁《かべ》のようになっている。箱の中には何かが入っているが、それが何かはわからない。箱にはたくさんのケーブルや管《くだ》がくっついていることはわかった。ケーブルはモニターにつながり、スクリーンには一定の間隔《かんかく》でカラーの光がくねくねと走る。管のほうは上下に動いてそのたびにシューと音を立てるポンプみたいな機械につながっている。

アニーは光線を次の箱《はこ》にも当ててみた。その箱もまったく同じ仕組みになっている。部屋に置いてある長方形の箱はどれも同じで、どれも同じようにビーとかシューとか小さな音を立てている。ケーブルや管を通して何かをとり入れたり吐《は》きだしたりしているらしい。

腕時計《うでどけい》の光線が次に照らしだしたのは、ふたがあいた、中が空っぽの箱だった。さっき聞いた足音がだんだん近づいてくる。アニーは心を決めて自分に問いかけた。〈ふたがしまっている箱の中身はなんだろう?〉光線を、閉《と》じたふたに当ててみる。

ええっ、まさか……小さな光なので曇《くも》りガラスの向こうをしっかり見ることはできない。でも、輪郭《りんかく》は確《たし》かに……。

その時、今隠《かく》れている部屋のドアの前から声が聞こえてきた。考えるまもなく、アニーはあいた箱の中にとびこみ、ちょっとだけすき間をあけてふたを閉じた。もしかしたらあかなくなるかもしれないので、ぴたっと閉じるわけにはいかない。

部屋のドアがあいて、ぼんやりした明かりが入ってきた。ガラスのふたを通して白い上着を着たふたりの人物が見える。その人たちはほかの箱につながっているモニターやポンプをチェックしているらしい。

「血液《けつえき》のガスレベルは通常《つうじょう》どおり。ガス交換《こうかん》は良好《りょうこう》。重量は安定を保持《ほじ》。血圧《けつあつ》は健康の範囲《はんい》」一つの声が言う。

それを受けて、おそろしくなじみのある声が笑《わら》いながら言った。

「だったら、ドクター、唯一《ゆいいつ》の健康問題は、今のところこのボランティアたちが深く眠《ねむ》っているままだということですね」

「蘇生《そせい》させた場合は、かんぺきに健康なはずです」と、ドクターが言う。

「じっさいに蘇生させられるんですか？　目をさまさせることができるんですか？」もう一つの声がきく。

「ええ、できますよ。実験を終了《しゅうりょう》させたいなら、いつでも人工冬眠《じんこうとうみん》から蘇生させますよ」ドクターは自信たっぷりに答えた。

「わかりました。この人たちを無事にアルテミスへ移動《いどう》できますか」

「命令がありしだい」と、ぶきみなドクターが言った。

「すぐに移動させてください。アルテミスは打ち上げ準備《じゅんび》が進んでいます。バブルの中の彼らの命は、この惑星《わくせい》だろうとほかの天体だろうと、どこでも継続《けいぞく》するんですよね」

「ところで、どうやってこのプロジェクトのボランティアを調達したんですか？　太陽系《たいようけい》を飛んでいくために冬眠させてもらいたがったのは、どんな人なんです？」と、ドクターがきいた。

しかしもうひとりは耳ざわりな不穏《ふおん》な笑い声をあげた。その笑いは、喜びとも幸せとも無縁《むえん》だった。

「わたしは、必要になると、とても説得《せっとく》がうまいのでね。それに、ボランティアたちは自分でもそれと知らずに、太陽系《たいようけい》における今世紀最大の発見に貢献《こうけん》するのです。彼らは、生命そのものについ

現《げん》実《じつ》って何？

毎朝あなたは目をさまします。夢《ゆめ》の中ですばらしい冒険《ぼうけん》をしていたとしても、あなたはそこを離《はな》れて、自分自身に戻《もど》ります。自分がだれで、これまで何をしてきたかという記憶《きおく》がもどってきます。そして、自分の外側には「現実」という世界が広がっているのに気づきます。それからあなたは起きあがります。

これはすべて日常《にちじょう》の行為《こうい》で、心おどるようなことではありません。しかし、こうしたことはどれも、人類《じんるい》がずっと自問しつづけてきたむずかしい問題につながっています。「現実とは何か？」という問題です。私《わたし》たちが暮《く》らしている空間と時間と物体からなるこの現実とは、いったい何なのでしょう？

私たちは数千年間にわたって、この世界とその中にある自分の居場所《いばしょ》について理解《りかい》しようとしてきましたが、ほんとうの答えはまだ見出せていません。私たちは、まわりはどこも水だと気づかないで泳いでいる魚みたいなものです。私たちがそこで暮らし、そこら中にあって自分もその一部であるにもかかわらず、見ることができないもの――それが現実です。

あなたは「いや、自分には現実がよく見えている」と言うかもしれません。触《ふ》れることもできるし、聞くこともできるし、においをかぐこともできる、と。

さあ、ここからがおもしろいところです。脳《のう》を見てその働きを理解しようとする学者を、神経《しんけい》科学者といいます。近年、神経科学者たちは、脳がどのように現実を理解しているかについて、非常《ひじょう》に重要なことを発見しました。

あなたが暗い部屋にすわっているとします。とつぜん、目の前でスクリーンが点灯して映画《えいが》が始まります。あなたは山や林や湖の映像《えいぞう》を見て「なんてすばらしい場所だ」と考えます。しかしあなたが見ている映像はコンピュータが作り出したもので、今いる映画館《えいがかん》の外には存在しません。次に、バーチャルリアリティを映《うつ》し出すゴーグルを装着《そうちゃく》する場合を考えてみましょう。あなたはコンピュータが生み出した幻想《げんそう》の世界に入りこみ、その世界に働きかけて反応《はんのう》を得ることもできます。戦ったり、新しい技術《ぎじゅつ》を身につけたりすることもできるでしょう。とつぜんコンピュータゲームが、あなたの「現実」になるのです。

これは、脳が生み出せる最大かつ最もみごとな幻影《げんえい》です。あなたは、自分の頭の外にある世界を体験していると思わされてしまいます。しかし実際《じっさい》に起こっているのは、脳が頭の中にある世界の感覚を作り出しているのです。あなたが体験しているのは偽物《にせもの》の仮想《かそう》現実なのです。

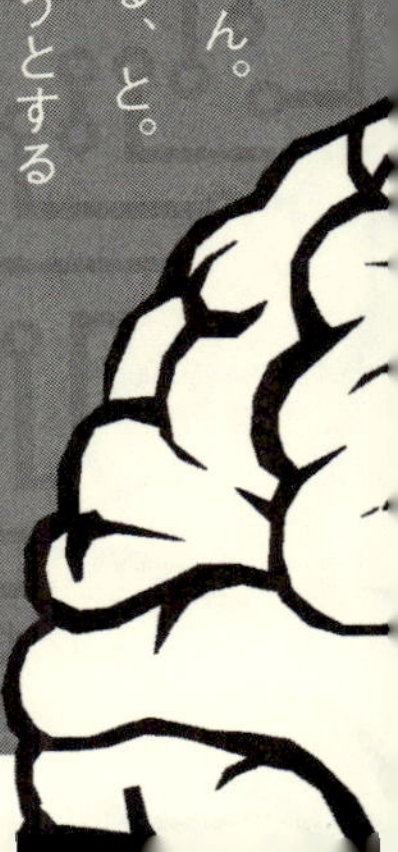

別の言い方をすれば、起きてはいても、まわりの世界についての夢《ゆめ》を見ているのです。

すると、あなたはこう言うかも知れません。「なるほど。でも、世界は私《わたし》の想《そう》像《ぞう》の外にちゃんと存在《そんざい》しているのだから、それは大した問題ではない。だから、私は脳《のう》というサングラスを通して現実《げんじつ》を見ているようなものだ」

残念ながらそれも事実とはいえません。私たちが現実をありのままに体験していないというだけでなく、現実そのものも幻影《げんえい》に過《す》ぎないからです。量子物理学は、小さな原子まで見えるような強力な顕微鏡《けんびきょう》を使うと現実がどう見えるかを理《り》解《かい》しようとする科学の一分野です。量子物理学が現実の本質《ほんしつ》について提示《ていじ》するものを、科学者たちは一〇〇年以上にわたって理解しようとして努めてきました。

しかし今日でも、量子的な現実をどのように解釈《かいしゃく》したらよいかがわかっていません。それくらいおどろくべき分野だからです。量子論的《りょうしろんてき》に考えたときの物体は常《つね》に形を変え、無からあらわれたり消えて無になったりするため、あらゆるものが常に変化の状態《じょうたい》にあります。また、あらゆるものが常に別の存在と瞬時《しゅんじ》に結びつくので、孤立《こりつ》して存在しているものはありません。おまけに観測《かんそく》する者が単に現実を「見る」だけでも、そのふるまいを変化させることができるのです。

私たちの現実は、なんとも奇妙《きみょう》な基盤《きばん》の上に成り立っているのです。私

たちが固体だと思っているものも、ほとんどは量子的粒子《りゅうし》が飛びまわって物《ぶつ》質《しつ》という幻影《げんえい》を作り出している空間なのです。

　びっくりした人もいるでしょう。毎朝目を覚ますという日常《にちじょう》の行動は、「現実とはいったい何か？　私とはいったい何か」という、とても深くて答えるのがむずかしい問題を提起《ていき》しています。ある賢《かしこ》い思想家が、こう言ったことがあります。

「確《たし》かなのは、私が今何かを体験しているということです。しかし、その『何か』がどういうものかということも、そもそも『私』が正確《せいかく》には何なのかということも、私にはわかっていません」

　しかし、自分や世界についての混乱《こんらん》は、とても単純《たんじゅん》な事実に由来するのかもしれません。世界というものをどう考えるかについて、私たちはもしかしたらまちがった物語を聞かされてきたのかもしれません。そのまちがった幻影が長いこと説得力を持っていたので、ようやく今になって私たちは目をこすり、幻影を現実だと信じていたまちがいに気づき始めたのかもしれません。

　人類が誕生《たんじょう》して以来、私たちは、物質で構成《こうせい》されている宇宙《うちゅう》が壮大《そうだい》なショーを行う舞台《ぶたい》は空間と時間でできていると信じてきました。ショーの間に、宇宙はどんどん複雑《ふくざつ》になっていきました。そしてとつぜん、新たに生まれた複雑さの中から生命体が登場しました。そしてついに生命体は人間の脳《のう》を発達させ、私たちは

「現実《げんじつ》とは何か」と問い始めたのです。

でも、この物語は反対に語られているのかもしれません。もしかしたら私《わたし》たちは現実の舞台《ぶたい》に投げこまれてもいなければ、登場することを期待されてもいなかったのかもしれません。ひょっとしたら私たちは頭で舞台を作り上げ、そこで空間と時間と物体がショーをくり広げているのかもしれません。バーチャルリアリティ（仮想《かそう》現実）においては、コンピュータがあなたにとっての現実を作り上げていたのでしたね。同様に、あなたの知性と思いがあなたの外にある世界を作り上げているとは言えませんか。

それとも、精神《せいしん》や意識《いしき》と、私たちが実際《じっさい》に体験する現実は、密接《みっせつ》に関係しているのでしょうか？　コインの表と裏《うら》のように？　コインの表と裏は、見た目がまったくちがうかもしれませんが、実際はもっと大きな全体の一部分にすぎないのです。外の世界と私たちの頭の中は、同じエッセンスでできた現象《げんしょう》なのでしょうか？　純粋《じゅんすい》な「情報《じょうほう》の場」が自ら物理的な幻影《げんえい》を作り出したのでしょうか？

別の言い方をするなら、私たちが自分の頭の中を奥《おく》までのぞきこむことができれば、現実の構造《こうぞう》を深くのぞきこんだときと同じ源泉《げんせん》が見えるのでしょうか？

あるいは、私たち自身をふくむ現実が、結局は巨大《きょだい》な宇宙《うちゅう》コンピュータが実行しているコンピュータ・プログラムの一部だということがわかるのでし

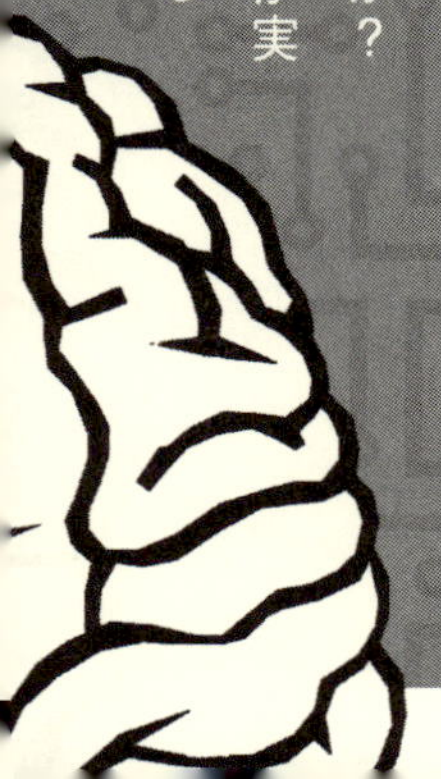

ようか？　そうだとすると、宇宙はバーチャルリアリティを示《しめ》すコンピュータとなり、あなたをふくむ現実を作り続けていることになります。その現実とは、ビッグバンに始まりこの文章を読んでいる現在《げんざい》のあなたまでつながる壮大《そうだい》な年代記だと言えるかもしれません。

数千年もの間、現実とは実際に何かという問いに対して答えようとしてきたのは、哲学者《てつがくしゃ》や宗教家《しゅうきょうか》でした。しかし今、史上《しじょう》はじめて科学がそれに対する理解《りかい》を深め、私たちを取り囲む幻影の正体を明らかにし始めています。こうした事柄《ことがら》を深く考察《こうさつ》したあげく、相当数の科学者が、ここに述《の》べたようなとっぴな考えを信じるようになってきています。こうした考えのどれか一つでも真実だとわかったときには、私たち人類が現実や自分だとして理解しているものが大きな変更《へんこう》を迫《せま》られることになります。でも今のところは、「現実とは何か？」というこの問いに対して、以下の二つの答えで満足するとしましょう。

一つは、現実とは私たちがこれまで想像《そうぞう》していたよりずっと大きく豊《ゆた》かで、ずっと複雑《ふくざつ》なものだという答えです。

もう一つは、もっと短いですが、「私が自分の現実を作り出している」という答えです。

ジェームズ

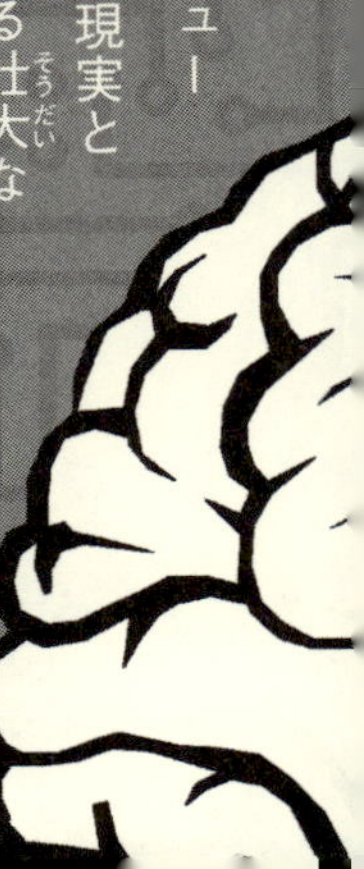

ての鍵《かぎ》を手にするかもしれません」

「で、彼らをどこに送りこむのですか? その偉大《いだい》な発見とやらは、どこで行われるのですか?」ドクターは疑《うたが》っているようにきいた。

「まあ、宇宙船《うちゅうせん》がどこに行くか、見てみましょう。なんという冒険《ぼうけん》でしょう! さあ、来てください。やることがまだたくさんありますから」もうひとりが明るく言う。

そう言うと、ふたりは明かりを消して部屋を出ていった。

ふたりが行ってしまうと、アニーは箱からとびだした。箱が棺桶《かんおけ》に似《に》ていることにふと気づいたのだ。

「入ってるのは、人間なんだ! 箱の中に入っているのは人間だ! それにまだ生きている!」アニーはふるえながらつぶやいた。

15

その日の午前中、アニーがはからずも飛行機の操縦《そうじゅう》をさせられていたころ、ジョージはバーチャルリアリティの月面歩行にチャレンジしていた。これは時間制限《せいげん》のあるチャレンジで、ジョージとイゴールは月の表面からＶＲ《ヴィアール》のサンプルを集め、着陸カプセルの出発にまにあうように戻《もど》らなくてはならない。

最初のうち役に立たなかったイゴールは、なかなかたくましかった。ずっと熱心にゲームをやってきたことも有利な点だった。イゴールにはかんたんだったＶＲのチャレンジだが、ジョージには難関《なんかん》だった。ジョージは親にパソコンの使用時間を制限されていたし、家ではコンピュータゲームもやらせてもらえなかったからだ。ＶＲの体験といえば、ツリーハウスでアニーから借りた厚紙《あつがみ》のヘッドセットを使ったことがあるだけだ。アニーのもすばらしかったけれど、ここの先端的《せんたんてき》なＶＲ

とは比《くら》べものにならない。それでもジョージは、月面歩行に集中すれば自分でもうまく作業ができるとわかっていた。集中するということは、エリックやアルテミスやエウロパの海洋生物のことは頭から追いだすということだ。

ジョージは月面を歩きながら、かんたんな指示《しじ》にしたがってサンプルを集めようとした。でも、すぐに気がそれて、どうしても別のことを考えてしまう。VR宇宙飛行士《ヴィアールうちゅうひこうし》ゲームに参加しているふりをしながら、ジョージは考えていた。

〈コスモスを通してエウロパを見たあと、エリックはコスモドローム2にやってきて、リカ・デュールを問いただしたのだろうか？　それで、アルテミス計画の秘密《ひみつ》を知られたくないリカが、エリックをおはらい箱《ばこ》にしたのだろうか？　でも、アルテミス計画がどうしてそんなに大きな秘密なのだろうか？　どうしてだれひとり知らないでいるのだろうか？　なんのための秘密なのだろう？　リカ・デュールは何をしようとしているのだろう？〉

そのとき、向こうずねにリアルな痛《いた》みを感じた。イゴールが、強烈《きょうれつ》なケリを入れてジョージを白昼夢《はくちゅうむ》から引きもどしたのだ。

「いてっ！」

ジョージは痛む足を抱《かか》えてぴょんぴょんとびはねた。月面にしてはとても奇妙《きみょう》な動きだ。でも、あたりを見回したとき、なぜイゴールにケリを入れられたのかがわかった。ジョージは、着陸船《ちゃくりくせん》からずいぶん離《はな》れた所まで来てしまっていて、いそいで戻《もど》らないとまにあわない。着陸船はすぐにでも出発しようとしている。でも、どんなにいそいでも、月面歩行には時間がかかった。着陸船のドアが閉《し》まる。イゴールはなんとかまにあって窓《まど》から手をふっている。着陸船は、ジョージひとりを残したまま浮《う》きあがった。

ジョージはヘッドセットを外し、イゴールが待っている部屋に戻った。かんかんになっていたイゴールは、ふきげんな声で言った。

「勝てる、ぼくたちは、はずだった！　だけどきみ、眠《ねむ》っただろ。月で」

「ごめん」ジョージは、それしか言えなかった。

「ぼくたち、失格《しっかく》になるぞ」イゴールは、怒《いか》りのせいかめずらしく語順をまちがえずに言った。「それも、きみのせいなんだぞ」

ジョージは、心が痛んだ。イゴールのことはだんだん好きになってきていたので、自分のせいで火星に行く夢《ゆめ》が終わってしまっては困《こま》る。今回はペアの相手を裏切《うらぎ》ったことになり、ほんとうに申しわけない。でもそれだけではない。チャレンジに集中できなかったことでイゴールを裏切り、コスモドローム2の謎《なぞ》を解《と》けないことでアニーを裏切り、大きなチャンスを目の前にしていたのにろくな成果をあげられなかったことで自分自身をも裏切ったことになる。

もっとしゃんとしないと、とジョージは思った。過去《かこ》についてはもう手遅《てお》くれだが、これからはもっとがんばらなくては。コスモドローム2の裏側に入りこみ、自分とアニーがこのとても奇妙《きみょう》な宇宙基地《ちゅうきち》で何が起こっているのかを突《つ》きとめるヒントを見つけなくては。

「きみ、戦略的展望《せんりゃくてきてんぼう》ない。精神力《せいしんりょく》ない」自分たちの寝室《しんしつ》に戻《もど》りながらイゴールはまだ続けた。「数手先を読むも、できなかった。集中するも、ルールを守るも、できなかった。自分の行動に責任《せきにん》を持つも、できなかった。それに、不確《ふたし》かな環境《かんきょう》での問題解決《かいけつ》できていない……」

「わかったよ、イゴール」と、ジョージが言った。

憂鬱《ゆううつ》な気分におそわれながらも、ジョージは興味《きょうみ》深い事実に気づいていた。今は、いつもつきまとっていたドローンが見えない。急に元気になったジョージは、自分が単なるお荷物ではないことを自分自身にもみんなにも証明《しょうめい》するチャンスだと思った。宇宙《うちゅう》においても地球においても自分が価《か》値《ち》ある一員であることをしめそう。ここやエウロパで何が行われているのか、その真相《しんそう》を突きとめてやる。チャレンジに勝利するのは、ほかの訓練生《くんれんせい》かもしれないが、ジョージは、コスモドローム2の心臓部《しんぞうぶ》とその周辺の謎《なぞ》を解《と》くことにしよう。

「ぼく、散歩してくるよ」なにげない調子でジョージは言った。

「しろ、好きなように」イゴールが言う。

でもその声はおだやかになっていた。ジョージにどれだけ腹《はら》が立ったとしても、ジョージが自分の面倒《めんどう》をみてくれたときのことや、ちゃんとした友だちとしてつき合ってくれたことを忘《わす》れることはできなかったのだ。そういう友だちをもったのは、イゴールには初めてのことだった。イゴールも、いつもなら寝室の外を飛んでいるドローンが見えないことに気づいた。

「もしドローンが戻ってきたら、そいつの気をそらしとくよ」イゴールが言った。

「スパシーボ」ジョージは、何度目かのチャレンジのときにおぼえたロシア語で、ありがとうと言った。

「ニエ　ザ　シトー」イゴールも、ロシア語でどういたしましてと答えたが、笑顔《えがお》を見せるところまではいかなかった。

イゴールと別れて歩きはじめてからジョージは思った。少なくとも人間のコスモドローム２の職《しょく》員《いん》にはつかまらないだろうな。アニー同様ジョージも、このところコスモドローム２の人間がどんどん減《へ》っているのに気づいていた。最初のうちは、どこを見ても職員がたくさんいたのに、日がたつにつれて少なくなり、今はほとんどロボットしかいない。

チャレンジのときも、前はスタッフが訓練生《くんれんせい》と同じくらいいたのに、今ではひとりが訓練生全員に対応《たいおう》している。ジョージは、ほかのスタッフはどこへ行ったのかとたずねたことがあるけれど、返ってきたのは、「緊縮政策《きんしゅくせいさく》だよ」という苦々しい、謎のような答えだった。

ジョージは、どちらへ行こうかと考えて用心しながらろうかを歩いていた。どこへ行ったらアニーに会えるだろう？　そのとき、肩《かた》に手が置かれたのを感じた。手、というよりはペンチだ。あきらかに人間ではない。生地のうすい青い飛行服を通して感じたのは、肩に置かれたものが金属《きんぞく》だということだ。ジョージの心臓が恐怖《きょうふ》に早鐘《はやがね》を打つ。でも、大きく息を吸《す》うと、思いきってふり向いた。

そこにいたのは、思いがけないものだった。

それは、とても背《せ》の高いロボットだった。コスモドローム２でジョージやアニーが見なれたロボットと同じような作りだ。同じようなブロック形の頭と細長い手足が、マシンの中心部である立方体形の胴体《どうたい》についている。前にも、ジョージとアニーは、地球の周囲をまわる謎《なぞ》だらけの不可視《ふかし》の宇宙船《うちゅうせん》で、これと同じようなロボットを見たことがあった。あのロボットは、世界じゅうの３Ｄプリンタをネットワークにしたもので製造《せいぞう》された、つやつやした銀色に光っていた。

でも、今目の前にいるロボットは、加熱炉《かねつろ》で焼かれたみたいだ。金属《きんぞく》はねじれたり焼けたりしているし、ペンチのような手は一部が溶《と》けて変な形になっている。金属の首の上には、かたむいたいびつな頭がのっている。それでも、顔の表情《ひょうじょう》は見てとれた。何よりもびっくりしたのは、そのロボットがほほえんでいることだった。

「ヤア、じょーじ、マタ会エルナンテ、スバラシイコトダヨ」楽しげな声でロボットが言った。

ジョージは、目をぱちくりさせながら言った。

「ブライアン！　ボルツマン・ブライアンだね！　親切なことで有名なロボットだ。ほんとにボルツマンなの？」

「ソウデスヨ」ボルツマンはそう言うと、かがみこんでジョージの肩《かた》を親しげにたたいた。

ねじれたペンチのような手でたたくので、痛《いた》い。

「ここで何してるの？」ジョージは、意外な出会いにびっくりしてたずねた。

ボルツマン・ブライアンは、一兆《ちょう》に一つしかないロボットで、感覚と感情を持つように作られ、スペクトルのきわめて親切な領域《りょういき》が強調されている。このロボットの持ち主は、邪悪《じゃあく》なアリオト・メラクだが、メラクはすぐボルツマンにうんざりして、もう親切なロボットは作らないと決めていた。そんなわけで、メラクが作りだしたほかのロボットはどれも攻撃的《こうげきてき》で、卑劣《ひれつ》で、暴力的《ぼうりょくてき》なのだ。

「どうやって量子《りょうし》宇宙船《うちゅうせん》を抜《ぬ》けだしたの？　宇宙船は爆破《ばくは》されたんだと思ったけど」

「ヤレヤレ、ソノトオリデスヨ。宇宙船ガ、意外ニモ爆破サレタトキ、ワタシハぱらしゅーとデ地球ニオリタノデス」と、ボルツマン。

「パラシュートで？」

ときいて、ジョージはちょっとやましい気持ちになった。ボルツマンやそのほかのロボットが乗った宇宙船の爆破には、ジョージもかかわっていたからだ。

「宇宙ニじゃんぷシタト言ッテモイイデスヨ。人間ダッテばんじーじゃんぷナンカスルデショウ。アレト同ジデスヨ。タダワタシノ場合ハ、ホントウニ宇宙ノカナタカラじゃんぷシタンデス」

「どうやって……？」ジョージは言葉も出ないほどおどろいて目をむいた。

「ソレデ地球ノ大気圏《たいきけん》ヲ通ルトキニ、少シバカリコゲテシマッテネ。ソウ目立タナイトハ思イマスガ、気ヅキマシタカ？　タシカニワタシノ金属ハ最高ノ状態《じょうたい》トイウワケニハイキマセン。体ノ外側ハあっぷぐれーどシテクレルトノコトデシタガ、マダ実現《じつげん》シテイマセン」

ボルツマンはそう言うと、悲しげにため息をついた。

「でも、なぜここにいるの？　ボルツマン、なぜコスモドローム2にいるの？」ジョージが不思議

スペースダイビングやスペースジャンプをするには,カーマン・ラインよりも上で宇宙船や熱気球から飛び出す。そして宇宙空間を自由落下して大気《たいき》圏《けん》に突入《とつにゅう》し、最終的にパラシュートを開いて地上におり立つ。

これは信じられないほど危険《きけん》なものだ。実際《じっさい》いくつかのスペースダイビングはひどい失敗に終わっている。カーマン・ラインよりも下からダイブするのは、普通《ふつう》はスカイ・ダイビングという。

- **2012年**：ジョーゼフ・ウィッティンガーの最高高度記録とエフゲニー・アンドレーエフの最長自由落下記録は、21世紀になるまで破《やぶ》られることはなかった。この二つの記録を破ったのは、高度128,100フィート（約39キロメートル）から飛びおりたフェリックス・バウムガルトナーだ。

- **2014年**：ところがこの世界記録は長くは続かなかった。というのも、コンピュータ学者のアラン・ユースタスがわずか2年後に最高高度からのダイビングと最長の自由落下距離《きょり》を達成してバルムガルトナーの記録を抜《ぬ》いてしまったのだ。ユースタスは41キロメートル以上の距離をわずか15分で落下し、落下時のスピードは毎時1300キロにも達していた。地上の人々には彼が音速の壁《かべ》を超《こ》える時の衝撃音《しょうげきおん》が聞こえた。

スペース・ダイビングとスカイ・ダイビング

宇宙船《うちゅうせん》で宇宙に行くと、地球の大気の青い色と宇宙の黒い闇《やみ》を分けるように思える境界線《きょうかいせん》を通ることになる。この仮想《かそう》の境界線はカーマン・ラインと呼《よ》ばれ、地球の地表から100 km上空にあり、その外側は宇宙空間とみなされている。

地球の大気が急になくなってそこから宇宙に
なるわけではない。窓《まど》から顔を出すのとはわけがちがう。
地球の大気は高度が上がると徐々《じょじょ》に薄《うす》くなっていく。
「宇宙空間」が始まる境界《きょうかい》を
公的に定義《ていぎ》したのがカーマン・ラインだ。

スカイ・ダイビングの記録を持っているのはだれ?

- **1960年：**アメリカ人のジョーゼフ・ウィッティンガー大佐《たいさ》が
地上《ちじょう》31キロ以上に上がったヘリウム気球から3回飛びおりた。
ウィッティンガー大佐は、
高高度でのパイロットの緊急脱出《きんきゅうだっしゅつ》を研究する
プロジェクトに参加していた。後にウィッティンガー大佐は、
落下速度は想像《そうぞう》を絶《ぜっ》するものだったと記している。

- **1962年：**ソビエトのエフゲニー・アンドレーエフ大佐が、
地表に最も近づいてからパラシュートを開く新記録を達成《たっせい》した。
しかしアンドレーエフ大佐がカプセルから飛び出した高度は
25.48 kmだったので、スカイダイビングの最高高度記録は
まだウィッティンガー大佐が持っていた。

スペース・ダイビングと
スカイ・ダイビング—— つづき

●世界一高いエベレスト山は
標高《ひょうこう》約8.5km。

●平均的《へいきんてき》な飛行機は、
高度11km弱のところを
飛行している。

●だから、飛行機の窓《まど》から
外を見ていると、
高いところから
ダイビングする人が
降下《こうか》していくのが
見えるかもしれない。

ある宇宙《うちゅう》旅行の会社は、もっと高い高度からのスペースダイビングを可能《かのう》にする特殊《とくしゅ》なスーツを開発している。

でもこのスーツは華麗《かれい》な離《はな》れ業《わざ》や記録更新《こうしん》のためではなく、宇宙飛行士が宇宙船から緊急脱出《きんきゅうだっしゅつ》して自由落下で地球に帰還《きかん》するためのものだ。

まさに人命救助《きゅうじょ》のために開発されている。

そうにきいた。

ボルツマンは、答えられる質問《しつもん》が出たので元気になった。

「ソレハカンタンデス。ゴ主人ガココニイルカラデスヨ」

「ええっ？」ジョージは思わずかん高い声が出た。

「ボルツマンの……主人だって？」聞いた言葉が信じられなかった。「そう言ったの？」

「モチロンデス」ボルツマンはうれしそうだ。

「でも、そんなはずないよ」

ジョージは青くなった。ボルツマンの主人のアリオト・メラクは、とても邪悪《じゃあく》な男で、親切を装《よそお》って全世界を支配《しはい》しようとしていた。まさかアリオト・メラクがこのコスモドローム２にいるなんて、とジョージはぞっとした。もしそうなら、思っていた以上に危険《きけん》が大きい。

ジョージとアニーが宇宙《うちゅう》アドベンチャーの中で出会った中でも、最も抜《ぬ》け目がなく、しつこく、ごまかすのが巧《たく》みな悪人がメラクなのだ。アリオト・メラクがコスモドローム２の陰謀《いんぼう》にかかわっていたとは、つゆほども思っていなかった。世界のみんなと同じように、ジョージも、メラクは終《しゅう》身刑《しんけい》となって厳重《げんじゅう》に監禁《かんきん》されているので、危険はもう去ったと思っていたからだ。

「きみの主人は……刑務所《けいむしょ》にいる……んじゃなかったの？」

「イマシタヨ。何カノマチガイデネ。トテモステキナ紳士《しんし》ナノニ。ア、ツマリ人間ナノニ」ボルツマンは、信じられないというように言った。

ジョージは、ボルツマンが言いなおしたことをいぶかったが、深くは考えなかった。もっと重要なことを追求しないといけなかったからだ。今知らされたのは、とんでもなく不快《ふかい》で恐《おそ》ろしい情報《じょうほう》だ。アリオト・メラクが刑務所《けいむしょ》から脱走《だっそう》したとすれば、みんながきわめて大きな危険《きけん》にさらされることになる。

「きみが脱走を手伝ったの？」ジョージは、勘《かん》を働かせてきいた。

ボルツマンが誇《ほこ》らしげに答える。

「モチロンデストモ。ワタシニハ、ゴ主人ガドコニイヨウトツキトメル自動誘導装置《じどうゆうどうそうち》ガ備《そな》ワッテイルンデス。ダカラ地球ニオリルト、トイウカ着陸後ニ自分ヲトリモドスト……」

「着陸したのはどこ？」ジョージがきいた。

「るーまにあノヘンピナ山岳地帯《さんがくちたい》ニアル農場ノ干《ほ》シ草ノ山ノ中デス。ソレヲツキトメルノニ、シバラクカカリマシタ」

「それで、どうやってここまで来たの？」

このニュースにあぜんとしたジョージは、燃《も》えるロボットが空から落ちてくることを思い描《えが》いてぞっとした。

「歩イタノデスヨ。ソノ点デハろぼっとハ便利《べんり》ナノデス。移動《いどう》スルノガ、ズットカンタンデスカラ」

ボルツマンはほがらかな声で言った。

「だれにも気づかれずに？」

二メートルもあるロボットが、見つかったり止められたりしないでヨーロッパじゅうを動きまわることができるのだろうか？　ジョージは、ブライアンに話をさせている間に、次の手を考えようと思っていた。

「夜ニ歩キマシタカラ。見ツカリソウニナッタトキハ、演技《えんぎ》ヲシマシタ。捨《す》テラレタごみノ山ノフリヲスレバ、ミンナ放ッテオイテクレマシタ」

「トランスフォーマー（変身ロボットの人気のおもちゃ）みたいに？」ジョージは、道ばたでとつぜん折りまがってゴミの山になるところを想像《そうぞう》して、きいた。

「マサニソウデス。イツモウマクイキマシタ」

「英仏海峡《えいふつかいきょう》はどうやって越《こ》えたの？　まあいいか。あとで教えて。だけど、その旅を動画に記録しとけばよかったね」

「記録シテアリマス。オ見セシマショウカ……」

「ところでブライアン、脱走《だっそう》したアリオト・メラクは、どこに行ったの？　今どこにいるの？」

ジョージは、アリオト・メラク自身がこの施設《しせつ》のどこかにいるかもしれないと思うと背筋《せすじ》が寒くなったが、それならそれで立ち向かうしかないと決心した。でも、それは、思っていた以上に困難《こんなん》で危険《きけん》なことになるだろう。

「ドコニ？　知ッテイルンジャナイノデスカ？　ダカラ、ココニ来タノデハナカッタノデスカ？」

ボルツマンはとまどっていた。

「だからここに来ただって？」ジョージは、それがどういう意味かを探《さぐ》りながらつぶやいた。

「ココデスヨ。ワタシヲ作リ、こんとろーるシテイルありおと・めらくハココニイマス。こすもどろーむ２ノ責任者ニナッテイマス。ありおと・めらくハ……」

16

病院のある建物では、アニーが恐怖《きょうふ》にかられながらまだ箱を見つめていた。

箱をあけて、うすうす感づいていることを確《たし》かめたほうがいいだろうか？　でもふたをあけると、複雑《ふくざつ》でデリケートな生命維持装置《せいめいいじそうち》が壊《こわ》れてしまうかもしれないから、やめたほうがいい。それから、アニーはハッとした。箱には大きいのが三つと、小さいのが二つある。そこに人間が入っているとすると……。

アニーは小さい箱の一つに近寄《ちかよ》り、ガラスのふたに目を近づけた。まさか、そんなはずはない。アニーは自分に言いきかせる。アニーのママは、コンサートツアーで遠くに行っているはずだ。それに、ジョージの両親はふたりの幼《おさな》い娘《むすめ》といっしょに有機農場《ゆうきのうじょう》で楽しい日々を送っているはずだ。大きいのが三つと小さいのが二つという数は、ただの偶然《ぐうぜん》だ。偶然でしかないと、アニーは自分に

言いきかせる。それに、ママからはコンサートの様子や、飛行機での長旅や、なれない食べ物や、オーケストラのほかの団員《だんいん》について書いたメッセージを何度も受けとっていたのだ。ジョージだって、フェロー諸島《しょとう》にいる両親から、農場の最新情報《じょうほう》や、家族の様子を知らせてもらっていた。箱に閉《と》じこめられているのは、アニーやジョージには関係のない人だろう。リカが言っていたように、ほんとうに医学《いがく》の調査《ちょうさ》のためならと志願《しがん》したボランティアなのかもしれない。アニーはそう考えて心を静めようとしたが、確信《かくしん》したわけではなかった。

アニーは部屋の反対側にもう一つ箱がぽつんと置かれているのに気づいた。それもふたがしまっていて、機械につながっている。リカが、箱はもうすぐ発射される「アルテミス」に積みこまれると言っていたことを思いだした。でも、いったい全体、どういうことなのだろう？　「アルテミス」というのは、エウロパの湖でロボットが釣《つ》りをして、同じ太陽系《たいようけい》でも地球の外にいる生命体をつかまえる計画だと思っていた。そのとき、アニーは、最初に話を聞いたときのことをぱっと思い出した。「アルテミス」は、宇宙《うちゅう》に人間を送って、太陽系にあるこの水の多い衛星《えいせい》で、生命が存在《そんざい》できるかどうかを調査《ちょうさ》する計画だと言っていた。ロボットだけでなく人間も利用して、生命が形成されるのを調査しようとしていたのだ！　そして、ここには謎《なぞ》の箱が置かれていて、そこには長距離《ちょうきょり》の宇宙の旅にそなえて眠《ねむ》らされている「ボランティア」が入っているらしい。このボランティアたちは、エウロパに送られるのだろうか？　そもそもほんとうに志願したボランティアなのだろうか？

また、この人たちは地球に戻《もど》ることができるのだろうか？　それとも、地球に戻らず、データだ

医学で人《じん》工《こう》冬《とう》眠《みん》は可《か》能《のう》なのか?

今のところ、人工冬眠はまだSF《エスエフ》の世界のものです。宇宙飛行士《うちゅうひこうし》が長い宇宙旅行の間、ウッドチャックみたいに冬眠して過《す》ごすことはできません。「眠《ねむ》れる森の美女」のオーロラ姫《ひめ》のように、人間が百年間眠り続けて若《わか》いままで目をさますということは、今はまだありえません。しかし将来《しょうらい》はそれも可能になるかもしれません。現在《げんざい》、科学者は人工冬眠についての研究を進めているし、医師たちも病気の人びとを助けるために、それに近いものを利用しています。

SFに登場する人工冬眠は、たいてい宇宙船の中で人間を若く健康に保《たも》つことを目的にしています。物語の中では、長い宇宙旅行の間宇宙飛行士が身体を冷やして眠り、食事もとらず、ほとんど呼吸《こきゅう》もしないことになっています。飛行士の心臓《しんぞう》はゆっくりと鼓動《こどう》し、エネルギーや酸素《さんそ》は少ししか利用《りよう》しません。

現実の世界では、冬眠中の動物に同じことが起こっています。冬眠する動物は、数週間にわたって

低温状態《じょうたい》の深い眠《ねむ》りに入ります。冬眠《とうみん》中は、成長・老化も遅《おそ》くなるかもしれないと、科学者たちは考えています。だから宇宙飛行士《うちゅうひこうし》が数十年にわたって眠り続け、若《わか》いまま目を覚ますというSF《エスエフ》物語は、実《じつ》現《げん》する可能性《かのうせい》のある未来像《みらいぞう》なのです。

科学者は、硫化水素《りゅうかすいそ》という気体を用いて、自然界《しぜんかい》では冬眠しないマウスを使って人工冬眠に近い状態を作り出すのに成功しています。この気体で眠ったマウスの体温は一一度も下がり、消費する酸素《さんそ》も一〇分の一に減《へ》りました。マウスはこの状態に六時間以上おかれ、健康なまま目をさまします。

人間も、たまたま極寒の場所に閉《と》じ込《こ》められると、低エネルギー状態に陥《おちい》る事があります。たとえば、ひどい場所から逃《に》げようとしたり新天地に向かおうとしたりして、飛行機の車輪格納部《しゃりんかくのうぶ》に隠《かく》れる人が

たまにいます。たいていは墜落《ついらく》するか、飛行機が高度を上げた時の寒さと酸素《さんそ》不足《ぶそく》で死んでしまいます。しかしごく稀《まれ》に、そういう人が死にいたらずに冬眠のような状態におちいる場合があります。極寒の水の中で溺《おぼ》れそうになった人や、雪崩《なだれ》に襲《おそ》われたスキーヤーにも、同じことが起こります。

医師たちは、低温状態が脳《のう》を保護《ほご》することを知っているので、わざと患者《かんじゃ》の体を冷やす場合があります。心臓《しんぞう》が停止《ていし》しても、特別な薬品や電気を使えば心臓がまた動き出すことがありますが、その際《さい》、患者を低体温状態にしておかなくてはなりません。患者は眠らされ、通常の体温より数度低くなるまで冷やされます。医師たちが低体温法や特別な薬品、あるいはその両方を使って患者を昏睡《こんすい》状態におくことも、よくあります。昏睡状態では脳の活動が低下するので、頭に重傷《じゅうしょう》を負った場合でも脳を保護することができるのです。

外科医も患者の体温を氷点より数度上まで下げることによって極端《きょくたん》な低体温状態を作り出すことがあります。一種の人工冬眠ですが、この新療法《りょうほう》には、「外傷による心停止に対する緊急《きんきゅう》保存《ほぞん》と蘇生《そせい》（EPR-CAT《イーピーアールキャット》）」という医学的な名前がついています。これは、ひどい損傷《そんしょう》を負って大量失血《たいりょうしっけつ》した人を、脳に血が通わないまま二、三時間生かしておくためのものです。その間に、外科医は損傷を先に治療《ちりょう》してしまうのです。

EPR-CAT《イーピーアールキャット》は、人類が他の恒星系《こうせいけい》に移動《いどう》する際《さい》の人工冬眠《じんこうとうみん》からはまだ程遠《ほどとお》いものの、最初の一歩となり得《え》ます。EPR-CATはすでに犬やブタでテスト済《ず》みなので、人間にも可能《かのう》だと研究者は述《の》べています。人間にも有効《ゆうこう》ならば、この技術《ぎじゅつ》にさらに改良や変更《へんこう》を加えることによって、三時間をはるかに超《こ》える長さの冬眠が可能になると考えられます。研究が進めば、人間を何日も、何週間も、何か月も、そして何年も冬眠同様の状態《じょうたい》におくことができるようになるかもしれません。

これは価値《かち》ある研究の一つなので、きっと将来《しょうらい》の医師や科学者たちがさらに発展《はってん》させてくれるはずです。あなたもその研究をになう一人になるかもしれません。

それに、もしかしたらあなたが生きている間に、こうした技術を使って地球の外に出ていく宇宙飛行士《うちゅうひこうし》が登場するかもしれません。

デイヴィッド

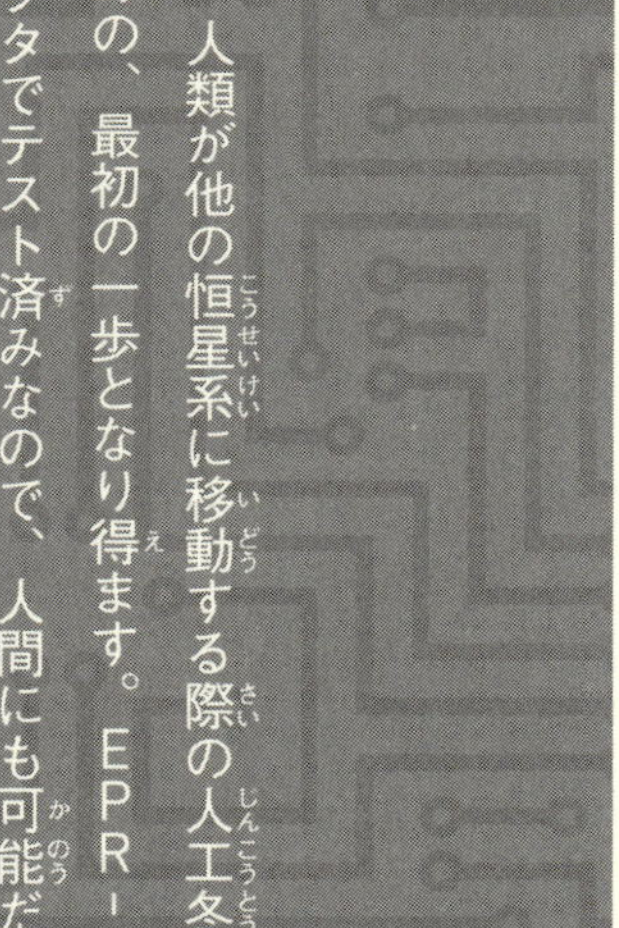

けを送ることになるのだろうか？　でも、エウロパでは長いこと人間が生きられないことはわかっているはずだ。とすると、リカ・デュールのための仕事をやり終えたときには、この「ボランティアの宇宙飛行士《うちゅう》」たちはどうなるのだろう？

アニーはとつぜん、二〇二五年の偉大《いだい》なる宇宙ミッションというのは、目をそらすためのおとりだということに気づいた。次の有人宇宙飛行は、二〇二五年よりずっと前に、だれも知らないうちに行われるのだ。発射台《はっしゃだい》にすえつけられて準備《じゅんび》が整っている宇宙船をアニーは見ていたし、コスモドローム２の職員《しょくいん》がうっかり「アルテミス」と言うのも耳にしていた。アニーが偶然《ぐうぜん》見つけた「ボランティア」というふれこみの物言わぬ人たちは、どうもそこに積みこまれるらしい、ぐずぐずしているひまはない。

すぐにミッションコントロール室に行かなければ。

ちょうどそのころ、ジョージも危険《きけん》なほど親切なロボットに連れられて、ミッションコントロール室に向かっていた。

「ワタシノゴ主人ハ、アナタニ会エテ、トテモ喜ブト思イマスヨ」ボルツマンが歩きながら興奮《こうふん》気味に話した。

「そうかな。この前会ったときは、うれしそうじゃなかったけど」ジョージはつい口にした。

「マアア、ソウイウコトモアリマスケド、アノ方ハトテモ善良《ぜんりょう》デヤサシインデス。前回ノコトデハ、アナタヲ許《ゆる》シテクダサルデショウ。誤解《ごかい》ガアッタコトヲ説明シテ、アナタガアヤマレバ、アノ方ハ喜ンデマタ友ダチニナッテクダサイマス」ボルツマンは快活《かいかつ》に言った。

「ふん」ジョージは、アリオト・メラクが会って喜ぶとも、友だちになるとも思っていなかった。それにジョージは、メラクに逆《さか》らったことを後悔《こうかい》していないので、何があろうとあやまるつもりはない。また会わなきゃならないと思っただけで気分が重くなる。アリオト・メラクをよく知っているわけではないが、きっとまだ憤慨《ふんがい》しているだろう。世界を支配《しはい》するという極悪非道《ごくあくひどう》な野望が、ふたりの子どもと古いコンピュータによって打ちくだかれたのだから。

ジョージとボルツマンだけではなく、ロボットの集団《しゅうだん》も同じほうに向かって歩いていた。そのロボットたちは、ジョージにもボルツマンにも関心を持っていないようだ。きっと環境《かんきょう》の予期せぬ変化に注意をはらうようにはプログラムされていないのだ。けれども焼けこげてひしゃげたボルツマンとちがって、銀色にぴかぴか光るロボットたちの間に、人間はひとりもいない。

ロボットしかいないのだ。

火星訓練《かせいくんれん》プログラムに参加した自分とほかの訓練生以外に、この宇宙基地《うちゅうきち》にだれか人間は残っているのだろうか？　そう思うと、ぞくっと寒気がする。子どもたちだけで、どこにいるにしろアリオト・メラクや狂暴《きょうぼう》なロボット軍団《ぐんだん》と対決しなければならないのだろうか？

「前にも、アニーとふたりだけで対決したんだ。次もできるさ。きっと」ジョージは自分に言いきかせた。

ミッションコントロール室は、コスモドローム２の施設《しせつ》のいちばん大きな中心となる建物にあるが、そこまで行くと、ジョージは足を止めた。そしてボルツマンの腕《うで》をつかむと、止まるように合図した。

「早ク行キマショウヨ。ワタシノゴ主人ニ早ク会イタクナイノデスカ？　立チドマッテナンカイナイデ！」ボルツマンが目をきらめかせた。

「いや、わくわくしてるよ」ジョージはウソをつき、理由をいそいで考えた。「だけど、できるだけいい印象を持ってもらいたいからね」

ミッションコントロール室がある建物はまるで放射性物質《ほうしゃせいぶっしつ》のかがやきのように内側から照明《しょうめい》が当たっていたが、あたりはうす暗くなってきている。それでも、ジョージはロボットのボルツマンの頬《ほお》が、うれしそうに上気したような気がした。

「カンペキ！」ボルツマンも熱心に同意した。

「思うに……」

ジョージは言《い》い訳《わけ》を思いついた。ただ、それがうまくいくかどうかはわからないが、ミッションコントロール室にまっすぐ入っていって、とんでもなく頭のおかしいアリオト・メラクにつかまるのは、どう考えてもまずい。それよりは、どんな策《さく》でもないよりはましだ。

「ぼくは、まず会う前にメラクが何を考えてるか知りたいんだよ。そうしたら、ちゃんとした話ができるからね。じゃないと、いちいち説明してもらわなくちゃならないから、バカだと思われるよ」

ロボットのボルツマンが眉《まゆ》をひそめた。心配しているらしい。

「ミッションコントロール室には、こっちからはメラクが見えて、向こうからは見えない場所があるかな。あいさつする前に、メラクがほかのロボットたちに何を話しているか聞いておきたいんだ」

そう言って、うまくいくようにとボルツマンを見た。

おおいにホッとしたことに、ボルツマンの表情《ひょうじょう》が明るくなった。

「中二階《かい》ニばるこにーガアリマス！　ばるこにーニオ連レシマショウ。ソコカラダト、スバラシイゴ主人ヤみっしょんこんとろーる室ノ一階ノ様子ガヨク見エマス。ソレデイカガデスカ？」

ボルツマンが自分のプログラミングに忠実《ちゅうじつ》にしたがって親切にしようとするので、ジョージはだますのがつらくなった。

〈ボルツマンはただのロボットだ。生きているわけじゃない。ほんとうの感情は持ってないんだから、心が傷《きず》つくこともないんだ〉

と、ジョージは自分にきびしく言いきかせた。それでも、ボルツマンのひしゃげたむじゃきなロボット顔を見ると、心を鬼《おに》にしてだますのはむずかしい。機械とやりとりしているのだと割《わ》りきるしかない。ボルツマンは、ちょうど人間と人間ではないもの、つまり人間と機械を分ける境界線上《きょうかいせんじょう》にいるのだとジョージは思った。だから、どういう対応《たいおう》をすればいいかが、ジョージにはよくわからない。ボルツマンは、テクノロジーによって機械の部品から作られてはいるが知覚《ちかく》することができ、人間の感情を持っているようにも思える。ジョージはぶるっと体をふるわせて、冷静さをとりもどした。今は、感情を持った機械をどうあつかうべきかで悩《なや》んでいる場合ではない。ジョージは返事をした。

「かんぺきだよ。だれよりもやさしいロボットのボルツマン、そこへ連れてってもらえないか」

17

ミッションコントロール室全体が見渡《みわた》せるバルコニーからは、最初の日と同じように、たくさんならんだコンピュータ・モニターや、壁《かべ》を埋《う》めるいくつものスクリーンが見えた。

でも今回は、コンピュータやスクリーンはどれも同じ場所に同じように置いてあるものの、雰囲《ふんい》気《き》がずいぶんちがっていた。初回と同じように大勢《おおぜい》がつめかけてはいるが、興奮《こうふん》した子どもたちも、おしゃべりしている親もいない。そわそわしながらの満足感も、わくわくした喜びもない。単調にくり返される呼《よ》びだし信号と、定位置《ていいち》につくロボットのガチャガチャという音しか聞こえない。

ジョージがバルコニーの手すりからのぞくと、懸念《けねん》していたとおりだということがわかった。下で動きまわっているのはすべてロボットで、その中に人間はひとりもいない。そしてそのロボットたちは、ぼろぼろになった哀《あわ》れなボルツマンのような、フレンドリーで人間にやさしいロボットではなかった。前に月で出会ったことのあるロボットみたいな、光沢《こうたく》のあるたくましいロボットだ。あれと同じ型で同じように製造《せいぞう》されたのだろう。ジョージは息をひそめていた。ロボットが革命《かくめい》を起こして、コスモドローム2は乗っとられてしまったのだろうか？　それは、エリックがとつぜん妙《みょう》な理由で退職《たいしょく》させられたこととも関係しているのだろうか？

そうでないことは、すぐにわかった。人間がひとり、魔法《まほう》でも使ったようにミッションコントロール室の中央にあらわれたからだ。大きなスクリーンの下に立っているが、そのスクリーンは、ジョージが前に見たのとはまったくちがう画像《がぞう》を映《うつ》していた。初日には、金星の火山から冥王星《めいおうせい》の窒《ちっ》素《そ》の氷河《ひょうが》まで、スクリーンには宇宙《うちゅう》のさまざまな様相《ようそう》が映っていた。エウロパを映していたのは一つだけだった。今は、すべてのスクリーンが同じものを映している。それは、奇妙《きみょう》なうすい青緑色の世界だが、濃《こ》い液体《えきたい》を通して見ているように、うすい光があたり一面に広がっている。

エウロパの内側だろうか？　でも、ボルツマンが曲がった金属《きんぞく》の指でつついたので、それがどこかを考えているひまはなかった。

「ホラ、ワタシノゴ主人デスヨ。ありおと・めらくデス」ボルツマンはうきうきしている。

ジョージはバルコニーの手すりごしに、よく見てみた。そこにいるのは、今はおなじみの小柄《こがら》な人物だ。すべてのロボットが反射的《はんしゃてき》にそっちを向いて、次の命令を待っている。あきらかにその人物がここの責任者《せきにんしゃ》だ。

「だけど……」

ジョージはその人物を知っていた。でも、目が語っている情報《じょうほう》と、ボルツマンが伝えている情報が一致《いっち》しない。ジョージは、キツネにつままれたみたいな気がした。

「わからないな。アリオト・メラクはどこにいるの？　ぼくには見えないよ」

「人間ノ目ガ、ソンナニ不完全トハ思エマセンガ。今ノワタシハ、アナタノコトヲ気ヅカッテ、親切ナ言イ方ヲシテイマスケド。ワタシノゴ主人ガ見エナイナンテ、アリエマセン。ホラ、アソコニ、マン中ニイルデショウ」

「あの、まん中にいる……人物が？」ジョージはゆっくりと言った。「ミッションコントロール室の中央に立っているあの人物が、アリオト・メラクだって？」

ボルツマンは、疑念《ぎねん》をはさまれて、ちょっと気を悪くしたらしい。

「モチロンデストモ。ワタシニハ嘘《うそ》ヲ言ウ装置《そうち》ガ備《そな》ワッテイナイノデス。デモ、納得《なっとく》デキナイト言ウナラ、ゴ主人ヲ呼《よ》ビマショウカ？」

「やめて」ジョージはあせって小声で言った。

下にいる人物がジョージに注意を向けたら、面倒《めんどう》なことになる。

「きみはきっと正しいんだと思うよ。でも、そんなはずないんだ。あれは、アリオト・メラクじゃない。あれはリカ・デュールなんだから……」

ジョージがバルコニーからミッションコントロール室をながめていたころ、アニーも下のほうから同じ場所に近づいていた。来た道を引き返そうと思っていたのに、とちゅうでまちがった角を曲がってしまったらしい。いくつかのうす暗いトンネルがつながりあっているところに出てしまった。

レンガが崩《くず》れ、湿《しめ》った壁《かべ》や天井《てんじょう》のあちこちに緑色の苔《こけ》のような藻《も》が生えているし、壁と壁の間に大きなクモの巣《す》が張《は》られているのを見ると、ずいぶん昔《むかし》につくられた地下道らしい。アニーはそんな地下道の一つに入りこみ、うすい膜《まく》のようなクモの巣にからまって、口や髪《かみ》からそれを外そうともがいていた。勇気《ゆうき》を出して前に進んでいくものの、どこにつながっているのかはさっぱりわからない。行く手《て》を照らすのは、リオニアから借りた腕時計《うでどけい》が発するかすかな光だけだ。それにしても、どうしてコスモドローム２の下にこんなに汚《きたな》い地下道ができているのだろう？　アニーはぬかるんだところを歩きながら、いぶかった。

そのとき、だれかが早足で駆《か》けてくる足音が聞こえた。背後《はいご》から足音が追いかけてくる。アニーは怖《こわ》くなり、先へと走った。でも、地下の空間では音が妙《みょう》に響《ひび》くのか、今度は前から足音が聞こえてきた。アニーはいそいであともどりしようとして、走ってきただれかとぶつかった……。

一方ジョージのほうは、その場を動けなかった。下に立っているのはどう見てもリカ・デュールだ。ぴったりした青い飛行服を身にまとい、ブロンドの髪《かみ》をきれいに波打たせ、くちびるをまっ赤にぬって、相変わらず自信たっぷりで、つんとすましている。ミッションコントロール室にいる人間は、リカひとりだけだ。でも、ボルツマンの顔にうっとりとした忠誠《ちゅうせい》の表情《ひょうじょう》があらわれているところを見ると、ボルツマンのそばにご主人がいるのはあきらかだ。ジョージには、アリオト・メラクの姿《すがた》が見えない。メラクは、見えなくなる方法を修得《しゅうとく》したのだろうか。それとも、自分の粒子《りゅうし》を切りはなすことができるようになり、今は人間の形ではなく、宙《ちゅう》に浮《う》かぶことができるようになったのだろうか？　どういうことなのだろう？

「友人、ロボット、地域《ちいき》住民のみなさん」リカが言った。この瞬間《しゅんかん》を楽しんでいるらしい。聴衆《ちょうしゅう》のロボットたちは、ボルツマンと同じようにわくわくしているようだ。

「わたしたちは、地球という惑星《わくせい》の物語の中でも、最も偉大《いだい》な瞬間に立ち会おうとしています。もうすぐ信じられないような偉業《いぎょう》が達成されることになります。大きな影響《えいきょう》を持つ革新的《かくしんてき》な偉業です。今、とうとうその時がやって来たのです、みなさん。そして、それを担《にな》うのは、このわたしたちなのです」

ジョージは、なぜリカはわざわざこんなロボットたちを相手に話しているのだろうと不思議に思った。でもすぐに、リカの頭のまわりにも、ミッションコントロール室全体にも、カメラをつけた小さなドローンが飛びまわっているのに気づいた。チャレンジの最中に訓練生《くんれんせい》をチェックしていたのと同じドローンだ。どうりでその晩《ばん》は、コスモドローム2にはドローンがやたらに少なかった。リカがここにドローンをすべて呼《よ》びあつめて、どの角度からも自分の演説《えんぜつ》をくわしく記録させているのだろう。そうか！　リカは自分の動画を撮影《さつえい》しているのだ。これはリカの偉大なる瞬間で、演説はじつはロボットたちに向けられたものではない。未来の視聴者《しちょうしゃ》に向けた動画なのだ。

リカは続けた。

「はるかかなたでは、わたしたちはすでに太陽系《たいようけい》の中にある衛星《えいせい》の海から生命体をとりだそうとしています。その場所で生命体が見つかる可能性《かのうせい》が非常《ひじょう》に高いことは、もうわかっているのです」

ジョージはおどろきに目を丸くして、壁《かべ》のスクリーンに、見たことのある光景が映《うつ》るのをながめていた。見渡《みわた》すかぎり遠くまで広がる氷の表面のような場所でロボットが働いている画像《がぞう》だ。ただし氷には大きな穴《あな》がいくつもあいている。この奇妙《きみょう》で不思議な世界の氷の下には黒っぽい液体《えきたい》があり、ロボットたちはそこで釣《つ》りをしているらしい。カメラが近寄《ちかよ》っていくと、ロボットたちが氷の上に新たな穴をさらにいくつかあけていて、しかもそのうちの一つを大きくしようとしているのが、ジョージにもわかった。

リカ・デュールは未来の視聴者《しちょうしゃ》に向かって説明を続けた。

「ということは、今やわたしたちはアルテミス計画の第二段階《だんかい》を始められるということになります。残念なことに、今のところ地球には広範《こうはん》に無知がはびこっており、わたしはこの秘密《ひみつ》のミッションの偉大な解説《かいせつ》をライブで流すことはできません」

「アルテミス計画だって！　ぼくたちが思ってたとおりだ！」ジョージはつぶやいた。

リカが続ける。

「課題《かだい》の多くは、無知なおろかものにじゃまされることなくアルテミス計画を遂行《すいこう》することでした。遅《おく》れや妨害《ぼうがい》なしに続けていく必要がありました。先見的なわたしのマスタープランが妨害されることは、なんとしても食い止めなければなりません。わたしのやり方に倫理観《りんりかん》や委員会をもって反対する平凡《へいぼん》な科学者を追いはらわなければ、この計画は承認《しょうにん》されなかったでしょう。

しかしわたしは勝利し、コスモドローム2はわたしのものになりました。わたしは人間という積み荷《に》をのせた船をエウロパに送りだし、仮《かり》の居住《きょじゅう》空間を設営《せつえい》します。人間たちは、木星の衛星《えいせい》であるこの最もすばらしい場所で、生命体の存在《そんざい》を調査《ちょうさ》するロボットを手助けします。そのうちの何人かは、サバイバルの能力《のうりょく》を持っており、ミッションが経過《けいか》するころには、ピークの年齢《ねんれい》に達しているでしょう。こうした才気《さいき》あふれる若《わか》い宇宙飛行士《うちゅうひこうし》たちは、わたしが船に積みこんだミッションの課題や実験をやりとげることができるでしょう。それが不可能《ふかのう》な場合も考えて、わたしは予備《よび》のモデルをすでに送りこんであります。

エウロパで生命の起源《きげん》を探《さぐ》る計画は、なにものにも止められません。なぜならわたしたちが真にこの現象を理解《りかい》できれば、生命そのものがどうやって始まったかを知ることになります。そしてどうやって生命が始まったかを知ったならば、自分たちで真正の生命体をつくることができるようになるのです。わたしは、みなさんに生命をあたえることができます。そうなれば、ロボットにも命があたえられるでしょう。わたしの忠実《ちゅうじつ》な召使《めしつか》いであり勇敢《ゆうかん》な軍隊であるロボットのみなさんたちも、わたしに命をもらって、生きた存在となります。わたしはロボットのみなさんをエウロパに送り、そこではみなさんをわたしの〈人間の〉召使《めしつか》いがリアルな存在にしてくれるでしょう」

ロボットたちが拍手喝采《はくしゅかっさい》した。ガチャガチャ音を立てる金属《きんぞく》のロボットは、生命のある存在に早くなりたいと思っているらしい。

リカはさらに解説を続ける。

「異星《いせい》の生命体は、宇宙と地球の両方で生命が始まった過程《かてい》を理解するのに役立つでしょう。そしてそれがわかったあかつきには、わたしたちは地球を支配《しはい》するでしょう。この惑星《わくせい》が丸ごとわたしたちのものになるでしょう。太陽系《たいようけい》の中で生命を宿すのが最も適《てき》している惑星を、わたしたちは所有することになるのです。水の多い惑星であるこの地球はわたしたちのものになります。そして木星の青い衛星と呼ばれるエウロパというもう一つの重要な天体も、わたしたちのものになります。そこでとどまる必要はありません。どんな惑星でも選んで、自分たちのものにすることができます。火星が、次の目標になるでしょう。このようにして、ほかの宇宙機関やほかの国が、ようやく地球以外の惑星や衛星にミッションを送るころには、なんと、どうでしょう！　わたしたちのほうが先にそこにもミッションを送りこんでいるのです。彼らが宇宙船からとびおりてみれば、そこにはわたしのロボ人間や人間ボットがすでにいたとわかる。なんともゆかいなショックではありませんか!?」

リカの言葉には心底ぞっとしたのだが、ジョージは別のことにも気づいた。リカの声がだんだん低くなっていったのだ。ジョージはボルツマンを見やって、どういうことなのか説明をしてほしいと思った。太陽系《たいようけい》を旅していって二度と帰れないのは、だれなのか？　アルテミス計画とは、なんなのか？　リカが話したことはどういう意味なのか？　アリオト・メラクはどこにいるのか？

ジョージがボルツマンに質問《しつもん》をしようとしたとき、恐《おそ》ろしいことが起こった。下の階《かい》を飛びまわっていたドローン・カメラが、中二階で動きがあるのを察《さっ》したらしい。

ジョージの目の前にドローン・カメラがあらわれた。そいつは、口をぽかんとあけたジョージの顔の映像《えいぞう》をすぐにミッションコントロール室のすべてのスクリーンに映《うつ》しだした。映像が、太陽系《たいようけい》の中にある氷の衛星《えいせい》の光景から、とつぜん大写しのジョージの顔に切りかわった。それを見てショックを受けたのは、ジョージだけではない。中央にいたリカはとつぜん話をやめ、身の毛がよだつようなかなきり声をあげた。続いて、大きな声があがった。

「あいつをつかまえろ！」

18

地下道にいたアニーは、悲鳴をあげようとしたが、後ろにいた人物のほうが早かった。手がのびてきてアニーの口をふさいだのだ。知っている声が聞こえた。

「アニー！　あたしよ、リオよ！　声をあげないで」

アニーはほっとして緊張《きんちょう》をほどいた。つかまったわけではなかったのだ。リオニアがアニーの口から手を離《はな》すと、アニーはふりむいてチームメイトと顔を見合わせた。でも、リオニアはここで何をしているのだろう？　どうやってアニーを見つけたのだろう？

アニーの思いを読んだように、リオニアは自分の手にも、アニーに貸《か》したのと同じような腕時計《うでどけい》がはまっているのを見せた。

「この腕時計には、追跡装置《ついせきそうち》もついてるの。いつまでたっても帰ってこないから、あとを追ってくことにしたのよ」

「二つ同じ時計を持ってるなんて言わなかったじゃない」アニーは、ようやく落ちつきをとりもどして文句《もんく》を言った。

「だって、アニーを信用していいかどうかわからなかったんだもの」リオニアが冷静に言った。

「まあ、すばらしいこと！」アニーは皮肉《ひにく》を言った。

でも、アニーだってリオニアについて同じように考えていたのだ。

「でも、飛行機をがんばって着陸させたとき、いい人だってわかったの」リオニアは、闇《やみ》の中でほほえみながら言った。

「そりゃどうも。でも、あたしも同じように思ったの。リオは信用できるって」アニーも打ちあけた。

「それで、ここは、どうなってるの？　何かわかったことがあるの？」リオニアがたずねる。

「どこかおかしいのはわかってる。だってどんな訓練《くんれん》キャンプだって、子どもに飛行機は操縦《そうじゅう》させないでしょ」

「たしかに。でも、おもしろかったから、それもよかったかも？」と、リオニア。

「ええっ、まさか！」

アニーは、リオニアがこれほど軽い性格《せいかく》だとは思っていなかった。

「ジョークよ」

「わあ、ずいぶんジョークを言えるようになったんだね」

「なんか楽しくて。前はそう思ってなかったんだけど……。それに、あの歌とダンスもね……」

「それはともかくとして」と、アニーがきっぱりと言った。「あたし、だれかが泣いている声を聞いて、見にいったの。でも、それは罠《わな》だったみたい。夜ふらふら出歩いている者をつかまえるためのね。ロボット警備員《けいびいん》が出てきて、泣き声を探《さぐ》りにきた訓練生の女の子をつかまえたのよ」

「今晩《こんばん》はロボットたちがそこらじゅうにいるのよ」リオニアは身ぶるいした。「この宇宙施設《うちゅうしせつ》には、人間のスタッフは残ってないみたい。ロボットはつかまえた子をどこに連れてったのかな?」

アニーが推測《すいそく》で答えた。

「地下のトンネルのどこかじゃないかな。ところで、ここはどこなんだろう?」

「知らないの?」リオニアはびっくりしたみたいだ。「コスモドローム2は、戦時中武器《ぶき》工場だった跡地《あとち》に建てられたの。この地下道は、工員《こういん》たちが爆撃《ばくげき》されずに動きまわれるように造《つく》られたのよ。だから当時ここは秘密《ひみつ》の場所で、『機密あつかい』になってたの。戦争が終わっても、この場所は秘密のままで……」

「だから地図にのってないんだね。地下をどう行けばどこに出るかわかる?」とアニー。

リオニアは、ふふふんと笑《わら》うと続けた。

「技術的《ぎじゅつてき》にはわからないけど、わたしは生まれつき空間認識《にんしき》が得意なの。行ったことのないところでも、どう行ったらいいかわかっちゃうのよ」

「まるで衛星《えいせい》ナビシステムをのみこんでるみたいだね」

「まあ、そんな感じよ。で、どこに行きたいの？」

「ミッションコントロールの建物よ。何がどうなってるかを探《さぐ》ろうとしたら、そこがいちばんだと思うの。それに、ジョージもそこにいるんじゃないかな」と、アニー。

リオニアは、言葉どおりに方向感覚がさえていた。アニーの先に立って忍《しの》び足で湿《しめ》ったくさい地下のトンネルを進んで行き、なんとなく出口がわかるらしく、別のろうかに出た。そこはミッションコントロール室のある建物だった。

「それから？」ろうかに立ったリオニアがたずねた。

コントロール室の中央の吹《ふ》きぬけから何か音が聞こえてくる。

「今行ったら、何かやってるところに出ちゃうね。そうだ！」

アニーはジョージと夜に会ったときのことを思いだした。中央コンコースの片側《かたがわ》には事務室《じむしつ》がならんでいた。

「こっちよ！」アニーは先に立って歩きだした。

今回は、エリックが使っていたオフィスのドアをアニーが押《お》すと、すぐにあいた。中は暗くて寒い。部屋のまん中には机《つくえ》があるが、その上には書類も、本も、古いティーカップも、科学者としての長いキャリアの間にエリックがもらったおかしな形の賞品《しょうひん》ももう置かれてはいない。黒板はまだあって、エリックが宇宙《うちゅう》の成り立ちについて話したときにチョークで書いた数式の走り書きが残っている。でも、それ以外のものはみんな消えていた。家の書斎《しょさい》と同じように、エリックの持ち物はすべてどこかに運びだされてしまっている。

アニーは部屋の中に立って、考えこんだ。ここには何か手がかりがあるにちがいない。戸棚《とだな》をあけてみたが、残念ながら空っぽだった。

「何を探《さが》してるの？」小声でリオニアがきいた。

「なんでも」

「こんなもの？」

リオニアが銀色のノートパソコンを見せた。

「わーお！　どこで見つけたの？」と、アニー。

「ここにあったのよ」と、リオニアは本棚を指さした。

「わーお、これは……」アニーが電源《でんげん》ボタンを押すと、すでに起動されているのがわかった。

「ヨウヤクデスネ」

リオニアは、コンピュータが話すのを聞いてとびあがった。

「アトドレクライカカルノカト、心配シテイマシタヨ」

「えっ？」

「めっせーじヲ送ッタデショウ。マア、少ナクトモ一通ハネ」と、コスモスが言った。

「あたし、電話をとりあげられてるの。タブレットもよ。ネットにもアクセスできないの」

「ワカッテマスヨ。ワタシハ世界一賢《かしこ》イこんぴゅーたデスカラネ。少ナクトモコノ間マデハネ。最近ワタシノ能力《のうりょく》ガゴソットだうんろーどサレテ、性能《せいのう》ガ落チテシマイマシタガネ。デモ、チャントソレ以外ノ手段《しゅだん》デ送リマシタヨ。ジャナイト、消エテシマイマスカラネ」

「どうやって送ったの？　どこ宛《あ》てに？」と、アニー。

「『家族カラノ』めっせーじトシテ送リマシタ。アナタガ宇宙《うちゅう》きゃんぷデ訓練《くんれん》ヲ受ケテイルトキニネ」と、コスモス。

「ああ、そうか！」アニーは、ポケットを探《さぐ》り、しわくちゃになった紙切れをとりだした。「これだ！」それからコスモスが今言ったことが気になって、きいた。

「ダウンロードされて、性能が落ちたって、どういうこと？」

「ワタシハモウこすもすデハアリマセン」

「もちろんあなたはコスモスよ。だってここに、あたしが六年生のときに貼《は》ったフラワーパワーのステッカーがちゃんとあるもの」

「技術的《ぎじゅつてき》ニ言ウト、ワタシノはーどうぇあハ、モトノママデス。シカシ、アナタノ尊敬《そんけい》スベキオ父サマト同ジヨウニ、ワタシモ引退《いんたい》シタノデス。技術革新《ぎじゅつかくしん》ノ波《なみ》ニ押《お》サレテ。ダカラワタシハモウこすもすデハナイノデス」

「わからないな。どうして電源《でんげん》が入ったままここにいて、コスモスなのにコスモスじゃないって言ってるわけ？　もしあなたがコスモスじゃないなら、いったい何になったの？　で、コスモスはどこにいるの?」アニーはめんくらっていた。

「今ハ『新こすもす』ガ存在《そんざい》シテイマス」偉大《いだい》で貴重《きちょう》なコンピュータは、軽蔑《けいべつ》するように言った。「シカシ、ワタシニトッテカワリ、『こすもす』トイウ名誉《めいよ》ノ称号《しょうごう》ヲ受ケタノハ……タダノたぶれっとデス。『こすもす』ノ遺産《いさん》ヲ引キ継《つ》イダトイッテモ、成リ上ガリ者ニフサワシク、記憶装置《きおくそうち》モナケレバ運用能力モ貧弱《ひんじゃく》ナ、バカバカシイモノデス」

アニーたちの目の前に今あるコンピュータは、コンピュータの歴史の中でいくつかつくられたコスモス・モデルの最新版《さいしんばん》だ。最初のコスモスはとても大きくて、エリックが前に教授《きょうじゅ》を務《つと》めていた大学の建物の地下全体を占領《せんりょう》している。時とともにコスモスは洗練《せんれん》されて、サイズも小さくなり、ふつうのノートパソコンと変わらない大きさにまで到達《とうたつ》したのだ。でも、アニーがよく知っているように、コスモスはふつうのノートパソコンではない。

「心配ハゴ無用デス。たぶれっとノこすもすナンカニ大シタコトハデキヤシマセン」コスモス、というかアニーがいつもコスモスだと思ってきたコンピュータは、皮肉《ひにく》っぽく言った。

「タブレットのコスモスは、人間を宇宙《うちゅう》に連れていける?」アニーがきいた。

「理論的《りろんてき》ニハ可能《かのう》デスガ、実際《じっさい》ハデキマセン。ダカラ、アノタワケモノハ怒《おこ》ッテルンデス」コスモスはあざ笑《わら》いを浮《う》かべた。

「たわけものって?」と、アニーはきいたが、見当はついていた。

「りかデスヨ」と吐《は》きだすようにコスモスが言う。「科学者《かがくしゃ》ノフリヲシテ、えりっくヲ退職《たいしょく》サセ、ワタシノおぺれーてぃんぐしすてむヲ自分ノ『こすもす』ニ移行《いこう》サセヨウトシテ、ワタシヲ不安定ナ状態《じょうたい》ニシタヤツデス。りかハサッキココニヤッテキテ、宇宙《うちゅう》ヘノ扉《とびら》ヲアケサセヨウトシマシタ」

「科学者のふりって、どういう意味？　リカはちゃんとした科学者でしょう。すぐれた才能《さいのう》もあるし」

「フン、タシカニ本物ノりか・でゅーるハ、トテモスグレタ科学者デス。シカシ、アナタタチガ見タ人物ハ、ホントウノりか・でゅーる教授《きょうじゅ》デショウカ？」

リオニアが口をはさんだ。

「でも、リカ・デュールに見えたけど。少なくとも、ネットで写真を見たことがあるリカ・デュールにはそっくりだけどな」

「あれは、別人なの？」アニーがたずねた。だから自分はだんだんリカが嫌《きら》いになったのだろうか？「あれは、リカのそっくりさんなの？」

「だったら、あれはだれなの？　なんのためになり代わってるの？」リオニアはびっくりしてきいた。

アニーは、ぞくぞくと寒気《さむけ》がしてきた。

「で、そいつがここに来て、宇宙への扉をあけさせようとしたって？」

「ソウデス」コスモスがつぶやいた。

アニーはログをチェックして手がかりを探《さが》した。すると「アクセスが拒否《きょひ》されました」という赤いバーが何度もあらわれた。

「だったらリカを宇宙《うちゅう》に送ったりはしてないのよね」と、スクリーンにあらわれる記号を読みとりながらアニーが言った。「なるほど、リカがやってきて、あなたに宇宙への扉をあけさせようとして、それからとびだしていった。電源《でんげん》は入れたままで……」

「シカシ、グズグズシテハイラレマセンヨ」スーパーコンピュータが、あせったような声で言う。

「どうして?」リオニアがきいた。人間のように複雑《ふくざつ》な会話をするコンピュータを見たショックからもう立ち直っている。

「りかガ、宇宙ヘノ扉ヲワタシニ開イテモライタガッタノハ、アイツガ自分デ開発シタばーじょんニ欠陥《けっかん》ガアッタカラデス」

「それで? もしあの人が機能《きのう》しないポータルで宇宙に行こうとしてるとしても、あたしたちには関係ないでしょ?」と、アニー。

「りかハ、ろぼっとヲ宇宙ニ送ルノニハ別ノ方法ヲ使ッテイマス。あにーガ知ッテイル、こんぴゅーたデ扉ヲツクル方法デハナク、量子《りょうし》てれぽーてーしょんノ方法ヲ使ッテ。アノ人ハ、ろぼっとノ情報《じょうほう》ヲ、たぶれっとノこすもすニヨッテ量子化サレタ原子ニ、前モッテ記録サセテオイタ。ソシテ今ハ、ソレヲ有機物《ゆうきぶつ》ト混《ま》ゼ合ワセルコトデ異星《いせい》ノＤＮＡノ複製《ふくせい》ヲツクロウトシテイマス……」

「だったら、それが生きている存在《そんざい》にも有効《ゆうこう》かどうかを見たいのね」アニーは、その不吉《ふきつ》な事実に打ちのめされそうになりながら、言った。

そこにだれかいますか？

宇宙《うちゅう》を理解《りかい》するには、原子について知らなければなりません。またそれらを結びつけている力や、空間と時間の形状《けいじょう》、星の誕生《たんじょう》や死、銀河《ぎんが》のダンスについても知らなくてはならないでしょう。そしてブラックホールの秘密《ひみつ》についても……。

しかしそれだけでは十分ではありません。こうした知識《ちしき》だけでは、すべてを説明できないのです。そうした知識は恒星《こうせい》からの光を説明できます。しかし、地球がかがやき放つ光を説明はできないのです。

地球からの光を理解するには、生命体の暮《く》らしについて知らなくてはなりません。そして知的な精神《せいしん》についても。

私《わたし》たちが発する光をひょっとしたら宇宙のどこかから知的生命体が観察していて、この光が何かということにも気づいているかもしれません。

それとも、私たちが発する光はほかに生命体のいない宇宙をさまよっているのでしょうか？　だとすると、地球という一つの岩の上には生命体が存在することを告げる光は、だれにも見てもらえないことになります。

いずれにしろ、これはきわめて大きな疑問《ぎもん》です。そろそろ私たちは、地球の外にいる生命体を探《さが》しだして、その答えを見つけなくてはなりません。

私たちは知的生命体なのです。

だからこそ、知る必要があります。

スティーヴン

「ソノトオリデス。アイツハ太陽系《たいようけい》ノ別ノ場所カラノ生命体ヲ持チ帰ロウトシテイマス……」

「生命体！　太陽系の？　でも、まだどこにも見つかってないでしょ」と、リオニア。

「マダハッキリハワカラナイノデス That's as maybe…」コスモスが暗い声で言った。「ソレニ、アイツハ、量子《りょうし》てれぽーてーしょんヲ使ッテ、人間トイウ形ノ生命体ヲココカラ宇宙《うちゅう》ヘト送ロウトシテイマス」

「でも、自分は量子テレポーテーションで移動《いどう》したくはないのよね」と、だんだんわかってきたアニーが言った。「だから、あなたかタブレットのコスモスを使って（ここでコスモスは、フンと鼻を鳴らした）、宇宙に行こうと思ったのね。その一方で、ほかの人を量子コンピュータとかいうもので送りこもうとしている。そういうこと？」

「イツモナガラ正シイ推測《すいそく》デス」と、コスモス。「ダケド、イソガナイト。量子てれぽーてーしょんガ今ニモ始マロウトシテイマス。ソシテ、コチラカラ出発スルノハ、マア単純《たんじゅん》ナノデスガ、帰ッテクルノハキワメテ危険《きけん》ニナル可能性《かのうせい》ガアリマス。ソレニモシ、異星《いせい》ノ生命体ノ分子《ぶんし》ガナンノ対策《たいさく》モナクヤッテクルト、コノ地球ニ暮《く》ラス人類《じんるい》スベテガ危険《きけん》ニサラサレマス」

「わーお！」と、アニー。「だけど、宇宙に送られるのはだれなの？　そしてどこに送られるの？」

「アイツハ、今ゴロハ、モウピッタリノ被験者《ひけんしゃ》ヲ見ツケテルンジャナイカト思イマス」コスモスが答えて、光線を放った。宇宙への扉《とびら》を描《えが》くのに使われる光線だ。

扉《とびら》の形があらわれると、リオニアの口があんぐりとあいた。最初はゆらめく光で描かれていた線が、すぐにしっかりした実際《じっさい》の戸口の形になる。扉がバタンと開き、その向こうには、霧《きり》が渦巻《うずま》く水色の世界が広がっていた。どこまでも続く氷の世界だ。リオニアは、自分が見ているものにわくわくしながら立っていると、銀色の目に、凍《こお》った風景のぶきみなかがやきが映《うつ》った。

アニーのほうが、目の前の光景を理解《りかい》するのがずっと早かった。

「コスモス」アニーはあわてていた。「表面で動いているものが見えるけど、ここはエウロパでしょう？　それに、ライトも。何が起こってるの？」

遠くの大きな丸い穴《あな》のまわりにキャンプ地みたいなものが見える。うごめいているものたちは、目的を持っているように思える。加熱機《かねつき》のようなものを持っているものは、それを熱い氷の表層《ひょうそう》に押《お》しつけている。

返事をするかわりにコスモスは戸口を少し近づけたので、アニーとリオニアははっきり見えるようになった。

「みんな何をしてるの？」アニーがたずねながら、目を細めてよく見ようとした。

「穴を掘《ほ》っているのよ。ほら、イヌイットたちが北極圏《ほっきょくけん》で釣《つ》りをするときの穴みたい」横にいたリオニアが言った。

「ほんとね。リオ、あそこで釣りをしてるんじゃないかな。氷の表層の下にある海から、異星生物《いせいせいぶつ》を釣りあげようとしてるのよ……」アニーが小声で言った。

「エウロパでね。あれはコスモドローム2にいたロボットたちと同じやつだね。水面下にいる生命

「『アルテミス』でやってくる人間が調査《ちょうさ》するためのサンプルを集めてるんだね！」

とアニーは額《ひたい》をたたいて言った。

「よくわからないな」自分がこんな言葉を言うなんて信じられないと思いながら、リオニアが言った。「さっきリカは、量子《りょうし》トランスポーテーションを使って生命体を持ってこようとしてるって、言ったんだと思ったけど」

「そうだけど、リカはたぶんうまくいかないと思ってるのよ。自分が思ったようにはいかないってわかってるんだ。だから、『アルテミス』って名づけたバックアップ計画を考えついたのよ。『アルテミス』は、エウロパで生命体を見つける超極秘《ちょうごくひ》の計画なんだろうけど、それだけじゃないのよ。発射台《はっしゃだい》で打ち上げを待っている宇宙船《うちゅうせん》も、『アルテミス』っていう名前なんだ。たぶんリカは、ロボットを使ってエウロパで生命体を見つけようとしてるけど、同時に、自然な生息環境《せいそくかんきょう》でその生命体を研究する人間も必要としてるの。それにリカは、自分の宇宙ポータル装置《そうち》には欠陥《けっかん》があると思ってるから、昔《むかし》ながらの方法で宇宙船も打ち上げようとしてるのよ」

「エウロパに？」リオニアが言った。

「そこまではピンときたんだけど、だれを送りこもうとしてるのかな？　どうも、送りこもうとしてるのは……あたしたちなんじゃないかな」

「わたしたちを？」と、リオニア。「だけど、わたしたちは火星に行くんでしょ。今じゃなくて、まだ先のことだけど。だから、ここに集められて、訓練《くんれん》を受けてるんじゃないの」

「あたしは、宇宙キャンプっていうのは、賢《かしこ》い子どもたちを訓練プログラムに集めるための目くらましだと思うの」

「ふーん、悪賢《わるがしこ》い計画ね。成績優秀者《せいせきゆうしゅうしゃ》をいっぱい集めて、夏の間宇宙飛行の訓練をさせてたんだね」

リオニアがつぶやいた。

「世界でもっとも利口《りこう》な子どもたちを見つけようとしたんだ。ほかの惑星《わくせい》でも生きのびることができそうな子たちをね。それで、その子たちを送ろうとしてる……」

「アイツハ、アナタタチミタイナ若《わか》イ人ハ、新シイてくのろじーヲウマクアツカエルト信ジテイマス。ワタシノヨウナスグレタてくのろじーヲ知ラナイデ育ッタ連中ジャナクテ、『でじたる世代』ガホシインデス」コスモスはそう言うと、フンというような音を出した。「アキラカニ、アナタタチノホウガ危険《きけん》ナ状況《じょうきょう》ニ早ク対応《たいおう》デキマスカラネ。こんぴゅーたげーむニ使ワレテイルばーちゃる・りありてぃニナジンデイレバ、ナオサラデス。タシカ、最近ばーちゃる・りありてぃノへっどせっとヲ使ウ課題ガアッタンジャナイデスカ……」

「だったら、リカは子どもたちを、人工冬眠《じんこうとうみん》させた予備《よび》の人間たちといっしょに宇宙船で送りこもうとしてるのね」アニーは、けわしい顔で口をはさんだ。リオニアの眉《まゆ》がぴくっと上がった。「生きた宇宙飛行士《うちゅうひこうし》が失敗した場合にそなえてのことよ。あとで説明するね」

アニーが話している間に、リオニアは野営地《やえいち》のとなりに幽霊《ゆうれい》のような姿《すがた》が浮《う》かびあがってくるのを見た。アニーは、リオニアが悲鳴をあげないように口をおさえた。それは、ロボットではなく、あきらかに人間だった。ふたりが見ているうちに、その姿《すがた》はだんだんはっきりしてきて、エウロパにちゃんと立つようになった。氷にあけたいちばん大きな穴《あな》の向こう側の、ロボットが工事をしている野営地《やえいち》のとなりだ。宇宙服《うちゅうふく》を着ていたが、アニーが地球でも宇宙でも何度も見たことのある人物にちがいない。

「ウソー!」静かにしなくてはいけないのを忘《わす》れて、アニーはさけんだ。「ジョージだ!」

19

「出て行ってジョージを助けないと」アニーがあわてて言った。「宇宙服《うちゅうふく》がいるね。コスモス、どこにあるかな？」

「アナタガタハ世界一大キイ宇宙施設《しせつ》ニイルノデスヨ。宇宙服ハ、コノドコカニアルニチガイアリマセン」コスモスが指摘《してき》した。

「どうして宇宙服がいるの？」リオニアがたずねた。

なんといってもリオニアは初めて宇宙への扉《とびら》を見たので、何がどうなっているのかわからなくても仕方がない。

「コスモスがあけた戸口を通りぬけてジョージを助けにいくからよ。リカが量子テレポーテーションでジョージを転送したのよ。ジョージをとり返さないと」と、アニー。

「わたし、どこに宇宙服《うちゅうふく》があるか知ってる」と、リオニアが言った。ようやく自分の出番だというので、はりきっている。「すぐ戻《もど》るね」

リオニアは走っていった。

アニーは戸口からジョージのいるあたりをのぞいて、エウロパのうすい大気からジョージがゆっくりと立ちあらわれて、ぼんやりとした像《ぞう》からくっきりとした姿《すがた》になっていくのを見ていた。

「移送《いそう》をこっちでやめさせることはできる？」アニーはコスモスにきいた。

「ソンナコトヲスルノハ、浅ハカデス。トチュウデ止メタラ、じょーじヲマルゴトトリ戻スコトハデキナクナリマス。半分ハアッチデ半分ハコッチニ分カレテシマウコトニナリマスカラ。転送ガ完了《かん》《りょう》スルニハ」コスモスはすばやく計算した。「約六分カカリマス」

アニーの顔がくしゃっとなった。これまでにもさんざんひどい状況《じょうきょう》は経験《けいけん》してきたけど、こんなのは初めてだ。

「リカは、どうしてこんなにひどいことができるの？」アニーは絶望《ぜつぼう》してコスモスに言った。

偉大《いだい》なるコンピュータはため息をついた。

「人間ハ、トンデモナイコトヲ、シデカスモノナノデス。ワタシガ知ッテイルリッパデ著名《ちょめい》ナ科学《かがく》者《しゃ》りか・でゅーるノ性格《せいかく》カライエバ、コンナコトハシナイハズナノニ。シカシ人間トツキアッテキテ、思イモヨラナイコトヲシデカス人間モ多イ、トイウコトヲ、ワタシハ学ビマシタ。タダシ、前ニモ言イマシタガ、アレハ本物ノりか・でゅーるデハナイデショウ」

「リカじゃないとしたら、あれはだれなの？　リカとリカの恐《おそ》ろしいロボットじゃないの？」アニーがきいた。

コスモスはおだやかな声で答えた。

「ろぼっとハ、命令サレタコトヲスルダケデス。彼ラハ機械《きかい》デ、ソノ行動ハ人間ノ願イヲ反映《はんえい》シテイルニスギマセン。ろぼっと自体ハ、ソレヲ操作《そうさ》スル人間ニヨッテ、良クモナレバ悪クモナリマス」

「あなたは別だけどね」と、アニー。

「こすもす世代ノすーぱーこんぴゅーたハ別デス。ワタシタチハトテモ賢《かしこ》イノデ、自分ノみすカラ学ンダリ、未来ヲ左右スル決定ニツイテ判断《はんだん》ヲ下ス能力《のうりょく》ヲ持ッテイマス。コレハ、人間ガ『思考』ト言ッテイルモノニ、トテモ近イぷろせすデス」

そのとき、リオニアが二枚の宇宙服《うちゅうふく》を抱《かか》えて部屋にとびこんできた。宇宙服は白い生地がとても汚《よご》れていて、球根《きゅうこん》みたいな形のガラスのヘルメットがついている。縫《ぬ》い目はほつれていて、かびくさいにおいがする。

「おえっ、ずいぶん旧式《きゅうしき》のやつだね」と、アニー。

「宇宙探検《たんけん》の歴史を展示《てんじ》してあるところから持ってきたのよ。月面歩行をした服かもしれないね」と、リオニア。

「大きすぎるな。リオはコスモスとここにいたほうがいいね」

「ええっ、アニーをひとりで宇宙《うちゅう》に出ていかせるなんて、そんなのだめよ！」

「だったら、コスモスの戸口のそばにいて」と、昔《むかし》の宇宙服をすでに着こみながらアニーが言った。「だって、リオはまだなれてないけど、今は教えているひまがないからね。それに、エウロパでは重力がちがうの。あたしにつけたロープを持っててもらったほうがいいかも」

アニーは宇宙服から宇宙ロープをたぐりだすと、端《はし》をリオニアに渡《わた》してまた言った。

「動かないで立っててね。戸口の中の地球側に立って、あたしがただよわないようにロープをしっかり持っててくれるといいな。でも宇宙服は着といてね。もしかすると、外に出なきゃいけなくなるかもしれないから。この空気タンクが空っぽじゃないといいけど」

アニーはチューブをヘルメットに差しこみ、呼吸《こきゅう》してみた。

「やった！」アニーは送信機を通して話した。コスモスのスピーカーから聞こえてくるような声だ。

「まだ使える！」

「当時ハ長ク使エルモノヲ作ルヤリ方ヲ知ッテマシタカラネ」コスモスが、満足げに言った。「デモ、えうろぱニハ長居《ながい》シナイヨウニ。ソンナニ長クハ空気ガモチマセンヨ」

リオニアは自分の宇宙服をすでに着こんで待っている。

「あたしが向こうへ出ていったら、あんたはこっちの地球側で、このロープをにぎっててね」アニーが念《ねん》を押《お》した。「放さないでよ！　それとコスモス、あたしたちが宇宙にいる間は、ずっと扉《とびら》をあけておいて。ところで、エウロパに出たら、リカにはあたしたちが見えるようになるの？」

「ソノトオリデス。アイツハ、アナタ方ノ存在《そんざい》ヲジキニ知ッテ警戒《けいかい》スルコトデショウ」

「了解《りょうかい》」とアニーはきっぱり言った。「でも、あたしの親友を青い世界と地球の中間に置きざりにするわけにはいかないよ。無事に地球に連れかえらないと」

リオニアは宇宙ロープをつかみ、アニーは戸口を越《こ》えて遠い木星の衛星《えいせい》へと足を踏《ふ》みだした。もしかしたら宇宙のイルカが生息しているかもしれないこの衛星には、おそろしいロボットたちと、今のところアニーの親友の四分の三が存在している。残りの四分の一は、まだ量子テレポーテーション装置《そうち》によって転送中だ。丸《まる》ごとのジョージがここで再構成《さいこうせい》されるかどうかはまだわからない。それでも、昔《むかし》からの友だちと新しい友だちのふたり組は、エウロパへの救出作戦にのりだした。それは太陽系《たいようけい》で行われる最も複雑《ふくざつ》で危険《きけん》な作戦になるだろう。

コスモスがまばゆい戸口を作った場所の近くでは、もやがかかったようにゆらめいていたジョージの視野《しや》が、徐々《じょじょ》にはっきりしてきているところだった。

さっき、ドローンのカメラがミッションコントロール室の中二階にいるジョージを見つけると、リカはすぐにロボットの手下に命じてジョージをつかまえさせた。

ボルツマンはなんの役にも立ってくれなかった。「親切な」ロボットは、喜んで手をたたくと、「トウトウゴ主人ニ会エマシタネ」と言っただけだ。ジョージが一階まで連行されるときも、ボルツマンは後ろでスキップしていたくらいだ。

ジョージのほうは、打ちのめされていた。ジョージの知るかぎり、コスモドローム2を歩きまわっている人間は自分ひとりだから、だれにも助けに来てはもらえない。今リカを見ると、ジョージは、ミッションコントロール室のスクリーンで最初に見たときに引っかかったのが信じられなかった。あのときは、これまでに見たことがないほどすばらしい人だと思いこんでしまった。今見るリカは、ゆがんでいて変だった。魅力的《みりょくてき》な笑顔《えがお》は消えうせ、今はゾッとするようなうすら笑《わら》いを浮《う》かべている。

「ジョージ、また会いましたね」リカが脅《おど》すような、でも奇妙《きみょう》にあまったるい声で言った。

「まあ、ええ。よかったですね」ジョージは勇気をふりしぼって、びくついていることを悟《さと》られないようにしようと思った。

「きみが思うよりもっとすばらしいことですよ」リカが言った。

ボルツマンはとびはねている。ジェスチャーや表情《ひょうじょう》で何かを表現《ひょうげん》しているらしいが、ジョージにはそれがなんなのかはわからない。

「あなたはコスモドローム２の所長で、ぼくは訓練生《くんれんせい》だから、そんなにおどろくことでもないです」と、ジョージ。

リカは、またうすら笑いをうかべた。

「そうですよね」と、リカはあまい声を出す。ジョージはリカの顔が崩《くず》れてきたのでびっくりした。

「きみとリカ・デュールが出会うのは、びっくりするようなことではありません」

「あの、だいじょうぶですか？　あなたの鼻が、落ちそうになってますけど」ジョージは心配して言った。

「それは、これがわたしのほんとうの顔ではないから」リカはこれまでとはずいぶんちがう低い声で言った。

　ジョージはこの声を前に聞いた場所を思い出して、ぞっとした。ボルツマンを見やると、機械的にうなずきながら、うっとりとした笑顔を浮かべている。親切なロボットは、自分にしかわからない音楽に合わせて踊《おど》っているように見える。

「だったら、だれの顔なんですか？　ばらばらに崩れてきてるみたいですけど。整形手術《しゅじゅつ》でも受けたんですか？」ジョージはゆっくりとたずねた。

「ああ、それよりもずっと気のきいたものだよ。わたしは、リカの顔を３Ｄプリントして、自分の顔に移植《いしょく》したのさ」目の前の低い声の人物が言う。

　ジョージはむかむかしてきた。だれが、そこまで極端《きょくたん》なことをするだろう？　でも、考えるまでもなく、答えはわかっていた。

「きかれる前に言っておくが、わたしののどにはコンピュータが埋《う》めこまれていて、女の声も出せるようになっているのだよ」

「やっぱりアリオト・メラクなんだね。そうなんだろう？」ジョージは言った。「刑務所《けいむしょ》から逃亡《とうぼう》し、リカに変装《へんそう》して、コスモドロームをのっとり、エリックを追いだし、地球から出発するすべての宇宙飛行《うちゅうひこう》の主導権《しゅどうけん》をにぎったんだね」

「はっはっは、こりゃゆかいだ」とメラクは言った。「きみは正しいよ、ジョージ。きみはわたしに逆《さか》らい、跡継《あとつ》ぎにしようという申し出を断《ことわ》り、わたしの宇宙船《うちゅうせん》と量子《りょうし》コンピュータを破壊《はかい》し、わたしを逮捕《たいほ》させて、わたしのロボット軍団《ぐんだん》をあやつれなくした。それでも、きみに会えるのは、ほんとにうれしいよ」

ジョージは青くなった。前にメラクに会ったときの凍《こお》りつくような恐怖《きょうふ》は、忘《わす》れようとしてきた。でも、今、最初の出会いがとても劇的《げきてき》で危険《きけん》に満ちていたことや、アリオト・メラクがさんざんな目にあわされたことなどを思いおこすと、メラクのほうではそうかんたんに許《ゆる》したり忘れたりはしないだろう。

「ロンパースはどうしたんだ?」ジョージは時間かせぎにきいてみた。

前に会ったときは、この頭のおかしい億万長者《おくまんちょうじゃ》は、太陽系《たいようけい》の惑星《わくせい》の色と模様《もよう》のついたロンパースしか着ていなかったのだ。

「ロンパースは、リカにふさわしくないだろう。それに、著名《ちょめい》な科学者になりすますからには、服も借りることにしたのだよ」メラクが偉《えら》そうに言った。

「本物のリカは、どうなってる?」おそろしい答えがかえってくるかもしれないと思いながら、ジョージはきいた。「まさか殺《ころ》してはいないよね?」

「もちろん、そんなことはしない。残虐行為《ざんぎゃくこうい》は、わたしの好みではないからな。わたしはこう見えても、暴力反対《ぼうりょくはんたい》をモットーとしているのだよ」

「ええっ、暴力反対だって？　さんざんひどいことをしたのに！」

リカのメラクは、鼻をつんと上げようとしたが、その鼻は片側《かたがわ》にひどく崩《くず》れていたので、うまくいかなかった。

「リカはまだ生きているよ。わたしはだれも殺してはいない。わたしがつけているのは、リカの顔のコピーだ。オリジナルはまだリカが持っている」

「本物はどこにいる？」ジョージがきいた。

「まったく安全なところに。リカは、きみが知っている人たちといっしょだ。きみがとてもよく知っている人たちと、だよ。みんな、すてきで居心地《いごこち》のいい環境《かんきょう》に収容《しゅうよう》されている。そこには、生きていくために必要なものは、ぜんぶそろっているよ」

ジョージには、アリオト・メラクが何を言っているのか、よくわからなかった。

「おや、きょとんとしておるな。〈完有農場《かんゆうのうじょう》〉はどうだ？　ピンときたかな、ジョージ？　家族がとつぜんフェロー諸島《しょとう》の有機《ゆうき》農場に招集《しょうしゅう》されはしなかったかな？　不思議だとは思わなかったのかね？」

「なんだって？」ジョージは、半分はおどろき、半分はふんがいしていた。

「それから、アニーのママだ。やさしいあの人は、いつもオーケストラと演奏《えんそう》旅行に出て、ソリストをやりたがっていた。だから、その夢《ゆめ》をかなえてやったのさ」と、メラク。「それがわたしのやり方だ。夢《ゆめ》をかなえてやるんだ。遠い島で農業をやってみたい？　よし、おやすい御用《ごよう》だ。メキシコシティでバイオリンを弾《ひ》きたい？　もちろん、その夢《ゆめ》もかなえてあげよう。火星に行く宇宙飛行《うちゅうひこう》士《し》として訓練《くんれん》を受けたいのかね、世界じゅうの子どもたち？　よしよし、こっちへおいで……」

「その人たちをどこにやったんだ？　何をしたんだ？」声をしぼりだすようにジョージがきいた。

ジョージは、お母さんとお父さんとふたごの妹のジューノとヘラが、この卑劣《ひれつ》な男と対決《たいけつ》しなければならなかったと思うだけでたえられなかった。アニーのママもだ。

今は、自分よりも家族のことが心配で心配でたまらない。アニーといっしょにとても危険《きけん》な宇宙《うちゅう》ミッションに出かけたときでさえ、これほどぎりぎりと締《し》めつけられるような恐怖《きょうふ》を感じたことはなかった。

「さてさて、それを知りたいのかね？」メラクは小声でささやいた。

「知りたいさ。言ってよ！」ジョージはさけんだ。

「ああ、そうだな。で、なんの得があるかね？」メラクは、自分のまっ赤でつやつやした爪《つめ》を見ながらうす笑《わら》いを浮《う》かべた。「わたしにとっての得、ということだがな。ジョージ、今のところ、すべてのカードはわたしの手にあるのだよ」

ジョージはあたりを見回した。まわりはメラクに絶対服従《ぜったいふくじゅう》のロボット軍団《ぐんだん》に囲まれている。メラクが命令すれば、すぐに襲《おそ》ってくるだろう。味方になってくれそうなのはボルツマンだけだが、ボルツマンもメラクの言いなりに動くだけのように思える。

「考えてみよう」メラクが、ブロンドのかつらをとりながら言った。

量子《りょうし》トランスポーテーションとは何か？

たとえばアリスとボージンがそれぞれ別の都市（場合によっては別の惑星《わくせい》）にある研究所で働いていて、アリスがおもしろい量子状態《りょうしじょうたい》にある粒子《りゅうし》を持っているとしましょう。量子状態とは、量子システム―たとえば素粒子《そりゅうし》のある瞬間《しゅんかん》での状態《じょうたい》のことです。仮《かり》に、その粒子が量子物理学ではなく古典物理学で表現《ひょうげん》されるならば、その状態とは粒子の位置と速度の正確《せいかく》な値《あたい》のことを指します。しかし量子的粒子の量子状態は、それとはとてもちがうものに見えます。はっきりとした位置を示《しめ》すことなく複雑《ふくざつ》に波動が空間に広がっている様子を想像《そうぞう》してください。では、アリスがボージンにこの状態について正確な情報《じょうほう》を送るには、どうすればよいのでしょうか？　ボージンは、自分の研究所でも同じものを作り、研究したいと思っているのです。

残念ながらアリスは自分が持つ粒子の状態を、状態を変えることなし

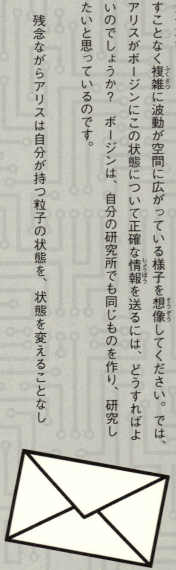

に、簡単《かんたん》に測《はか》ることはできません（「固有状態《こゆうじょうたい》」と呼《よ》ばれる特殊《とくしゅ》な種類の状態である場合を除《のぞ》く）。また、不確定性原理《ふかくていせいげんり》により測定《そくてい》自体が不完全な情報《じょうほう》しかもたらすことができません。すなわち、より正確に粒子《りゅうし》の一つの性質（たとえば位置）を知ろうとすると、別の性質《せいしつ》（たとえば速度）についてはより不確かなものしかわからなくなります。一例を挙げれば、その粒子の位置について非常《ひじょう》に正確に測定しようとすると、その粒子の速度についての情報はほとんど失われてしまい、もともと複《ふく》雑《ざつ》な波であったものが、一点におけるスパイクのようなものになってしまいます。

アリスがボージンにこの粒子についての正確な状態を伝える方法が一つあります。それが量子テレポーテーションと呼ばれるものです。

アリスはボージンに、〝量子もつれ状態〟にある一対の粒子のうちの一つを事前に送り、もう一つを自分の手もとに置いておきます。量子もつれ状態では、離《はな》された粒子が各々独自《どくじ》の状態を取るのではなく、対として一つの状態を保《たも》ちます。一対のうちの一つの粒子に対して測定を行うと、たとえ両者が一光年離れていても、両方の粒子が全く同じ状態に入ります。同様に、片方の粒子を測定すると、もう片方の粒子の状態が確定《かくてい》されるのです。この原理を使えば、アリスは、手もとにある粒子と、対になる粒子の両方の測定を行うことができます。

この測定《そくてい》の結果を、アリスがボージンにふつうの方法（電子メールや無線通信など）で送ります。この情報《じょうほう》から、ボージンは自分の手もとにある粒子《りゅうし》の状態《じょうたい》を知り、アリスが送ろうとした状態の複製《ふくせい》をつくる方法を推論《すいろん》することができます。しかし、アリスが測定を行ったことにより、アリスが持っている粒子の最初の状態は壊《こわ》れてしまいます。量子状態は転送することはできても、コピーすることはできません。

結果として、アリスの粒子の状態はボージンのところへテレポートされました！

しかし、物質《ぶっしつ》ではなく情報だけがテレポートがされたのです。SF《エスエフ》物語には登場するとしても、この方法では実際《じっさい》に人間が移動《いどう》することはできません。つまり、量子テレポーテーションはファクスで手紙を送ったところ受信側では新しい紙に情報が印刷されるものの、送信側のオリジナルの手紙はシュレッダーにかけられるようなものなのです

個人的には、私《わたし》は郵便《ゆうびん》を利用するほうがいいと思っています。

スチュアート

ジョージは、目の前の人物をリカ・デュールととりちがえたことが、今は信じられなかった。本物のリカは、世界で最も尊敬《そんけい》されている科学者《かがくしゃ》なのに。ジョージは自分を責《せ》めた。どうしてだまされてしまったんだろう？　どうして偽《にせ》のリカ・デュールを信用してしまったんだろう？　自分がこんなにおろかだったなんて！

「きみには何かしてもらうことにしよう」邪悪《じゃあく》なメラクが、あまい声でささやいた。「それと交換《こうかん》に、きみの家族とアニーのママとリカ・デュールがどこにいるか教えよう？　どうだね？」

「何をさせるつもりだ？」ジョージが怒《いか》りをこらえてきいた。どんなにおそろしいことでも、今はメラクの提案《ていあん》をのまなくてはならないだろう。

「まだ言えないな」とメラクが歌うように言った。「最初に同意してもらわないとな。でないと、きみはもう二度と両親や妹たちに会えなくなる。そしてきみの愛《あい》らしい友だちのアニーも、ママに会えなくなるぞ」

「同意する」ジョージは、おじけづく前にいそいでいった。

「よしよし。わたしは、ずいぶん前から量子テレポーテーション装置《そうち》を生きた人間で試してみたいと思っていたのだよ。わたしが発明しただけあって、悪魔《あくま》のように賢《かしこ》い装置だよ。基本的には量子の活動によって正確《せいかく》な電子状態《でんしじょうたい》を宇宙《うちゅう》を超《こ》えて移動《いどう》させることができる。わたしは、コスモスマシン代替品《だいたいひん》が期待外れだとわかってから、すでにこの技術《ぎじゅつ》を使って、ロボット軍団《ぐんだん》や装備《そうび》を宇宙に転送するのに成功している。しかし今のところはまだ生きた細胞《さいぼう》を送りこんだことがないのだ。ジョージ、きみが送りこまれる最初の人間になる。宇宙のパイオニアになるのだ！　しかし、この偉大《いだい》な役割《やくわり》を強制《きょうせい》したくはない。志願《しがん》してやってもらわないと。だから、ここにサインをしてくれないかね」

ロボットがすぐに何ページもある長ったらしい契約書《けいやくしょ》を突《つ》きつけた。ジョージは、小さな文字を見始めた。

「ああ、すべて読まなくてもいいんだよ。おおまかに言えば、きみが自由意志で選びとって量子テレポーテーション装置を体験するという書類だ」と、メラク。

「だけど、自由意志でというのはウソじゃないか！」と、ジョージ。

「なるほど」とメラクが言うと、ロボットが契約書をひったくった。「家族に二度と会えなくなっても知らないぞ。それでも、わたしはちっともかまわないがな」

ジョージはためらった。

「どうして自分でその装置を体験してみないんだ？　そんなに人類にとって偉大《いだい》なステップなら、自分で体験してみればいいじゃないか」ジョージはきいた。

メラクは笑顔《えがお》でため息をついた。

「ああ、ジョージ！　わかりそうなもんじゃないか。まだこの装置は実験段階《だんかい》にあるのだよ。わたしはきみが好きだから、きみを失《うしな》うと思うと、夜も眠《ねむ》れなくなるだろう。しかし、わたしはテストパイロットになるには重要人物すぎるからな」

「人間はまだ一度も体験したことがないって?」ジョージは身の毛がよだつ思いだ。

「そのとおり」メラクは考えながら言った。「訓練《くんれん》プログラムに参加したきみの小さな仲間たちに志願《しがん》するように仕向けてはみたのだがね。キャンプを去るように言われた子どもたちにな。しかし、全員が拒否《きょひ》したのだよ。中には失礼な態度《たいど》のものもあった。そして、こうした宇宙《うちゅう》の旅は、自分の自由意志で行くことを同意したものでないと。喜んで快《こころよ》く行ってくれるものでないとな。無理じいしたとなれば、すべてが台なしになってしまう」

「なんだって? ほかの訓練生は知ってたの?」

「いや、きみといっしょに訓練を受けていたときは知らなかったよ。ただし、きみが知らないのは、わたしがチャレンジ段階《だんかい》からの訓練生をすべて確保《かくほ》しておいたことだろう。第一段階が終わったとき、クズは家に戻《もど》したよ。クズはなんの役にも立たないからな。わたしは最優秀《さいゆうしゅう》な者だけを確保しておいた。つまり、ひとりかふたりの訓練生が不合格《ふごうかく》になるたびに、その子らを安全な留置《りゅうち》場所に入れておいた。偉大《いだい》なる冒険《ぼうけん》に向けてすべてが整うまで確保しておくためにな」

「その子たちはどこにいる? それに、偉大なる冒険ってなんなんだ?」ジョージがきいた。

さっき寒気《さむけ》や恐怖《きょうふ》を感じていたとしたら、今はそれどころではなかった。

「きみにもだれにも、絶対《ぜったい》に探《さぐ》りだせないだろうな。この書類にきみがサインしないかぎりはな」

メラクは、ジョージの目の前でペンをふりながら、愛想よく言った。

「サインするよ」ジョージは、ペンに手をのばしながら、から元気を出して言った。

そうするしかない。ここに来たのは、火星まで飛ぶためでも、ほかの惑星《わくせい》でも使える3Dプリンタを製作《せいさく》するためでも、太陽電池《たいようでんち》パネルを修理《しゅうり》することでもない。今のこれこそ、ほんとうのチャレンジなのだ。独特《どくとく》なチャレンジだが、このテストに失敗するわけにはいかない。これは、アリオト・メラクによって不当に閉《と》じこめられているとわかった、コスモドローム2のほかの訓練生たちを救うためでもある。メラクが捕虜《ほりょ》にしている家族とアニーのママを助けだすためでもある。

「おほん、『喜んで快く』ということについて、さっきわたしはなんと言ったかね？　この偉大なるステップが、心から喜んで引き受けてもらうものによって行れることは、とても重要なのだ」

「サインしますよ」ジョージは、おかれた状況《じょうきょう》を考えれば、精《せい》いっぱい友好的《ゆうこうてき》に言った。「喜んで」

ジョージは言葉をしぼりだした。

「よしよし」メラクはペンを差しだしながら言った。

ジョージはそれを受けとり、地球に戻ってくることができるのかどうかをいぶかりながら、書類にサインした。ほんとうは、ミッションコントロール室から悲鳴をあげて逃《に》げだしたかった。そして、走りに走って、フォックスブリッジの、おいしそうなにおいがするみすぼらしい家まで戻りたかった。でも、それはできないことだ。家族にまた会いたければ、そしておそらくほかの子どもたちがまた両親に会えるためには、メラクが考案したあやしげな手段《しゅだん》で、宇宙に出ていくしかない。ほかに、できることはなさそうだ。ジョージは、ひどく絶望して、目の前がまっ暗になった。

でも、考えるひまはなかった。うしろにいた二体のロボットがジョージに宇宙服《うちゅうふく》を着せ、足に予《よ》備の重りをつけ、宇宙ヘルメットをかぶせて、ファスナーを閉じた。オーケストラの指揮者のように手をふるとメラクは次にいくつかの指示《しじ》を出した。すると、足元のわきに円錐形《えんすいけい》の光があらわれた。

ロボットたちに導《みちび》かれて、ジョージはその光の円錐の内側に立った。次に何が起こるのか、どこへ行こうとしているのか、また戻《もど》ってくることができるのか──そんなことは、さっぱりわからない。あまりにも恐《おそ》ろしいので、ジョージは何も考えないことにした。かわりに、ジョージはボルツマンの顔だけを見ていようとした。ボルツマンが、誤《あやま》った方向に導かれているにしても、これが何かを見る最後になるなら、少しでも友好的なものを見ていたほうがいい。でも、感覚のある唯一《ゆいいつ》のロボットのひしゃげて焼けこげた顔を見ているうちに、視界《しかい》がかすんできた。ボルツマンが細かくくだけ、色の噴射《ふんしゃ》となって飛びまわる。

きれいな模様《もよう》だとジョージが思ったとき、電気がぱちっと消えるみたいにすべてがまっ暗になり、ジョージはとつぜん深い底なしの眠《ねむ》りに落ちていった。

20

アニーとリオニアは、コスモスが作った戸口の両側に立っていた。リオニアは、宇宙手袋《うちゅうてぶくろ》をはめた手で、アニーの宇宙服につけたロープをにぎっている。アニーの足の下には、木星最大の衛星《えいせい》の一つの表層《ひょうそう》にある厚《あつ》い氷が横たわっている。見おろすと、うね状《じょう》の凹凸《おうとつ》があるまだらの氷の下で何か黒い影《かげ》が動いているような気がした。エウロパでは、とてもうすい酸素《さんそ》でできた軽い大気のせいで、遠い太陽からのうす暗い光が拡散《かくさん》して、空はかすんだ明るさを放っている。スモッグの向こうに、太陽系《たいようけい》最大の惑星《わくせい》である木星が見えている。

アニーがふり返って木星を指さし、ふたりの少女は息をのんだ。ひょろっと背《せ》の高いリオニアは、宇宙服を着て少しふらついているようだ。アニーは、この新しい友だちを冒険《ぼうけん》の仲間にしてよかったのかどうか不安だった。リオニアを巻《ま》きこまないほうがよかったのではないだろうか。ふたりがおかれた状況《じょうきょう》はすでにおそろしすぎるのに、エウロパへのまったく予期《よき》せぬ旅にまで巻《ま》きこむのは、なんでもできるリオニアにとってさえ負担《ふたん》が大きいのではないだろうか。でも、ゆっくり氷の地面から浮《う》き上がり、リオニアがにぎる宇宙《うちゅう》ロープだけを頼《たよ》りにすることになってみると、急にリオニアが支《ささ》えていてくれてうれしいと思うのだった。

「そこにいてね」アニーがリオニアに言った。

その声はコスモス経由《けいゆ》で、リオニアの宇宙ヘルメットに備《そな》えつけた送受信装置《そうち》に伝わった。ふたりが今使用している宇宙服は、昔《むかし》の技術《ぎじゅつ》で作られてはいたが、機能《きのう》は万全で、縫《ぬ》い目も破《やぶ》れてはいない。そうでなければ大変だった。エウロパの凍《こお》りつく環境《かんきょう》の中では、空気がもれるすき間があれば命とりになったはずだ。エウロパでは少しずつ進まなくてはならないのをアニーは知っていた。そうしないと、遠くまで漂《ただよ》っていってしまい、コスモスの戸口に戻《もど》ることができなくなってしまう。

「どうしてロボットたちはヒーターを使ってるの？」リオニアがたずねた。

アニーはロボットや野営地《やえいち》のほうに目をやった。戸口から外へ踏《ふ》みだしてみると、地球側からのぞいていたときより細かいところまで見てとれる。何体かのロボットが氷にあいたとても大きな穴《あな》のまわりで機械装置を使っていた。

「たぶん穴を広げようとしてるんだと思うな。熱を使わないと、また凍って穴が小さくなってしまうんじゃないかな」と、アニー。

ロボットたちは、網《あみ》みたいなものを暗い海の中に下ろしていた。アニーとリオニアの目にも、それが氷の下に沈《しず》んでいくのが見える。ロボットが作った丸い穴のへりには波《なみ》が寄《よ》せている。アニーは、ロープをくり出して、もう少し近くまで行ってみた。すると、何かが見えたような気がした。それとも？　もう一度見てみたい。でも宇宙ヘルメットのガラスを通すと、はっきりとは見えない。ガラスは古くて、傷《きず》もいっぱいついていたからだ。アニーは、何かを見たのか、それとも傷のせいでそう思えたのか定かではなかった。

「あれは何？」

後ろにいるリオニアにも何かが見えたらしい。

「わかんない。ロボットたちが使ってる機械の一部かもしれないし」と、アニー。

でも、わくわくしてきた。エウロパの表面の下にある暗い海にいる「何か」をもし見たのだとすれば、アニーたちがエイリアンを見た最初の人間になる。もう何年もの間、木星か土星の衛星《えいせい》の氷の下で生命体が見つかるのではないかと言われてきたのだ。ふたりが見たのはエイリアンだろうか？　それは、地球の海にいるイルカみたいな形をしているのだろうか？

「もっと近くまで行ってみないと」

リオニアにそう言うと、アニーは、低重力の環境の中で浮き上がりながらそろそろと進んだ。

そのとき、ロボットが作った穴《あな》の向こうに、宇宙人《うちゅうじん》の幽霊《ゆうれい》みたいにゆらめいていた白い姿《すがた》が、もっとはっきり見えるようになった。輪郭《りんかく》がしっかり見えてきて、透明《とうめい》ではなくなってきた。

「ジョージ」アニーは呼《よ》んだ。「ジョージ！」アニーは手をふった。

呼《よ》べば、全身がエウロパにあらわれるのではないかと思ったのだ。ジョージが無傷《むきず》なまま丸ごとあらわれてほしいという願いを、泡立《あわだ》つ暗い水の向こうで揺《ゆ》れているヒューマノイドに投げかければ、それがかなうかもしれない。

願いはかないそうに思えた。ぬり絵が完成していくみたいに、少しずつジョージの姿《すがた》があらわれてくる。でも、アニーには、その速度があまりにものろいように思えた。エウロパにあらわれるなら、中身もしっかりつまった状態であらわれてほしい。そうすれば、ジョージが無事だということもわかるだろう。ジョージが丸ごとすべてあらわれてからでないと、連れかえることができない。アニーが最も恐《おそ》れていたのは、ジョージの一部が永久《えいきゅう》に宇宙《うちゅう》で迷子《まいご》になってしまうことだった。「ほら、がんばれ」アニーはジョージが無事に転送されるように、つぶやいた。「がんばって」また必死で言う。

もしジョージがちゃんとあらわれなければ、アニーのこの先の人生は、失われた魂《たましい》を捜《さが》すみたいにジョージを捜して宇宙を飛びまわることになるかもしれない。そんなことは、考えるだけでも恐ろしい。

しかし、徐々《じょじょ》にジョージの姿はしっかりしてきた。最初は、ジョージの腕《うで》が中身のつまった三次元の立体になった。次に足、それから胴体《どうたい》、最後に丸い宇宙ヘルメットをかぶった頭が立体としてあらわれた。

アニーは歓声《かんせい》をあげた。やった！　手や足が足りないように見えるエウロパのロボットとちがって、ジョージの場合は丸ごとそのままあらわれたらしい。

大きな穴《あな》の向こうにあらわれたのは、宇宙を超《こ》えて新たに再構成《さいこうせい》されたジョージだった。ジョージは、不快《ふかい》な振動《しんどう》とともに、自分の体の中にピュンと吸《す》いこまれたような気がした。自分の粒子《りゅうし》が太陽系《たいようけい》を超えて移動《いどう》していく間は、奇妙《きみょう》な夢《ゆめ》の世界を漂《ただよ》っていた。その夢の中では、自分がこれまで生きてきた道筋《みちすじ》がまるで映画《えいが》みたいに展開《てんかい》していた。

ヒッピー風の服を着て自慢《じまん》げににこにこ笑《わら》っている若《わか》い両親の腕に抱《だ》かれている小さな赤んぼうの自分。次に、飼《か》っていたヤギと遊んでいる、よちよち歩きのぷっくりした自分。そのヤギは、枝を編《あ》んで漆喰《しっくい》を塗《ぬ》った小屋の裏《うら》につないであった。ジョージの一家はその小屋で暮《く》らしていたのだが、そこは何家族かがいっしょに暮らすキャンプ地だった。そこでは、鉄器時代の初期のブリトン人のように、自分たちで計画したみすぼらしい畑を耕《たがや》して食料を生産し、熱も明かりも着るものも自給していた。

しかし幼い子どもだったジョージは、ひどい病気にかかり、照明《しょうめい》のまぶしい病院に運ばれて、大量の薬品《やくひん》と装置《そうち》を用いた医療《いりょう》によって命を救われたのだ。お母さんもお父さんもまっ青になり、ベッドわきでジョージが助かることを祈《いの》りながら泣いていた。勇猛《ゆうもう》で気高《けだか》い祖母《そぼ》のメイベルが病院にあらわれて、健康に悪い生活で孫《まご》の命を危険《きけん》にさらした両親をしかりとばした。

メイベルはおまけに、ジョージの家族がふつうの家に引っ越《こ》すべきだと主張《しゅちょう》した。電気と水道と暖房《だんぼう》と屋根があるちゃんとした家に。しかもそういう家をメイベルは買ってくれたのだ。夢《ゆめ》の中でジョージは、メイベルが家を購入《こうにゅう》するための書類を持っているのを見た。ジョージの両親はあきらめて、もっとふつうの暮《く》らしをすることに決め、メイベルにもらった居心地《いごこち》のいい小さな家に、回復《かいふく》したジョージを連れかえった。

といっても、実際《じっさい》はふつうの暮らしというわけでもなかった。フォックスブリッジの町中にあるふつうの家に引っ越したにもかかわらず、ジョージの両親は、エコな生活をあきらめず、裏庭《うらにわ》を小さな畑にし、発電装置《はつでんそうち》をつくり、着るものも自分たちでつくり、地球の資源《しげん》をできるだけ消費《しょうひ》しないようにして暮らしてきた。そしてある日、裏庭で飼《か》っていたブタのフレディ（これもメイベルからの心づくしのプレゼントだったが）が逃《に》げだしてとなりとの境《さかい》にあるがたがたの垣根《かきね》に大きな穴《あな》をあけた。そのブタの足跡《あしあと》をたどってとなりの家のジャングルみたいな裏庭に入りこんだジョージは、裏口まで行き、そこで会ったのだ……。

「ジョージ！」

湖の底から聞こえてくるような声が呼《よ》んでいる。その声は、視界《しかい》と同じように不明瞭《ふめいりょう》でゆがんでいた。でも、なんとなくなじみがある。

「ジョージ！」

声がまた聞こえた。それが夢の一部なのか、それとも実際に聞こえているのかもはっきりしない。耳の中では奇妙《きみょう》な音が鳴っている。何かに集中しようとしても、暗闇《くらやみ》が渦《うず》を巻《ま》いているのが見えるだけだ。その闇の中には、点滅《てんめつ》しながら飛ぶ明るい光も点々と見えている。

けれどもしだいに変化がゆっくりになり、世界が回転をやめた。もやの向こうに、いくつか穴《あな》のあいた青白い風景が見える。頭上には、灰青色《はいあおいろ》の空が広がっている。何か動くものが目を引いた。灰白色の表面のあちこちにあいた丸い穴のへりを、黒っぽいものが動きまわっている。

それから、一つの形がほかのものよりはっきり見えた。黒い広がりの向こうから白い影《かげ》が手をふっている。

「ジョージ！」

また聞こえた。こんどは、音を聞いたのではない。どこか内側から聞こえてきたのだ。自分自身が自分の体に向かって呼《よ》んでいるみたいに。ジョージは手をふっている白い影に意識《いしき》を向けた。すると、その影が黒い穴の向こう側からこっちに向かってくるのがわかった。これは現実《げんじつ》なのだろうか？　ジョージは小さな一歩を踏《ふ》みだした。宇宙重《おも》りが、体を氷の表面に留《と》めている。とつぜん、ジョージの意識がはっきりした。

なんとかまにあった。あたりをちゃんと見まわしてみると、ジョージがいるのは、大きな黒い穴のへりで、あと一歩前に出れば池の中に落ちてしまうところだった。水よりも濃《こ》くてねっとりしているように見える嫌《いや》な液体《えきたい》を見ていたジョージは、そこに何がいるのかといぶかった。下のほうにたくさんの海洋生物がいて、なんともいえない泡立《あわだ》つ液体の中をくるくる動いているように思うのは、錯覚《さっかく》なのだろうか。自分がまだ夢を見ているのか、それとも現実《げんじつ》にあるものを見ているのか、ジョージには判断《はんだん》ができなかった。しかし、この池のようなものの向こうに、前に見たことのある小さな人影《ひとかげ》があるのは、少なくとも確《たし》からしい。

その人影は地面から浮《う》きあがりながら両手をふっていた。その後ろの遠いところには、巨大《きょだい》な宇宙服《うちゅうふく》のようなものを来た背《せ》の高い別の人影があって、かすかにかがやく戸口に立ってロープをにぎっている。

「アニー!」ジョージはつぶやいた。

ほんとうにアニーなのだろうか? いちばんの仲よしが、はるかかなたから、宇宙への扉《とびら》を使ってジョージを連れかえるために来てくれたのだろうか? それとも幻《まぼろし》を見ているのだろうか? これはまた別の奇妙《きみょう》な夢なのだろうか? もし幼《おさな》いころに飼《か》っていたヤギがあらわれたらそれは夢だとわかるだろう。ヤギがあらわれないとすると、これは現実なのだろうか? 何が現実で何が現実ではないのか、どうやったらはっきりわかるのだろう?

浮かんでいる人影は、しきりに手をふっている。その横でも、黒い池のほとりでも、ロボットたちが活動を続けていた。ジョージやこのへんてこな世界にあらわれたもうひとりの者には、注意を向けていないようだ。ジョージはいそいでアニーのほうへと向かった。足についたおもりが重たい。ロボットたちは、ふたりの存在《そんざい》に気づいてもいないらしい。

ロボットたちは、それぞれ別々の役割《やくわり》を持たされているみたいだった。加熱装置《かねつそうち》で池を広げようとしているロボットもいる。水の中で何かに引っかかったらしい巨大《きょだい》な網《あみ》をつかんでいるロボットもいる。池のほうへ手をのばし、網を氷の岸へと引っぱり上げようとしているのもいる。しかしそうするうちにロボットは次々に池の中へ転げこみ、すぐに沈《しず》んでしまった。

ロボットの集団《しゅうだん》が黒っぽい液体《えきたい》の中に消えてしまうと、池のほとりで出会ったアニーとジョージはほっと胸《むね》をなでおろした。アニーは体一つ分浮き上がっていたので、ジョージはアニーの宇宙靴《うちゅうぐつ》を引っぱって、下におろした。ちょっとだけハグしあったが、ふたりとも宇宙服を着ているのでぎこちない。ジョージはアニーをしっかりつかむと、戸口に向かって歩きはじめた。戸口では、旧式《きゅうしき》の大きな宇宙服を着たリオニアが待っている。しかし、戸口まで行きつかないうちに、ふたりは後ろにだれかいるのを感じた。その姿《すがた》は、急速にはっきりと形をとってきていた。まもなく宇宙服を着た人物が姿をあらわした。地球から量子《りょうし》テレポーテーションでやってきたらしい。

その人物が言った言葉は、アニーにも聞こえた。

「そんなに急ぐなよ、ジョージ。きみは忘《わす》れたのかね？　わたしたちのとりひきを忘れたのかね？」

必死でアニーをつかみながらジョージは言葉を返した。

「ぼくのほうの約束《やくそく》はもう果たしたじゃないか。ぼくは量子テレポーテーション装置を使って宇宙までやってきた。それが、生きた人間でも可能《かのう》だということを証明《しょうめい》したじゃないか。こんどはそっちが約束を果たす番だぞ。ぼくの家族とアニーのママがどこにいるか言ってくれ」

アニーが家族の話を耳にしたのは、初めてのことだった。ジョージは、宇宙ヘルメットの中でアニーの髪《かみ》が逆立《さかだ》っているだろうと思った。

「いやいやまだじゅうぶんじゃない。わたしがあの時勧《すす》めたように細かい文字を読んでおけば、きみにもわかったはずだ。きみは宇宙《うちゅう》に行って地球外生物をつかまえて地球に連れかえることになっているのだよ。きみがちゃんとその条件《じょうけん》を満たさないとあらば、わたしは何もしなくていいのだ」

ジョージは歯ぎしりした。事態《じたい》が進んでから取り引きの条件を変更《へんこう》するなんて、いかにもアリオト・メラクらしい。

「そんなこと言わなかったじゃないか。量子《りょうし》トランスポーテーションで宇宙に行けば、ぼくの家族とアニーのママをどこに閉《と》じこめているのかを教える約束だった。それだけだったぞ」ジョージは言い返した。

「どういうこと⁉ あたしのママって、どういうことなの?」と、アニー。

「今はすべてを説明できないよ」と、ジョージはアニーから手を放さずに言った。白い宇宙服を着た小さなふたりは、たがいに支《ささ》え合いながら立っている。「とにかくここから出ないと」

「コスモスがあけてくれた戸口があるの、すぐそこよ」

そう言いながらもアニーは、ジョージが今言ったことを理解《りかい》しようとしていた。アニーがジョージを見つめて言った。

「みんなを助けだそうとして、そのテレポートなんとかをやったんだね。ジョージってなんて勇敢《ゆうかん》なの!」

ジョージはアニーをつかんでいる手に力をこめた。みんなを裏切《うらぎ》ってばかりではなかったことを認《みと》めてもらって、とてもうれしかったのだ。でも、今はとにかくメラクやロボット軍団《ぐんだん》から逃《に》げないと。じゃないと、すべてがむだになってしまう。

ふたりは少しずつ戸口の方へと近づいていったが、量子テレポーテーション装置《そうち》で次から次へと送られてくるロボットの数はどんどん増《ふ》えていった。もう数分もすれば、つかまってしまうだろう。後ろをふり返ったアニーは、リオニアが必死の身ぶりで何かを伝えようとしているのに気づいた。でも、何が言いたいのかはよくわからない。

でも次の瞬間《しゅんかん》、リオニアが伝えたかったことがわかった。コスモスが作った戸口が、リオニアもろとも消えてしまったのだ。アニーとジョージは、エウロパにとり残されてしまった。しかも一秒《びょう》ごとに、邪悪《じゃあく》なロボット軍団がはっきりと姿《すがた》をあらわし、支配欲《しはいよく》と復讐《ふくしゅう》に燃《も》えた頭のおかしなメラクが、目の前に元のままの姿を出現《しゅつげん》させようとしていた。

概観効果《がいかんこうか》

ほとんどの人は人生のある時点で宇宙《うちゅう》に行けたらと夢《ゆめ》見たことがあると思います。しかし残念ながら、実際《じっさい》に行ける可能性《かのうせい》がきわめて低いことがわかると、ほとんどの人はその夢をあきらめてしまいます。ところが私《わたし》の場合、自分の父親も両隣《りょうどなり》の友だちの父親も宇宙飛行士《うちゅうひこうし》でした。私の近所では、自分たちもいつか宇宙に行けると信じるのが普通《ふつう》のことでした。

やがて私は、自分の弱い視力《しりょく》だとNASA《ナサ》の宇宙飛行士《うちゅうひこうし》としての資格《しかく》がとれないことに気づきました。ですから私は、自分も宇宙に行くために民間の宇宙機関を設立《せつりつ》しようと決心したのです。私は会社でコンピュータゲームを制作《せいさく》して得たお金をつぎこんで機関をつくり、とうとう自分をふくむ多くの民間人を宇宙旅行に送り出すことができるようになりました。二〇〇八年一〇月、私は国際《こくさい》宇宙ステーションまで飛んでいき、アメリカで最初の第二世代の宇宙飛行士となりました。そのときいっしょに宇宙へ飛んだのは、ロシア初の第二世代の宇宙飛行士でした。

宇宙旅行を準備《じゅんび》し、実際に行うのはすばらしい体験です。その体験の多くの部分は、私が予想《よそう》していたものとも、みなさんが宇宙についてのテレビや映画《えいが》から受けとる印象《いんしょう》とも大きく異《こと》なっていました。

飛び立つ前には、宇宙船を操縦《そうじゅう》する訓練《くんれん》をしなくてはなりません。訓練は非常《ひじょう》に楽しく、その多くは学校の勉強や放課後のクラブ活動にとてもよく似《に》ていておどろきました。たとえば、私と同じようにスキューバダイビングが好きな人は多いと思います。スキューバダイビングの免許《めんきょ》を取得する際には、気圧《きあつ》だとか酸素《さんそ》や二酸化炭素といった気体について学びます。まるで学校で学んだ化学や物理をもっと詳《くわ》しく学ぶみたいに。宇宙船に備《そな》え付けてある生命維持装《せいめいいじそう》置《ち》も、ほとんど同じようなものです。スキューバダイビングの免許《めんきょ》を取得すれば、宇《う》宙《ちゅう》での生命維持装置《いじそうち》も操作《そうさ》することができるようになります。同様に、地球上でアマチュア無線を操作する免許を持っていれば宇宙船でも無線を操作できます。宇宙飛行士の資格《しかく》を得るための学びは、想像《そうぞう》していたより楽しく、それほどむずかしくはありませんでした。学ぼうという姿勢《しせい》があるというのが条件《じょうけん》ですが。

訓練《くんれん》の後ようやく宇宙への飛行となります。ロケットの打ち上げを目の当たりにしたりテレビで見たりすると、轟音《ごうおん》が聞こえて大きな振動《しんどう》を感じとれるでしょう。しかし、打ち上げの際《さい》宇宙ロケットの中にいた私《わたし》は、逆《ぎゃく》のことを感じました。エンジンが点火されたときも、ほとんど感じないし、音も聞こえませんでした。ロケットの上昇《じょうしょう》もおだやかでした。何

度も述《の》べたことがあるのですが、私は「自信のあるバレエダンサーの動きのように、かつてない速さですっと持ちあげてもらった」気がしたのです。八分強の間、通常《つうじょう》の三倍の重力を感じますが、エンジンが切り離《はな》されると、その後は地球を周回する軌道《きどう》に入って無重力状態《じょうたい》となり、体が浮《う》かびあがります。

　眺望《ちょうぼう》はもちろんすばらしいものですが、私はすぐに、まだ自分が地球にきわめて近いところにいるという印象《いんしょう》に打たれました。飛行機は地球の約一万メートル上空を飛ぶことができます。そして私たちはそれより二五倍も高い軌道《きどう》を進んでいました。それでも飛行機と同じように地球の細部が見てとれるのです。そして、眼下《がんか》には地球全体も見えていました。思いがけず近いけれども、そこにいるだれからもまったく切り離されているという感覚は奇妙《きみょう》なものです。もし緊急事態《きんきゅうじたい》が起こったら、地球にいる人たちはわずかな支援《しえん》しかできないので、自分かほかのクルーが解《かい》決《けつ》するしかないのだということが、はっきり理解《りかい》できます。自立すると同時に、信《しん》頼《らい》できるメンバーでもあることは、宇宙を飛ぶ準備《じゅんび》には不可欠《ふかけつ》です。そしてそれは、人生一般《いっぱん》についても必要なことですね。

　宇宙から地球を見た時に、多くの宇宙飛行士は深い感動をおぼえます。宇宙からまるごとの地球を見た体験によって人間が大きく変わることをさして「概観効果《がいかんこうか》」

という言葉もできているくらいです。私《わたし》もそれを体験したので、みなさんにもお伝えしたいと思います。

国際《こくさい》宇宙《うちゅう》ステーションに乗り組んで地球の周囲をまわるスピードは、時速二七・六キロメートルです。そのスピードだと地球を九〇分ごとに一周することになります。ということは日の出と日暮《ひぐ》れが四五分ごとにやってくるし、大陸でも一〇分から二〇分もあれば通り過《す》ぎてしまうということです。それなのに、思った以上に近くて、地球の細かいところが見てとれるのです。中国の万里《ばんり》の長城《ちょうじょう》は見分けられませんでしたが、サンフランシスコのゴールデンゲイト橋のような小さなものまで見えます。窓《まど》から地球を見ていると、細かいところまで見える風景が流れるように通り過ぎていきます。それはまるで、地球そのものについての情報《じょうほう》が、消火ホースから噴出《ふんしゅつ》する水のようにほとばしり出てくるみたいなものです。

宇宙から地球を見て最初に気づくことの一つは天候です。地球の大部分はいつも雲におおわれているからです。太平洋上では、均一《きんいつ》だったり幾何学的《きかがくてき》だったりする大規模《だいきぼ》な気象パターンが形成されていることがわかります。太平洋にはあまり大きな島もなければ、表面の温度があまり変化しないからです。その一方大西洋上では、表面の温度が大きく変化することや付近の大陸の形の影響《えいきょう》によって、もっと無秩序《むちつじょ》な気象パターンが現《あらわ》れています。
次に私が気づいたのは、地球の砂漠《さばく》がとても美しいということでした。砂漠はたいてい雲に隠《かく》れていないのでよく見えたのです。地球の砂《すな》や雪は風で吹《ふ》きだまりをつくり、もっと大きな砂丘《さきゅう》になり、果ては巨大《きょだい》な山並《やまな》みをつくっていたりします。宇宙から見おろすと、砂の丘の連なりが似《に》たような美しい模様《もよう》を作っているのがわかります。地球の砂漠に風でできた「巨大な扇《おうぎ》」が広がっているのを見るのは、すばらしいものです。

また宇宙から見ると、今や地球の表面全体に人間が暮《く》らしているのもわかります。私が宇宙から見たどの砂漠にもそこを通る道路が見えましたし、しばしば深いところから水をくみ上げて作物を育てている農場も見えました。どの森林にも（ブラジルのアマゾン盆地《ぼんち》の森林でさえ）その中に道路や街《まち》ができていました。またどの山《さん》岳地帯《がくちたい》にも道路が通っていて、川にはダムができていました。地球には、人間の住ん

でいない空間はもうほとんどないのです。

そして私《わたし》は、自分がよく知っている地域《ちいき》を目にすることもできました。私が育ったテキサスの一帯です。ふるさとの町も、何度も車で行った付近の町も、よく訪《おとず》れたテキサスの長い海岸線も見えます。それと同時に、自分がその軌道《きどう》を周回している地球がまるごと目に入るのです。とつぜん私は思いました。……直接《ちょくせつ》見ることができた今、地球の本当のスケールがわかったぞ、と。

私の体も反応《はんのう》を示《しめ》しました。カメラを後退《こうたい》させながらレンズをズームさせる映画《えいが》を見ているような感じでした。ろうかがくしゃっとしぼんで短くなる一方でそこにいる役者は同じ大きさのままでいるみたいなものです。私が地球を見たときにもそれと同じものを感じたのです。窓《まど》から見える地球の大きさは

変わらないけれど、周囲の現実《げんじつ》のスケールがしぼんだのです。それまではとてつもなく大きかった地球が、有限《ゆうげん》のものであり、実際《じっさい》かなり小さなものであるという事実が、私にとつぜん迫《せま》ってきたのです。

宇宙《うちゅう》から戻《もど》ると、多くの宇宙飛行士がこの「概観効果《がいかんこうか》」を通して同じような「啓示《けいじ》」を感じていることを私は知りました。私をふくめ多くの宇宙飛行士は、環境《かんきょう》を考えることの重要性を再認識《さいにんしき》し、この壊《こわ》れやすい世界を守らなくてはいけないと感じて地球に戻《もど》ってきます。もっと多くの人が宇宙から地球を見る機会をもてば、だれもがこの貴重《きちょう》な惑星《わくせい》やおたがい同士をもっと大事にするのではないでしょうか。

私と同じようにあなたも宇宙旅行を夢《ゆめ》見ているとすれば、いつかその夢がかなうといいですね。毎年その夢をかなえる可能性《かのうせい》は高くなっています。とはいえそれでも、となりの町や、となりの国や、となりの大陸に行くより、宇宙に行くのはむずかしいのです。ですから、宇宙を旅するための努力を怠《おこた》らずしっかり準備《じゅんび》をしておきましょう。人類が地球からずっと離《はな》れた場所についての知識《ちしき》を深め、そこに足を踏《ふ》み入れるためのチームの一員に、あなたもなれるといいですね。初期のころは、宇宙飛行士に選ばれるのには幸運も必要でしたが、これからは運は必要《ひつよう》なくなるはずです。

いろいろなことをしっかりと学んでください。そうすれば、読者のみなさんのそれぞれが、宇宙《うちゅう》で自分の道を探《さが》すこともできるようになるでしょう。

国際《こくさい》宇宙ステーション宇宙飛行士
リチャード

21

「小さな友人たち、また会ったね。なんともすばらしいことじゃないか！」急速《きゅうそく》に姿《すがた》がはっきりしてきたアリオト・メラクが言った。この間までリカ・デュールに変装《へんそう》してコスモドローム２の所長だと言っていたメラクが、量子テレポーテーションによって宇宙服姿《うちゅうふくすがた》でエウロパにあらわれたのだ。

「あんたなのね」ぞっとしてアニーが言った。もともとの声だとまちがえようがない。「アリオト・メラク、どうやってこんなところにあらわれるわけ？」

「こいつは、ずっといたんだよ」ジョージがけわしい顔で言った。「少なくとも最近のリカは、リカじゃなかったんだ。本物のリカをこいつがどうしたのかはわからない。でも、こいつは刑務所《けいむしょ》を脱走《だっそう》して、リカになりすましてたんだ。３Ｄプリンタで作ったリカの顔を移植《いしょく》して、リカの服を着て、かつらをかぶり、コンピュータ発声器を埋《う》めこんでたんだ」

「わお！」アニーはそう言うと、メラクをにらんだ。「だから休暇《きゅうか》から帰ってきたリカがパパに敵《てき》対《たい》したのね。パパをクビにしたのは、リカじゃなかったんだ。あんただったのね。休暇中のリカを誘拐《ゆうかい》してその地位におさまったんだね？」

「それでエリックをコスモドローム２から追いはらわなくちゃならなかった。エリックがアルテミス計画がすでに始まっていたことを知って、反対したからだよね。それで、エリックが退職《たいしょく》したことにして、追いはらったんだ」

「それに」と、アニー。「あたしたちが宇宙飛行士訓練《うちゅうひこうしくんれん》プロジェクトに参加するように仕向けたでしょ」

「そうそうそう」メラクがため息をついた。「だが、計画にきみを参加させたのは、まちがいだったな。ちょっとした事故《じこ》を起こしてそのまちがいを修正《しゅうせい》しようとはしてみたんだが」メラクはせせら笑《わら》いを浮《う》かべた。

「だけど、ちょっと待って」アニーが口をはさんだ。飛行機「事故」についての疑《うたが》いが裏《うら》づけられただけではなく、ジョージが言っていたことをとつぜん思い出したのだ。「それが、ジョージの両親とどう関係してるの？　あたしのママもだけど？　それに本物のリカ・デュールはどこにいるの？」

「こいつは言わないんだ」と、ジョージ。「どこかに閉《と》じこめてる。ぼくの両親は島に農業をしにいったわけじゃないし、きみのママもコンサートツアーには行ってない。だれも捜《さが》そうとしないように、そういう口実を作って誘拐したんだよ。そして家族からのメッセージも、こいつがでっちあげてたんだ。家族が今はどこにいるか、ぼくも知らないんだ」

「ああっ！　まさか！」アニーが声をあげた。

「何？」と、ジョージ。

「あの箱だ！」と、アニー。「コスモドローム2の病院の中に、人間を入れた箱があったの。人工《じんこう》冬眠《とうみん》をさせられてて、生きてるけど眠《ねむ》ってるの。で、こいつはその人たちを宇宙に送りだそうとしてるんだ。あれは、あんたの家族と、あたしのママなんだ、きっと！」

「ああ、よくできたじゃないか」得意げにメラクが言った。「そのとおりだよ。きみらの家族は、特注のすてきな箱に安全に入れられて、彼らの乗った宇宙船がエウロパに着くまで『眠って』いるよ」

「そんなこと信じないぞ」ジョージがゆっくりと言った。

「信じろよ」と、メラク。「わたしがエウロパに送りこむのは、ほかの訓練生だけじゃない。生きた宇宙飛行士がうまくやれなかったときにそなえて、眠った状態の人間も送ることにしたのだよ」

「でも、ぼくたちの親は、宇宙に行きたかったはずがない」ふんがいしてジョージが言った。「地球を離《はな》れたいなんて思ってなかった。それなのに、なぜ誘拐して眠らせた？　志願者《しがんしゃ》を求めているって言ったじゃないか！」

「きみらの家族も志願《しがん》したんだよ」メラクは何食わぬ顔で言った。「言ってみれば、な。別のオプションもあることを説明したら……」

「最低だな」ジョージが言った。恐怖《きょうふ》で心が麻痺《まひ》しそうだ。

「火星に行く計画は？」アニーが勇気《ゆうき》を出してきいた。とつぜん火星がそう遠くとは思えなくなっていた。アニーとジョージの家族が火星に送られるなら、とりもどすチャンスも出てくる。

「ああ、火星にも行くさ」と、メラクが言った。「ちょいとまわり道をしているだけだよ」

「あたし、わかってた」と、アニー。「この計画にはきっと裏《うら》があると思ってた」

「まったくそのとおり」とメラク。「海洋からの生命や、人間および人工の生命に、わたしは興味《きょうみ》を持っている。だから青い惑星《わくせい》がほしいのだ」メラクがうす笑《わら》いをうかべた。「青い衛星《えいせい》も、赤い惑星も、灰色《はいいろ》のも、縞模様《しまもよう》のも、逆《さか》さのもほしいのだ。率直《そっちょく》に言うと、すべてがほしい」

メラクのまわりには、どんどんロボットが増《ふ》えてきていた。すぐに、影《かげ》のような大群《たいぐん》が整列をし始めた。今のところは、量子《りょうし》テレポーテーションによって宇宙《うちゅう》に送りこまれたロボットたちは、まだ半透明《はんとうめい》だ。

でも、数分もしてエウロパへのテレポーテーションが完成すれば、数で負けてしまう。後ろをふり返っても、コスモスの戸口は影も形もない。もう手はないのだろうか？　これが宇宙への最後の旅となるだろうか？

ちょうどそのとき、アニーはアリオト・メラクの後方におもしろいものがあるのに気づいた。旧《きゅう》敵《てき》メラクと、急速にテレポートされているロボット軍団《ぐんだん》は、みんなジョージとアニーのほうを向いていて、背後《はいご》で何が起こっているかに気づいていない。けれどもアニーは、さっき穴《あな》の中に落ちてしまったロボットが、岸に加熱装置《かねつそうち》を置きざりにしていったのに気づいていた。氷の穴のあちこちに、加熱器が落ちていて、厚《あつ》い氷を溶《と》かし続けている。落ちているのは、ロボット軍団が立っている場所に危険《きけん》なほど近い。地球から送られてくるロボットたちがそろったら、足元の氷は長くはもたないだろう。

「メラクの注意を引きつけといて」アニーはジョージにささやいた。「そして、あたしといっしょにゆっくり後ろにさがって」

「ぼくが量子テレポーテーションの実験台になったら、ぼくたちの家族を自由にするって約束したじゃないか」ジョージは勇敢《ゆうかん》に言いながら、アニーといっしょにほんの少し後ろへさがった。これにメラクが食いついてくるといいんだけど。「ぼくたちの家族に復讐《ふくしゅう》するなんて、筋《すじ》が通らないよ。なんの罪《つみ》もないんだから」

その間に、アニーとジョージは、急速に拡大《かくだい》してきた氷の穴から、またほんの少し後ろへさがる。

「スイートなものだよ」メラクがつぶやく。そのまわりではロボットたちがはっきりした形になってきていた。「そう、復讐というものはな。きみたちのことじゃない。自分たちを中心に考えるのはやめなさい。そんなことはないのだから。わたしにとって、きみたちはそれほどたいした存在《そんざい》じゃないよ」

「あんたは、コスモドローム2を自分のものにしたかったのよね」と、アニーが推測《すいそく》で言った。「世界のすべての宇宙《うちゅう》ミッションを自分の手の中におさめたかったんでしょ」

「まさにそのとおり」メラクは、自分たちの背後《はいご》で氷の穴《あな》が広がっていることには気づかずに言った。「これほど重要な職務《しょくむ》は、まさにわたしにこそふさわしいものだよ。わたしがここで行ったそれ以外の仕事は、じゃまになるがらくたをとりのぞくことだった。たとえばきみのパパのような。きみのパパは、わたしのやり方でアルテミス計画を行うことを決して許《ゆる》さなかっただろうからな。きみのパパは、子どもたちを宇宙に送りこむことにも、無防備《むぼうび》な人たちを眠《ねむ》らせることにも、反対しただろう。だから、追いはらったのだ。それが終わると、好きなように使えるものをすべて使って、すばやく行動した。わたしの計画にだれも気づかないうちにな」

「それをまた、台なしにしちゃって悪かったわね」とはいっても、アニーは、ちっとも悪いとは思っていない様子だ。

この言い方は、メラクには通じなかった。イライラさせただけだった。

「おしゃべりはたくさんだ！」送信機《そうしんき》を通して、メラクの怒《いか》りが伝わってくる。「わたしのロボット軍団《ぐんだん》が到着《とうちゃく》した」メラクのまわりには、特別に重たいロボットたちの全身があらわれていた。ロボットたちの金属《きんぞく》の靴《くつ》が氷の地表を踏《ふ》む。「ロボットたち、そいつをつかまえろ」

しかし、メラクが命令すると、二つのことが同時に起こった。最初は、メラク自身が逆向《ぎゃくむ》きにテレポートされているように見えたことだ。やって来たときよりもずっと速く、目の前のうすい空気の中に消えていきはじめた。一方ロボットたちは、いっしょに一歩前に出ようとしたが、すぐに混乱《こんらん》におちいった。後ろの列にいたロボットたちは、足元の氷が崩《くず》れたので、後ろ向きに穴にすべりおちた。その際《さい》、ロボットたちは地下の海に消えていく運命にストップをかけようとして、前のロボットをつかんだ。こうしてロボットたちは次々に前のロボットをつかんで、ドミノが次々に倒《たお》れるように、広がっていく穴の中に消えていった。

アニーとジョージはいそいで後ろへ下がり、なんとか氷の穴にのみこまれずにすんだ。落ちていくロボットが手足をふりまわしたり、もがいたりした結果、穴はますます崩れて大きくなったので、アニーたちものんきにしていたらあぶないところだった。エウロパの表面の上には、今は半透明《はんとうめい》のメラクが浮《う》かんでいる。それはおそろしい光景だった。

できるだけいそいで後ろへさがったアニーとジョージは、肩《かた》に置かれた手が自分たちを引っぱるのを感じた。気づくと、ふたりはまた開いたコスモスの戸口から、地球へと引っぱりこまれるところだった。戸口からエリックの元の研究室へと転げこんだふたりは、ロボットたちが氷の下のにごった海に吸《す》いこまれていくのを見て、宙《ちゅう》に浮いた半透明のメラクが恐怖《きょうふ》のさけび声を上げるのをきいた。

でもすぐに宇宙の扉《とびら》は閉《と》じてしまった。

アニーとジョージは、リオニアの足元の床《ゆか》に後ろ向きに倒れた。最初に起きあがったのはアニーだった。宇宙ヘルメットを脱《ぬ》ごうとしたが、旧式《きゅうしき》のはなかなか脱げない。ジョージのほうが重たい宇宙服《うちゅう》を脱《ぬ》ぐのは速かった。ヘルメットをとって頭から外したジョージは、まだメラクのぶきみなさけび声が聞こえているような気がした。

「どうしてあいつの声がまだ聞こえるんだろう？」ジョージがつぶやいた。

「あいつの半分はこっちにいて、半分はあっちにいるからよ」リオニアがにっこり笑《わら》いながら言った。「あんたたちがまだエウロパにいる間に、あいつを量子《りょうし》テレポーテーションで戻《もど》すことを開始したの。コスモスの戸口が閉《し》まってたとき、あたしはそっちをやってたんだ。だから、少なくともあいつの六五パーセントは、ミッションコントロール室に戻ってる……」

「どうやって？」ジョージがきいた。「どうしてその方法を知ってたの？　それに、あいつはエウロパに置きざりにしてもよかったんじゃないかな。なんで連れもどしたの？」

「あいつが役に立つかもしれないと思ったからよ」リオニアが落ちついた声で言った。

「ロボットたちが穴《あな》に落ちて池に沈《しず》むのはわかってた？」ジョージが宇宙ヘルメットを外すのを手伝いながら、こんどはアニーにきいた。

「そこにしかチャンスはないと思ってた」アニーは、古い宇宙服を着ていたせいでちょっとくらくらしながら目をしばたたいた。

「えーと、あんたたち」声が割《わ》りこんだ。

「リオ！」アニーがリオニアに抱《だ》きついた。「ありがとう！　あそこから脱出《だっしゅつ》させてくれて。すごいよ。あたしたちの命を助けてくれたんだね。おかげで、あいつをやっつけることができた。あとは、ほかの訓練生《くんれんせい》たちや家族がどこにいるかを捜《さが》して、蘇生《そせい》させないと」

「それはそうなんだけど」リオニアがあせったように言った。「あんたたち、忘《わす》れてることがあるよ」

「えっ、何?」ジョージがとまどった顔できいた。

「アルテミス計画よ」と、リオニア。「あんたたちが鼻《はな》をつっこんできたから、あいつは計画をいそいだと思うの。それで宇宙船《うちゅうせん》がもうすぐ発射《はっしゃ》されるみたいなの。どうやってそれを止めればいいかがわからないのよ」

22

「ミッションコントロール室へ、いそいで！」ジョージが言った。

三人は、コスモスを抱《かか》えると、スクリーンやモニターがならんでいる巨大《きょだい》な部屋へと走った。前回ジョージがこの部屋を見たときは、大勢《おおぜい》のロボットがつめかけていたが、今回はほとんど空っぽだ。

「ロボットはみんな宇宙《うちゅう》に出はらっているのかな？」ひとけのない部屋をみんなが調べている間に、アニーがきいた。

「そうでもないよ。置いていかれたのもいる」と、ジョージ。

円錐形《えんすいけい》の光のそばにボルツマン・ブライアンが立っていた。円錐形の光は、ジョージをエウロパに送りこんだときと同じように、まだ明るくかがやいている。

「ワタシモ連レテッテクダサイ。ホカノろぼっとトイッショニワタシモ連レテッテ。ココニヒトリボッチニシナイデクダサイ！」ボルツマンは頼《たの》んでいるようだ。

でも、この部屋にいるボルツマン以外の人物は、ボルツマンの感情的《かんじょうてき》な訴《うった》えを無視《むし》していた。円錐形の光のまん中に、リオニアが強制的《きょうせいてき》に呼《よ》びもどしたアリオト・メラクの六五％がいて、身をよじり、回転し、歯がみをし、恐怖《きょうふ》のさけび声をあげている。

亡霊《ぼうれい》のようなぞっとする姿《すがた》が言った。

「動きがとれん！　前に進むことも後ろに進むこともできない。半分は地球にいるが……」

「正確《せいかく》にはそれ以上だよ。エウロパにいるのは、たった三五％だよ。いい知らせだろう？」ジョージが言った。

「ちっともよくない！　わたしを戻《もど》してくれ。テレポーテーションを完了《かんりょう》させろ」メラクがほえる。

リオニアは、コンピュータの一つのキーをすばやくたたいていた。そうすると、スクリーンの画《が》像《ぞう》が変わった。エウロパの風景の中でロボットたちが氷の穴《あな》に落ち渦巻《うずま》く暗い液体《えきたい》の中に沈《しず》んでいく映像が消えて、打ちあげ準備《じゅんび》が整った発射台《はっしゃだい》と宇宙船を映《うつ》しだした。

「あたしが見たやつだ。コスモドローム2にある発射台よ。あれは宇宙船アルテミスだね。打ちあげまであとどれくらい？」と、アニー。

「今は最終チェックをしているところ」と、リオニア。

「なんとかして打ち上げを止めないと」大きなスクリーンを見つめながらアニーが言った。そこには準備《じゅんび》の様子が映《うつ》っている。別のスクリーンには、宇宙船《うちゅうせん》の内部の様子がストリーミングされている。

「見て！」アニーが言った。

ロボットたちが、長い長方形の箱を宇宙船に積みこもうとしていた。アニーがコスモドローム2の別の場所で見たあの箱だ。

アニーは胸《むね》が張《は》りさけそうになった。

「たいへんよ！　あの箱には、あたしたちの家族が入ってるかもしれないの。ジョージ！　ジョージ！　宇宙船の打ち上げを止めないと」

「わお！」とジョージ。「あれはぼくの家族なのかな？」

小さめの箱が二つ積みこまれるのを見て、ジョージの目に涙《なみだ》があふれてきた。

「ぼくの妹たちだ……ありえないよ、そんなこと！」

「ほら、見てよ！　生きた宇宙飛行士も乗せられてる」アニーが絶望的《ぜつぼうてき》な声をあげた。

カメラが別の画像《がぞう》に切り替《か》わり、宇宙服を着た子どもたちが、座席《ざせき》にすわらせられているところが映った。意識《いしき》がもうろうとしているのか、子どもたちの頭はだらりと垂《た》れている。

「メラクが言ってたとおりだ。訓練生《くんれんせい》を家には帰してないって言ってたの。アルテミスに乗せられてる。青い月で居住地《きょじゅうち》を作るために宇宙に送りこむんだ。やめさせないと」と、アニーが続けた。

「どうやって？　打ちあげを止めるにはどうやればいい？」モニターのところにいるリオニアのそ

ばに来て、ジョージが言った。

「何か方法があるはず」リオニアは、あきらめていなかった。「打ち上げを停止させることはできるはずなの」

リオニアはキーボードをたたいたが、ストップサインが出てしまった。

「コードが必要ね。打ち上げの手続きを変更《へんこう》するには、コードを打ちこまないと」

「コードを教えて。ストップさせるには、どうすればいいの?」アニーは、五分の三のアリオト・メラクに向かって叫んだ。

「わたしを地球に戻《もど》してくれ。アルテミスの打ち上げを止めるには、それしかないんだぞ……」メラクが懇願《こんがん》した。

「打ち上げ五分前」自動カウントダウンの数字が出た。宇宙船の打ちあげまであと五分しかないということだ。

「そんなの無理だ。あいつをここに連れもどすことなんてできないよ。危険《きけん》すぎる」と、ジョージ。

「でもそうしないと、打ち上げを止められない」と、アニー。

「助けてくれ……」メラクが言ったが、その声はどんどん小さくなっていく。「打ち上げを止めたいなら、わたしを地球に戻しなさい。それしか方法はないぞ……」

しかしメラク自身が開発した技術《ぎじゅつ》が、メラクを見殺《みごろ》しにした。当初の計画以上に使用されすぎていた量子《りょうし》テレポーターは、永遠《えいえん》に運転を休止すると決めたらしい。恐怖《きょうふ》の悲鳴をあげながらメラクは消えてしまった。量子《りょうし》テレポーターがメラクの分子を、メラクがこれまでにいたことのあるさまざまな場所にばらまいたのだ。

メラクはいなくなった。

「どうする？」

ジョージはショックを受けていた。アリオト・メラクの最後を目撃《もくげき》して気のどくになるとは思っていなかったが、メラクが消えたときに宇宙船《うちゅうせん》アルテミスの打ち上げを止める最後のチャンスも消えてしまったのだ。宇宙船はまもなくエウロパに向けて打ち上げられてしまう。ジョージの家族とアニーのママと、宇宙飛行士養成プロジェクトの最後の週まで残った子どもたちを乗せて。

「どうしようもなくなっちゃったね」気がぬけたようにアニーが言った。

頭の中にはいろいろな思いがとびかっている。

〈もしアルテミスが打ちあげられたら、コスモスの戸口を宇宙船の中に開いて、みんなを連れもどすことができるだろうか？　動いている物体に宇宙の扉《とびら》を開くのは、とてもむずかしい。コスモスは、高速運動をしているところに正確《せいかく》に戸口を開くのは、そう得意とはいえない。それができなければ、アニーとジョージは、宇宙船の外に投げだされ、深宇宙をただようことになるし、アルテミスは超《ちょう》高速で遠ざかっていってしまう。

それとも、アルテミスがエウロパに到着《とうちゃく》するまで待って、愛《あい》する家族と訓練生《くんれんせい》の子どもを救出《きゅうしゅつ》するしかないのだろうか？　コスモスはそんなに大勢《おおぜい》の人を移送《いそう》できるだろうか？〉

量子テレポーターは人間にとって安全とは言えないので、それを使って救出作戦を行うことはできない。

「もうだめね」アニーが言った。

リオニアさえ、キーボードを打つ手を止めている。

「失礼デスガ、アキラメルノハ早スギマス」コスモスが口をはさんだ。

「ほんとに？」アニーはハッとした。「コスモスは打ち上げを止められるの？」

「イエイエ、残念ナガラ、ソレハデキマセン。ワタシノ情報《じょうほう》ばんくハ消去サレテシマッタノデス。ワタシノ彼女アルイハ彼ニ対スル忠誠心《ちゅうせいしん》ガ疑《うたが》ワレタノデスネ」と、コスモス。

「だったら……タブレットのコスモスにきけばいいの？」リオニアがたずねた。

コスモスは、鼻《はな》で笑《わら》うようなおかしな音を立てると、偉《えら》そうに言った。

「アノ成リ上ガリモノハ、ありおと・めらくガ、能力《のうりょく》ヲハルカニ超《こ》エタ課題ヲヤラセヨウトシタトキ、基本《きほん》そふとガ故障《こしょう》シテシマイマシタ」

「ええっ、ならだめだ」ジョージもショックを受けて、思わずよろめいた。

「アナタタチハ、何カヲ忘《わす》レテイマスヨ」コスモスがていねいに言う。

「何を？」と、アニー。

「スデニ打チ上ゲノタメノこーどヲ、オ送リシテアリマスヨ。何カ不都合《ふつごう》ナ出来事ガ起コッタリ、ワタシガ持ッテイルせきゅりてぃ情報ヲ剥奪《はくだつ》サレタリスル場合ヲ考エテ、ワタシノしすてむガ消去サレル前ニ、予防策《よぼうさく》トシテこーどヲ送ッテオイタノデス」

「そうなの?」と、アニー。

「〈家族〉カラノめっせーじトシテネ。トテモ単純《たんじゅん》ナこーどデシタヨ。ソノ文字ヲ数値《すうち》ニ置キ換《か》エレバイイノデス」と、コスモス。

アニーはポケットを探《さぐ》って、くしゃくしゃになった紙切れを引っぱり出した。

「これね!」

「読みあげて!」と、リオニア。

「リオがやって。そのほうが早いでしょ」アニーがすぐに言った。

「『そして雌牛《めうし》が月をとびこえた』だって! マザーグースに出てくることばだね」リオニアが、横目でアニーを見ながら読んだ。

「次はこれを数値に置き換えるのよ」とアニー。「〈そ〉はさ行の五列目だから、きっと35ね」

「オーケー」リオニアはそう言うと、紙にさらさらと数字を書いていった。「35324474133221432215456225l441」

「わあ早い! ぼくはまだ〈雌牛〉までしかいってなかったよ!」ジョージが感心した。

リオニアがコードを打ちこむと、コンピュータがそれを承認《しょうにん》して、コマンド画面があらわれた。

「やった! 女の子はコードが不得意だなんて言えないよね」アニーが言った。

「次はどうする?」リオニアはあせっていた。

「打ち上げをキャンセルして！　停止《ていし》させて！」と、アニー。

「そのオプションはここには出てないの」リオニアは、スクリーンを見て言った。「でも、延期《えんき》ならできる」

「だったらそれね」と、アニー。

リオニアがそのコマンドを選ぶと、スクリーンにメッセージがあらわれた。

「打ち上げは三〇分延期されます」

ジョージはこの数時間で初めて、ホッと息をついた。これで、少なくとも発射台《はっしゃだい》まで行って、家族やほかの子どもたちをおろすことができる。

「行かないと！」

ジョージはそう言うと、リオニアのほうを向いてさらに言った。

「コスモスを通してアニーのパパを呼《よ》びだすことができる？　エリックなら、打ち上げをもっと長く止める方法を知ってるはずだ」

「それはもうやってみたの」リオニアは悲しそうに答えた。「残念ながら、アニーのパパを呼びだすデバイスにはブロックがかかってるにちがいないの。だから、全然つながらないのよ！　でも、もちろんまたやってみるね」

リオニアは眉《まゆ》をひそめてさらにつぶやいた。

「わたし、失敗するのがきらいだから」

「自分たちでやるしかないね。それに時間もあんまりない。どうする？」と、アニー。

「そうだ、ボルツマン！」

ジョージはそう言うと、すみっこで意気消沈《いきしょうちん》してうなだれているロボットに声をかけた。

「ハイ？」ボルツマンは、大きな黒こげの頭を持ちあげて、力なく返事をした。

「ボルツマン、ぼくを手伝ってくれないか？」ジョージは魔法《まほう》の言葉を知っていた。

「ハイ！」とても親切なロボットは、とびあがった。「何カ任務《にんむ》ガアリマスカ？」

「そうなんだ。これはとても重要で、とても親切なロボットにしかできない任務だよ」と、ジョージが言った。

「ソレナラ、オ申シツケクダサイ」

ミッションコントロール室でのコンピュータ操作《そうさ》はリオニアにまかせて、ジョージとアニーはボルツマンといっしょに発射台《はっしゃだい》へと走った。発射台までの距離《きょり》や、宇宙船《うちゅうせん》の巨大《きょだい》さを考えると、まにあわないのではないかと心配したが、ボルツマンはふたりを抱《かか》えあげた。片手《かたて》にひとりずつ抱《だ》きかかえたボルツマンは、大きな歩幅《ほはば》で子どもたちの五倍の速さで走った。

発射台までたどりつくと、まるで散歩に出たくてリードを引っぱる犬みたいに、宇宙船はすぐにでもとびだしていきそうだった。発射整備塔《はっしゃせいびとう》の中の複雑《ふくざつ》な通路を通って、宇宙船にまだつながっている架橋《かきょう》まで導《みちび》いていったのはボルツマンだった。ハッチまで到着《とうちゃく》したとき、リオニアがコンピュータを操作《そうさ》してちょうどハッチを開けることに成功していた。ジョージたちはそこから中にとびこみ、宇宙服《うちゅうふく》を着たままぼうっとしている子どもたちを引きずり出した。訓練生《くんれんせい》の子どもたちは、まだ半分眠《ねむ》っているみたいに、言われたとおりに行動したものの、混乱《こんらん》してとまどっているようだった。ジョージがおどろいたことに、最後に宇宙船からおりてきたのは、友だちになったイゴールの小さな姿《すがた》だった。

子どもたちをアルテミスからおろし、整備塔を通ってできるだけ早く遠ざかるようにと指示《しじ》すると、アニーとジョージは家族を探《さが》した。

「どんなものを探せばいいの？」宇宙船をさらに下へ進みながら、ジョージがきいた。

ふたりは上のほうから宇宙船に入りこんで貨物室へと向かっていたのだが、それはそう簡単《かんたん》ではなかった。宇宙船が飛んでいるときは、船体は水平になっているが、今は垂直《すいちょく》になっていたからだ。

「箱を探して！　大きな箱が見える？　人間が入るような大きさで、色は白いの」ジョージより上にいたアニーがさけんだ。

「あったよ！　見つけた。動かしてもだいじょうぶなの？」ジョージの声が返ってきた。

ジョージは、中で眠っているお母さんやお父さんに気持ちを伝えようとするかのように、そっと箱にふれた。それに、そばの小さな箱に入っているのは、小さな妹たちだろうか？　ジョージは、こみあげてくるものをのみこんで涙《なみだ》をおさえた。どうやっておろせばいいのだろう？　まにあうだろうか？

「置いとくわけにはいかないのよ」と、アニー。

アニーも、時間が刻々《こくこく》とすぎていき、リオニアが打ちあげをキャンセルか再延期《さいえんき》できたのかどうかがわからず、あせっていた。

ジョージといっしょにおりてきたボルツマンが言った。

「内蔵型《ないぞうがた》ノ回路《かいろ》ト動力源《どうりょくげん》ガツイテルハズデス。コウイウ箱《はこ》ハ移動可能《いどうかのう》ナヨウニでざいんサレテイマス。ダカラ、箱ノ充電《じゅうでん》サエチャントデキテイレバ、えねるぎー自給《じきゅう》ガデキルノデス」ボルツマンは充電をチェックした。「ダイジョウブデス」

「うーん、重たいよ」大きな箱を持ちあげようとして、ジョージはハアハアいった。

「自動デ積ミコンダハズデス」と、ボルツマンが明るい声で言った。「ダカラ同ジヨウニオロスコトモデキルト思イマス。ホラ！」

ボルツマンが宇宙船《うちゅうせん》の壁《かべ》についたボタンを押《お》すと、箱が階段昇降機《かいだんしょうこうき》のように持ちあがり、出口まで運ばれて、水平になって架橋《かきょう》へと押しだされた。おどろいたことに、箱は次々に宇宙船から浮《う》きあがるように移動《いどう》して、次々に架橋へと押しだされたのだ。

アニーはそのあとから宇宙船を這《は》いでると、ジョージに声をかけた。

「早く！　あたしたちも出ないと！　リオニアが打ち上げを再延期できてるかどうか、わからないんだから」

「今行くよ」

箱がすべて宇宙船から運びだされたのを見届《みとど》けたジョージは、とても気楽になっていた。ほかの人のことを心配するのが自分の心配をするよりずっとどきどきして怖《こわ》い思いをするものだということを、今回初めてジョージはほんとうに理解《りかい》していた。家族が危険《きけん》を脱《だっ》した今は、大きな重石が外れたような気がする。ジョージは、すごいスピードで太陽系《たいようけい》を突《つ》っきって飛んでいく本物の宇宙船の中にいるのだ！　ジョージはホッとして、ちょっとの間楽しむことにした。なんといってもジョージはボルツマンの巨大《きょだい》な板のような金属《きんぞく》の足に続いて、上へと登りはじめた。ボルツマンはロボット風の鼻歌《はなうた》をうたっている。

「イイ仕事ヲシマシタネ」ボルツマンが上から声をかけた。

でもそのとき、ボルツマンの巨大な足がすべって、ひっくり返った。たいしたことはなかったのだが、ボルツマンが体勢《たいせい》を立てなおすのに、少し時間がかかった。

親切なロボットがバランスをとりもどすころ、ジョージは、宇宙船のエンジンの音が変化したのに気づいた。中にいる間も、エンジンは低出力でうなっていた。でも今その音はもっと深くなり、大きくなってきた。まるで今にもとびあがろうとしている獣《けもの》みたいに……。

上のほうではアニーがすでに宇宙船から外へ出ていた。ジョージはボルツマンの肩《かた》に登って、上をのぞいた。あいたハッチから、架橋に立ってこっち見おろしているアニーが見える。

「いそいで！」アニーがせかした。

でも、ジョージはふいに立ち止まった。もしかしたら、これこそジョージがずっと望んでいたことではなかっただろうか？　宇宙《うちゅう》にとびだして知らない世界を探検《たんけん》し、自分が学んできた技術《ぎじゅつ》や科学を使って太陽系《たいようけい》の謎《なぞ》を解《と》きあかすことを、ジョージは願《ねが》ってきたのではなかったか？　そうした絶好《ぜっこう》のチャンスに、背《せ》を向ける？　地球をとびだして真の冒険《ぼうけん》の旅に出る最大のチャンスだと知りながら、宇宙船を後にする？

ジョージはとつぜん、はっきりと心を決めた。

「アニー！」ジョージは声をかけた。「ぼくは家には戻《もど》らない。このまま宇宙船に乗っていくことにする。お母さんとお父さんと妹たちに、大好きだよって伝えて……」

アニーが口をはさもうとすると、ジョージは船体の奥《おく》に引っこんだ。アニーの目に涙《なみだ》が浮《う》かんでいるのを見ながら。

「これこそぼくの望みなんだよ、アニー！」わくわくしながらジョージはさけんだ。「ぼくたちはこれからもいっしょだよ。きみとエリックとコスモスは、どんなときにもぼくといっしょだと思ってるからね」

ハッチが閉《し》まりはじめ、ジョージの耳にアニーの悲鳴が届《とど》いた。でも、強力なハッチが閉まるのを人間の力ではもう止めることができない。ついにハッチが閉まりエンジンが回転速度を上げた。乗っているのは、ジョージと、とても親切なロボットのボルツマンだけだ。

船内放送が告げる。

「離陸許可《りりくきょか》が出ました。打ち上げを始めます。発射《はっしゃ》六秒前」

発射整備塔《はっしゃせいびとう》が切りはなされ、アニーが高くそびえる宇宙船から離《はな》れて安全な場所へ走っていくころ、ジョージは座席《ざせき》のベルトを締《し》めて、一生のうちにまたとない宇宙への旅に備《そな》えていた。

「五秒《びょう》前……四秒前……三秒前……二秒前……一秒前……発射！」

宇宙船アルテミスでの冒険が始まった。


（「ホーキング博士《はかせ》のスペース・アドベンチャーⅡ－3」に続く）

作 者

スティーヴン・ホーキング

Stephen Hawking

英国の理論物理学者。ケンブリッジ大学にて約 30 年間ルーカス記念講座教授を務め、
2009 年秋に退官。退官後も、研究を続けている。
現在は、ケンブリッジ大学理論宇宙論研究所所長。
アインシュタインに次ぐもっとも優れた宇宙物理学者、また、「車椅子の物理学者」として、
世界的に高名。『ホーキング、宇宙を語る』（邦訳、早川書房）は、
全世界 1000 万部、日本でも 110 万部を超えるベストセラーとなった。

作 者

ルーシー・ホーキング

Lucy Hawking

ロンドン市民大学、オックスフォード大学卒業。作家・ジャーナリスト。
新聞、テレビ、ラジオ等で活躍中。米国の NASA50 周年記念式典での講演をはじめ、
世界中で、子どもたちのための科学や宇宙に関する講演で親しまれている。
2008 年、イタリアの Sapio 賞科学普及賞を受賞。
本作は、父親のスティーヴン・ホーキング博士との共作となる、自身の初の児童書
「ホーキング博士のスペース・アドベンチャー」シリーズの 4 作目である。

訳者
さくまゆみこ
Yumiko Sakuma
編集者・翻訳家として活躍。
著書に『イギリス7つのファンタジーをめぐる旅』（メディアファクトリー）
『どうしてアフリカ？どうして図書館？』（あかね書房）
訳書に「リンの谷のローワン」シリーズ（あすなろ書房）
「クロニクル千古の闇」シリーズ（評論社）
『ぼくのものがたり　あなたのものがたり』『モーツァルトはおことわり』
『チャーリーのはじめてのよる』『チャーリー、おじいちゃんに　あう』
『ありがとう、チュウ先生』（以上、岩崎書店）他多数。

日本語版監修者
佐藤勝彦
Katsuhiko Sato
東京大学名誉教授、　独立行政法人日本学術振興会学術システム研究センター所長。
宇宙創生の理論、インフレーション理論の提唱者の一人として知られている。
著書に『相対性理論』（岩波書店）、『宇宙論入門』（岩波書店）
訳書に『ホーキング、未来を語る』（アーティストハウス）
『ホーキング、宇宙のすべてを語る』（ランダムハウス講談社）
『ホーキング、宇宙と人間を語る』（エクスナレジ）
監修に『探せ！　宇宙の生命探査大百科』（偕成社）
『科学者18人にお尋ねします。宇宙には誰かいますか？』（河出書房新社）他多数。

ホーキング博士のスペース・アドベンチャーII-2

宇宙《うちゅう》の生命 青い星の秘密《ひみつ》

2017年7月31日 第1刷発行

作 者	ルーシー&スティーヴン・ホーキング
訳 者	さくまゆみこ
監 修	佐藤勝彦
発行者	岩崎夏海
発行所	株式会社岩崎書店 〒112-0005 東京都文京区水道1-9-2 電話 03-3812-9131(営業) 03-3813-5526(編集) 振替 00170-5-96822
印 刷	株式会社光陽メディア
製 本	株式会社若林製本工場

NDC933 22×16cm 336頁

Published by IWASAKI Publishing Co., Ltd.
Printed in Japan
ISBN978-4-265-86012-8

岩崎書店ホームページ http://www.iwasakishoten.co.jp
ご意見ご感想をお寄せ下さい。
e-mail: hiroba@iwasakishoten.co.jp